LE VOL DU RÉGENT

Du même auteur

Romans

La Nuit du Sérail, Orban, 1982, Folio, 1984.
Le Palais des larmes, Orban, 1988, Pocket, 2003.
La Bouboulina, Plon, 1993, Pocket, 2003.
L'Impératrice des adieux, Plon, 1998, Pocket, 2000.
Romans orientaux, Plon, 2000.
La Nuit blanche de Saint-Pétersbourg, XO éditions, 2000, Pocket, 2001.
La Conjuration de Jeanne, XO éditions, 2002, Pocket, 2003.
Le Rajah bourbon, JC Lattès, 2007, J'ai lu, 2008.
Le Ruban noir de Lady Beresford et autres histoires inquiétantes, XO éditions, 2005.

Récits

Ces femmes de l'au-delà, Plon, 1995.
Mémoires insolites, XO éditions, 2004, Pocket, 2006.

Essais

Ma sœur l'Histoire, ne vois-tu rien venir ? Julliard, 1970, Prix Cazes.
Louis XIV : l'envers du soleil, Perrin 1998.

Albums illustrés

Nicolas et Alexandra, Perrin, 1992.
Portraits et séduction, Le Chêne, 1992.
Henri, comte de Paris, mon album de famille, Perrin, 1996.
Joyaux des Tsars, Presses de la Renaissance, 2006.

www.editions-jclattes.fr

Michel de Grèce

LE VOL DU RÉGENT

Roman

JC Lattès
17, rue Jacob 75006 Paris

ISBN : 978-2-7096-3025-2

© 2008, éditions Jean-Claude Lattès.
Couverture sur une idée d'Olga de Grèce.

From M to M.

1

Printemps 1789

En ce 4 mai, le temps était radieux, il faisait presque chaud, les arbres avaient acquis leur parure de feuilles, et les fleurs coloraient les parterres, les jardins, les balcons. Tout Versailles était dehors, aux fenêtres ou dans la rue, tout Versailles et pourrait-on dire tout Paris, car c'était par milliers que les habitants de la capitale avaient fait le voyage. En bas, sur le trottoir, se serraient les gens du peuple dans leurs tenues de fête. Aux balcons, les nantis arboraient le grand pavois, costumes de soie brodée pour les messieurs, énormes vertugadins et coiffures extravagantes pour les dames.

Le milieu des rues que devait emprunter le cortège avait été dégagé. Deux haies de gardes françaises et de gardes suisses contenaient difficilement la foule de plus en plus nombreuse, une foule en parfait accord avec le temps, animée, joyeuse. On bavardait, on riait, on s'impatientait légèrement en attendant le cortège. Personne n'avait voulu manquer la réunion des États Généraux. L'ouverture réelle aurait lieu le lendemain. Cette journée était consacrée à la prière, pour demander à Dieu d'éclairer les députés. Ils étaient mille deux cents et ils venaient de toute la France, convoqués par le roi pour trouver un remède aux maux du royaume. Cela faisait cent soixante-quinze ans que les États Généraux n'avaient plus été réunis, d'où l'excitation de la foule pleine d'espoir. Ils savaient que depuis longtemps quelque chose avait pourri dans le royaume de France. La machine de l'État encrassée s'était paralysée, au point que nul gouvernement, nulle réforme, nulle tentative ne pouvaient plus aboutir.

Le roi, comme de rares fois ses ancêtres lors de crises particulièrement graves, avait donc décidé de convoquer les représentants élus afin de les écouter, de recueillir leurs doléances et de décider en conséquence des transformations à opérer. C'était le recours suprême, le dernier, l'ultime que prévoyaient les lois non écrites du royaume. Si les États Généraux échouaient, nul n'imaginait ce qui pourrait se passer. Tous, cependant, demeuraient persuadés que la solution était là, à portée de main. Des réflexions des députés et de la bonne volonté du roi sortirait une France nouvelle, jeune, propre, énergique, juste.

Un frémissement parcourut la foule, et les visages qui se tournaient tous dans la même direction annoncèrent l'approche du cortège. Il avait quitté l'église de Notre-Dame où un *Veni Creator* avait été chanté et se rendait à la cathédrale Saint-Louis. En tête s'avançaient des centaines de députés du Tiers État, c'est-à-dire des représentants de la bourgeoisie et du peuple, de noir vêtus. La foule battit des mains. Nul n'applaudissait plus fort qu'un homme, grand et maigre, debout au milieu d'un balcon, entouré d'un essaim de jolies femmes. Sa tenue excentrique – la coupe n'était pas française – et les couleurs criardes le rendaient particulièrement visible au milieu de cette multitude. Blond, les yeux bleus, les traits affermis annonçaient l'Anglais. Il était très beau et le savait. Au passage de ces hommes en noir, son enthousiasme paraissait sans limites. « Comment, Milord Carrington, vous applaudissez ces gens de peu ! » lui lança une écervelée en grande toilette qui, à côté de lui, le couvait des yeux. « Ces gens de peu, comme vous dites madame, sont la France de demain.

— Le Roi, lui, est la France de toujours, lui asséna une autre femme, moins jolie, mais plus sensée.

— Vous le savez, madame, au fond de moi-même je suis républicain. Je me suis exilé de mon pays pour ne pas faire de ronds de jambes à notre roi George. Ici au moins, comme étranger, je ne suis pas condamné à paraître à la Cour. Regardez-moi ces freluquets en dentelles, et ces gras prélats pleins d'arrogance et de mépris ! Je rêve que tous ceux-là soient balayés un jour... »

En effet, pendant ce temps, les députés de la Noblesse et du Clergé avaient succédé aux autres : moins nombreux mais beaucoup plus richement vêtus, ils affichaient broderies, soies et couleurs printanières, traîne de soie violette et rochets somptueux pour les évêques. La couleur noire réapparut quand les deux cents curés en sombre soutane défilèrent derrière leurs supérieurs chamarrés.

L'excitation de la foule s'amplifia, en même temps qu'un silence attentif et comme respectueux s'installait : la Cour approchait. En tête venaient les courtisans de service, gentilshommes de la Chambre, capitaines des gardes, chambellans, dames d'honneur en grand costume de cérémonie. Ensuite, très lentement, s'avançaient le Roi et la Reine. La démarche de Louis XVI était fort peu majestueuse, il se dandinait un peu comme un canard, tandis que Marie-Antoinette semblait glisser sur le tapis jeté au milieu de la rue comme un cygne sur l'eau. Tous deux n'étaient qu'une masse d'or, d'argent et de diamants. De nombreux vivats s'élevèrent de la foule pour le roi, aucun pour la reine. « Comment ? tu cries *vive le Roi* ? » s'offusqua une grande femme brune, au visage particulièrement expressif à l'adresse de son compagnon, un homme plus petit qu'elle, aux yeux bleus et scintillants. « Je n'aime pas la Reine, je n'aime pas la Cour, je n'aime pas les nobles, je n'aime pas les prélats, se crut obligé de lui expliquer son compagnon, crois-moi, Anne-Louise, le Roi, lui, est bon, il entendra le peuple et il fera les réformes nécessaires... tu m'écoutes ?

— Non, Yvon, je ne t'écoute pas, je regarde les diamants qu'ils portent.

— Déformation professionnelle... » D'un œil sûr, Anne-Louise détaillait, estimait les chatons en brillants qui parsemaient l'habit de drap d'or de Louis XVI, la plaque de l'ordre du Saint-Esprit, l'épaulette ainsi que l'épée constellée de diamants. Elle remarqua, en particulier, un gros rubis et une énorme pierre bleue qui ornaient la Toison d'Or. « Regarde, Yvon, au milieu de la boucle que le Roi porte à son chapeau, tu vois, cet énorme diamant, c'est le plus gros, le plus cher de tout le Trésor, c'est le Régent !

— Et la Reine, demanda Yvon. Regarde-moi cet air fier et dédaigneux. Elle nous méprise, nous qui ne sommes pas de la noblesse...

— Vois-tu ce diamant qu'elle a dans les cheveux ! c'est le fameux Sancy ! » De même, Anne-Louise reconnut, pour en avoir lu mille fois la description, les deux Mazarin que Marie-Antoinette portait aux oreilles ainsi que le fameux diamant « Le Miroir de Portugal » et celui nommé « Le de Guise » qu'elle avait fait monter en bouton sur sa robe de drap d'argent. « Il y en a pour des millions de livres... » murmura-t-elle. « Imagine, répliqua Yvon, si nous avions seulement un millième du millième de cette fortune... »

Le cortège passé, la foule rassasiée du spectacle se dispersait. Tandis que les gens du peuple couraient vers les guinguettes, les nantis quittaient leur balcon pour l'intérieur des appartements où les attendaient des buffets abondamment garnis.

Parisiens et Versaillais prirent leur temps pour manger et boire à satiété. Le seul à ne pas s'attarder en ce jour de fête fut leur souverain. À peine la cérémonie terminée et revenu au château, il se rendit dans la garde-robe de ses appartements privés, situés à droite du pavillon central. Dans cette pièce tapissée de placards, se tenait son premier valet de chambre, Marc Antoine Thierry de la Ville d'Avray. Si le Roi semblait pressé de se libérer de ces parures trop somptueuses qu'il détestait, son premier valet de chambre détachait et rangeait les joyaux avec une lenteur méticuleuse afin d'éviter de les abîmer. Il avait déjà détaché la boucle de chapeau ornée en son centre du plus important et du plus célèbre diamant du Trésor, le Régent, rangé sur le velours la Toison d'Or ornée de pierres de couleurs, la plaque du Saint-Esprit et l'épaulette ornées de diamants, et déposé avec précaution l'épée à la garde ornée de 2 189 diamants. Il détacha ensuite des souliers dorés du Roi les boucles couvertes de brillants, et les cinquante-six boutons de l'habit enchâssé de diamants de différentes tailles. « Prenez-en bien soin, Thierry » se crut obligé de dire le Roi. « Sire, je n'ai pas de tâche plus sacrée que de veiller sur ce trésor commis à ma garde. » Louis XVI éclata d'un gros rire. « J'oubliais que c'est vous qui m'avez fait remonter et porter la plupart de ces joyaux.

— Pour la plus grande gloire de Votre Majesté. » Avec une certaine lourdeur, le Roi expliqua à son premier valet de chambre : « Alors, toujours content d'être baron ? » En effet, le susdit était né dans une famille de la grande bourgeoisie qui comptait plusieurs serviteurs de la Couronne. Il avait gagné beaucoup d'argent, acquis des terres importantes à Ville d'Avray où il s'était fait construire un vaste château. Le Roi avait couronné ses efforts par un titre de noblesse. « Si je suis heureux d'être baron, c'est pour être plus digne de servir Votre Majesté. » Les pierres couchées dans leur écrin de velours et les placards soigneusement fermés à clef, le Roi endossa un habit de soie prune, sa couleur préférée. « À présent, suivez-moi, Thierry, nous avons à faire. »

Ils traversèrent un petit couloir, puis le cabinet du Roi qui avait été celui de son grand-père Louis XV, et pénétrèrent dans un arrière-cabinet. Comme celui de la garde-robe, il était tapissé de placards blancs et or. Un grand bureau en marqueterie et bronzes dorés occupait le milieu de la pièce entouré de quelques fauteuils blancs et bleu pâle. « Plusieurs messages sont arrivés, commença Thierry. Pendant que Votre Majesté était à la cérémonie, j'ai pris sur moi de les faire décoder. » Il montra au Roi plusieurs pages recouvertes de sa fine écriture. « Je recommande tout particulièrement à l'attention de Votre Majesté les rapports de 27 et 53.

— 27, 53... c'est l'Angleterre si je ne m'abuse... » Louis XVI se dirigea vers un des placards. Il sortit de sa poche une minuscule clé en or qu'il tourna dans une serrure quasi invisible. Aussitôt, une des moulures s'ouvrit pour découvrir un petit espace dissimulé dans la boiserie. Il sortit de la cache une liasse de morceaux de papier qui portaient une série de chiffres à côté desquels s'allongeaient des noms. Chaque papier avait comme en-tête le nom d'un pays, Russie, Saint Empire, Espagne, Danemark, Naples. Le papier portant la liste la plus longue avait pour titre Angleterre. Puis il vint s'asseoir lourdement dans un fauteuil et se mit à lire les rapports transcrits par Thierry. Les messages étaient assez courts, cependant le Roi les relut plusieurs fois avant de commenter : « Le gouvernement britannique se réjouit de la réunion des États Généraux. Cela m'inquiète, mon cher Thierry. L'Angleterre ne nous pardonne pas d'avoir aidé l'Amérique à accéder à l'indépendance. Aussi, lorsqu'elle se réjouit de quelque chose qui survient en France, c'est qu'il y a là-dessous quelque intrigue diabolique dont elle a le secret. Prenez votre plume, Thierry. » Le premier valet de chambre qui, jusqu'alors, s'était tenu respectueusement debout, prit un autre des fauteuils et, la plume à la main, s'apprêta à exécuter les instructions de son Roi. « Vous écrirez à 23 et à 57. Attendez... », Louis XVI saisit la liste intitulée « Angleterre », la consulta un long moment en silence, puis reprit : « Vous écrirez aussi à 48 et à 12, ce sont nos agents les plus efficaces, dites-leur que nous avons l'impression que le gouvernement britannique pourrait préparer quelque chose contre nous. Nous ne savons pas quoi, mais il faut à tout prix qu'ils parviennent à percer les intentions de l'Angleterre.

Peut-être n'en a-t-elle pour l'instant aucune, mais cela m'étonnerait. »

Après un temps de réflexion il poursuivit : « Mon grand-père a été tout de même bien inspiré d'inventer le "secret du Roi". Il savait que ses ministres, non seulement servaient à peu de choses, mais n'étaient pas discrets. Aussi avait-il créé son propre réseau d'espions à travers l'Europe qui n'en référaient qu'à lui-même, et auxquels il donnait directement ses instructions. Personne n'en sut jamais rien. Lorsque je lui ai succédé, figurez-vous, Thierry, que j'ai pensé supprimer le "secret du Roi". Je trouvais cette pratique presque inconvenante, mais très vite je me suis aperçu de son utilité. Louis XV aimait le mystère... je ne l'apprécie pas particulièrement mais je reconnais qu'il est, dans ma position, indispensable. Aussi, lorsque vous aurez fini, faites mettre en code le plus vite possible et dépêchez les courriers occultes. » Et avec cette lourdeur assez caractéristique, Louis XVI ajouta : « Après tout, nous payons assez cher vos douze employés, 450 000 livres par an, il y aurait de quoi mettre en code toute la Bible... Allons ! je vous laisse car les inutiles m'attendent. » Quelques instants plus tard, il pénétrait dans son grand cabinet aux boiseries scintillantes de dorures. Plusieurs ministres qui portaient encore la grande tenue de Cour endossée pour la cérémonie du matin s'inclinèrent bien bas. « Au travail, messieurs », les salua le Roi.

La journée avait été fatigante et, à peine le souper achevé, il se coucha encore plus tôt que d'habitude. Marie-Antoinette, en revanche, aimait les soirées tardives. Les magnifiques diamants portés le matin avaient été depuis longtemps rangés par sa première femme de chambre, Mme Campan, dans les placards de son propre cabinet. Elle avait remplacé sa grande robe de Cour de drap d'argent par une robe légère en soie.

Minuit approchait. La Reine était toujours à sa toilette, entourée de ses intimes, la duchesse de Polignac, la princesse de Lamballe, et bien entendu Mme Campan, la femme de chambre qui l'aiderait à revêtir sa tenue nocturne. La luminosité de cette nuit de mai entrait par les fenêtres grandes ouvertes du cabinet de la Reine, que quatre bougies fichées chacune dans un flambeau d'argent suffisaient à éclairer. Marie-Antoinette n'avait visiblement pas envie de se coucher, commentant avec ses amies la cérémonie du matin, chacune y allant de son anecdote ou de son cancan. Il n'y avait dans la pièce aucun souffle d'air, personne n'avait bougé, et pourtant la première bougie de l'alignement des quatre s'éteignit soudain, sans qu'on sût pourquoi. Mme Campan se précipita pour la rallumer. Aussitôt après, la deuxième et la troisième bougies s'éteignirent, tout aussi inexplicablement. Marie-Antoinette prit un air effrayé. Elle serra dans ses mains celles de Mme Campan, murmurant : « Le malheur peut me rendre superstitieuse. Si cette quatrième bougie s'éteint comme les autres, rien ne pourra m'empêcher d'interpréter cela comme un sinistre présage. » Les quatre femmes silencieuses avaient les yeux fixés sur la quatrième bougie. Elle s'éteignit aussi brusquement que les précédentes et toujours sans raison. Les quatre femmes restèrent comme pétrifiées, les yeux rivés à la mèche désormais éteinte. Marie-Antoinette soupira : « Peut-être ai-je porté les diamants de la Couronne ce matin pour la dernière fois. »

*
* *

Depuis plusieurs décennies, une colonie de juifs alsaciens et allemands s'était installée à Paris, dans le quartier du Marais, entre la rue des Blancs Manteaux et la rue des Francs Bourgeois, autour du Mont de Piété – ce voisinage n'étant pas fortuit. Ils étaient fort pieux, observant rigoureusement les préceptes de la religion judaïque. La plupart ne parlaient que leur langue maternelle et comprenaient à peine le français. Tous étaient dans le commerce de la joaillerie : ils achetaient et revendaient des bijoux, surtout des pierres précieuses non montées. Beaucoup de ces gemmes étaient d'une provenance douteuse et, après des vols importants de joyaux, c'était chez eux que la police descendait en premier. En ce jour de Sabbat, les boutiques étaient évidemment toutes fermées, celle de *La Perle rare* comme les autres. Le quartier s'amusait de ce nom, et on se demandait s'il faisait allusion à la marchandise ou à la joaillière, qui était jeune et fort belle. Celle-ci habitait un entresol au-dessus de la boutique. En cette fin de journée, elle se trouvait étendue, nue, sur son lit, avec son amant. C'étaient cette même Anne-Louise et ce même Yvon qui, deux mois auparavant, avaient assisté dans les rues de Versailles à la cérémonie précédant l'ouverture des États Généraux. Ils avaient passé l'après-midi à faire l'amour. Avec tendresse mais aussi avec un désir toujours vif, elle contemplait Yvon. Malgré son visage trop carré, il était beau, ses grands yeux bleus étant sa parure la plus remarquable. Bien que petit, il était musclé et bien fait. Il paraissait plus jeune que ses trente-quatre ans. Il était singulièrement attirant car, malgré sa gravité, il respirait la volupté. C'était avec désir, lui aussi, mais surtout avec amour, qu'il contemplait Anne-Louise, les larges yeux bruns en amande, les longs cheveux noirs, la bouche généreuse aux lèvres charnues. Elle était grande et puissamment bâtie pour une femme, et sensuelle : on sentait qu'elle était toujours prête à dévorer la vie à grandes dents. Le regard d'Yvon s'attarda sur le décor qui les entourait. Malgré la modestie des lieux, Anne-Louise avait réussi à créer un environnement où le goût se mêlait à la somptuosité orientale. Des rideaux, des tentures de vieux brocarts, des coussins multicolores, des tapis chamarrés évoquaient son atavisme. De sa voix sourde, Yvon s'adressa à sa maîtresse : « Chaque jour, chaque heure, je bénis le moment où je t'ai vue pour la première fois dans les jardins du Palais Royal.

— Tu réinventes, Yvon, c'est moi qui t'ai remarqué la première, tu étais bien trop occupé à pérorer avec tes amis ! »

Yvon se redressa, piqué. « Je ne pérorais pas, Anne-Louise, je parlais des réformes qu'il faut mettre en œuvre et auxquelles je crois sincèrement. Discuter de l'avenir de mon pays m'intéresse plus que d'enseigner l'économie. » Car Yvon Rébus était professeur au Collège des Quatre Nations. À ses heures perdues, il taquinait la plume en rédigeant des discours, des proclamations, et se risquait même à la poésie. Il n'aimait pas enseigner, surtout au Collège, repaire de privilèges et de privilégiés.

« Peut-être, lui répondit Anne-Louise, mais tu sais bien te débrouiller, multiplier les rencontres, nouer des liens avec les puissants, ou tout au moins les futurs puissants. La façon dont, avec tes airs innocents, tu t'es créé un tel réseau de relations, d'amis, d'appuis, m'étonne toujours. »

Yvon Rébus sourit, flatté. Il regarda sa maîtresse avec encore plus d'amour si cela était possible. « Je n'ai qu'un rêve, Anne-Louise, t'épouser.

— Tu sais bien que c'est impossible, je suis juive.

— Tout cela va changer, grâce à nous. Un jour, très vite un chrétien pourra épouser une juive.

— Mais le jour n'est pas près où une juive pourra épouser un chrétien, mon bon Yvon. Jamais on ne me le pardonnerait.

— Tu m'as pourtant dit que tu n'avais pas de famille, tes parents sont morts et tu es fille unique.

— Mais il y a mes oncles, mes tantes, mes cousins, ma communauté. Si je t'épousais, ils me chasseraient.

— Au moins, faisons venir de la campagne ton fils pour qu'il vive avec nous. Quel âge a-t-il ce petit coquin que je n'ai jamais vu ?

— Onze ans.

— Fais-le venir auprès de nous et je le considérerai comme mon propre fils.

— Ta générosité me touche, Yvon, j'y penserai. » Il reprit : « Si je ne peux pas t'épouser, au moins suis-je en mesure d'adopter ton fils. » Anne-Louise devint pensive. « C'est peut-être une bonne idée... » murmura-t-elle, l'esprit ailleurs. Yvon se méprit sur l'expression d'Anne-Louise, il y vit de la mélancolie, et répéta avec fermeté : « Ne t'en fais pas, tout va changer très vite ! » Son assurance et ses sous-entendus piquèrent la curiosité d'Anne-Louise. « Les États Généraux vont tout changer, n'est-ce pas Yvon ?

— Ils font du bon travail, ces députés, mais ils sont trop lents, il faut frapper un grand coup pour mettre fin à la tyrannie, et abolir la monarchie absolue.
— Comptes-tu l'abolir tout seul ?
— Je ne suis pas seul, nous sommes nombreux !
— Nombreux à faire quoi ?
— Nous préparons quelque chose qui éveillera la France et l'Europe entière. Nous allons nous en prendre au symbole le plus outrageant de la tyrannie.
— Ah, lequel ? demanda légèrement Anne-Louise.
— Je n'ai pas le droit de t'en dire plus, car le mouvement doit apparaître spontané alors qu'il est médité et minutieusement organisé. Sache seulement que ce symbole, c'est une prison. » Anne-Louise avait enregistré ses propos avec une attention soigneusement dissimulée. Elle se retint de poser d'autres questions pour ne pas éveiller les soupçons d'Yvon qui s'était relevé et se rhabillait. « Je vais rejoindre mes amis. Bientôt, tu assisteras à un spectacle comme tu n'en as jamais rêvé. »

Anne-Louise attendit qu'Yvon ait eu le temps de s'éloigner, puis, à son tour, elle sortit de son échoppe et partit par les rues qui menaient vers la Seine, comme pour se promener et profiter de cette chaude soirée de juillet. Elle traversa le Pont Neuf, longea les quais, prit la rue des Saints Pères et atteignit le faubourg Saint-Germain où elle atteignit un cul-de-sac niché entre des murs de jardins, devant une petite porte dont elle sonna la cloche. Vint un concierge qui la salua comme une vieille connaissance : « Bonsoir, mademoiselle Roth. » Elle semblait connaître parfaitement les lieux car elle n'eut pas besoin de lui pour se guider dans le jardin qui menait jusqu'à un de ces nouveaux hôtels bâtis en pierres blanches qui appartenaient aux plus riches des nobles familles et aux financiers les mieux arrivés. Elle traversa un salon, emprunta un large degré qui montait à l'étage et se dirigea sans hésiter vers la bibliothèque où elle entra sans frapper. La pièce aux boiseries et aux meubles très sobres selon la dernière mode néoclassique était visiblement une retraite masculine. Des papiers, des journaux jonchaient les tables et le vaste bureau. Les séries de volumes qui emplissaient les rayons annonçaient des lectures austères, juridiction, économie, Histoire ancienne.

« *Good evening*, Adam », lança-t-elle au seul occupant de la pièce, un homme enfoncé dans un fauteuil. Il ne se leva pas, et ce fut à peine s'il lui lança un signe de reconnaissance « *Good evening*, Ann ». L'homme était ce Milord Carrington si beau, si anglais, qui, vêtu de la façon la plus excentrique, avait assisté, lui aussi, à la séance précédant l'ouverture des États Généraux du haut d'un balcon entouré de jolies femmes et qui avait professé des opinions républicaines. En pantalon et en chemise au col ouvert, sans cravate, il portait une robe de chambre chamarrée aux parements brodés venue de l'Inde. Anne-Louise s'assit en face de lui. Il se versa un grand verre de champagne. « Servez-vous si vous en voulez, je vous écoute », lui dit-il.

Anne-Louise lui rapporta, presque mot à mot, les paroles d'Yvon à propos de la nécessité de frapper un grand coup et de l'attaque soigneusement préparée d'un « symbole de la tyrannie ». Tous deux s'interrogèrent au sujet du monument auquel Yvon avait fait allusion. Adam trouva la réponse. « Nous pouvons présumer qu'il s'agit de la Bastille. C'est une prison, et il n'y a pas de symbole plus évident. Ils n'auront pas de mal à s'en emparer, elle est à peine défendue mais ils feront chou blanc, car en guise de victimes de la soi-disant tyrannie, il n'y en a plus que six vieillards fous.

— Quand vous dites "ils", de qui s'agit-il, Adam ?

— D'après ce que je peux savoir, il n'y a pas une seule organisation structurée. Plusieurs groupes, plusieurs associations se sont formés récemment, des hommes de différentes classes et professions, en général des aigris qui reprochent à la monarchie de ne pas leur donner la place à laquelle ils jugent avoir droit : ils veulent être reconnus. Et puis il y a aussi un effet de mode, tout le monde s'attaque à la monarchie, même ceux qui en profitent le plus, d'autant plus que celle-ci ne fait rien pour se défendre. En tout cas, vos amis ont raison. Même s'il sera facile de faire tomber la vieille prison, la prise de la Bastille aura un retentissement psychologique considérable. Ce sera peut-être le début d'un engrenage qui mènera loin. L'information est trop importante pour que je la passe à James Burges... J'écrirai directement à Lord Grenville et à Pitt. »

En fin snob si britannique, Adam Carrington appréciait de s'adresser d'égal à égal au Premier ministre ou au ministre des Affaires étrangères. Il détestait passer par le sous-secrétaire d'État James Burges, qui groupait les informations venues de l'étranger. « Je vous félicite, Ann, poursuivit-il, pour votre travail. Vos rapports sont de plus en plus détaillés et précieux, beaucoup plus que ceux de William Clarke et de Hugh Cleghorn. » Il avait mentionné à dessein les deux rivaux d'Anne-Louise, dont la seule mention l'exaspérait. Adam le savait, et jouait de cette rivalité. « Il faut dire, conclut-il, que votre couverture est parfaite !

— Mon nom juif Roth passe ici pour allemand. Ils ne se doutent pas que je suis à demi anglaise et courtière en bijoux, je l'ai toujours été, bien avant de vous connaître. » Adam Carrington eut un petit ricanement : « C'est étonnant la variété de couvertures que l'on peut adopter. Vous donnez dans la discrétion et moi dans l'ostentation. J'aime jouer les milords voyants, farfelus, excentriques et richissimes. Plus j'attire le regard, moins on me soupçonne.

— Mais richissime, vous l'êtes, Adam. » Celui-ci ne remarqua pas l'amertume d'Anne-Louise pour émettre cette constatation. « Peut-être, mais ma fortune n'est pas inépuisable. Je trouve ruineuse la location de cet hôtel particulier, et ce n'est pas mon gouvernement qui me défraiera. Tout l'argent qu'il m'envoie est destiné à mes employés. Mais moi, le maître du renseignement du Royaume-Uni, je dois travailler pour l'honneur. »

Son autosatisfaction agaça Anne-Louise. Elle repensa aux informations que lui avait glissées Yvon Rébus et réfléchit tout haut : « Je savais que je trouverais des informations en allant au Palais Royal me mêler à ces beaux parleurs qui veulent changer le monde. Ils n'aiment rien tant que se raconter...

— Vous êtes donc devenue la maîtresse de cet Yvon Rébus ?

— Effectivement, Adam », répliqua-t-elle vertement. Carrington adopta un ton ironique : « L'Angleterre vous saura gré de sacrifier votre corps pour la cause !

— Je ne sacrifie rien du tout, dit-elle presque triste, j'aime Yvon.

— Vous êtes amoureuse de ce médiocre ? » Anne-Louise se leva, les yeux étincelants de colère : « Ce médiocre a quelque chose que vous n'aurez jamais, Adam : il est bon, il est humain. Il m'a proposé de faire venir Alexandre à Paris pour que nous l'élevions ensemble. » Adam Carrington adopta un air faussement accablé : « Je sais que vous me reprochez toujours de vous avoir forcée à mettre en pension notre fils. Mais autrement ce petit bâtard nous l'aurions eu dans les jambes, vous et moi, et nous aurions été incapables de faire notre travail. D'ailleurs, il est parfaitement heureux à la campagne et vous lui rendez souvent visite. » Au mot « bâtard », Anne-Louise avait frémi, et elle cracha presque à Adam : « Yvon, dans son infinie bonté, se propose de l'adopter, puisque son père ne l'a toujours pas reconnu.

— Quelle bonne idée ! Vous et Yvon avez ma plus sincère bénédiction pour ce projet !

— À défaut de reconnaître Alexandre, vous pourriez au moins en faire votre héritier, puisque vous n'avez pas d'enfant, légitime tout au moins, et que vous n'en aurez pas puisque vous semblez décidé à poursuivre cette existence en papillonnant de maîtresse en maîtresse...

— Un petit juif hériter de la fortune des Carrington ! C'est impossible, voyons ! » Comprenant l'énormité de ces paroles, il se leva et s'approcha comme un félin d'Anne-Louise, la prit dans ses bras, la caressa, la couvrit de baisers avec des gestes qui témoignaient d'une longue habitude. Anne-Louise, au début, céda, puis le repoussa si violemment qu'il manqua de choir. D'un ton persifleur, elle lui lança : « Vous oubliez, milord, que vous-même m'avez signifié que tout était fini entre nous !

— Allons, Ann, vous devez avoir conservé quelques sentiments puisque vous acceptez toujours de travailler pour moi.

— Vous vous méprenez, Adam, j'aime ce métier pour des raisons si fortes qu'elles me permettent de travailler avec vous tout en vous méprisant. » Devant l'insulte, Adam éclata de rire, du rire sincère et spontané d'un homme vraiment amusé. Puis il se reprit : « Trêve de marivaudage, ce que vous m'avez rapporté est d'une extrême importance. Nous ne sommes pas à l'origine de ce qui se prépare, nous devrons donc prendre l'affaire en marche... »

Janvier 1791

Debout devant un grand miroir, Anne-Louise inspectait sa tenue dans la pièce que Milord Carrington lui allouait en son hôtel pour ranger ses déguisements. Depuis l'enfance, elle avait la passion innée de changer d'aspect. Ce qui, au début, avait été une distraction, puis un jeu un peu plus poussé, était devenu une part importante de son activité. Elle avait le talent, par le maquillage et l'accoutrement, mais aussi par le comportement, l'idiome – elle en parlait trois à la perfection –, l'accent, d'endosser naturellement différentes défroques des deux sexes.

Ce soir-là, la joaillière juive de la rue des Blancs Manteaux s'était métamorphosée en une imaginaire Lady Carrington. Adam, en effet, n'avait jamais été marié et n'avait aucune intention de l'être un jour, mais il lui était parfois nécessaire, dans son métier, d'afficher une épouse. Anne-Louise avait décidé de suivre la mode anglaise pour bien marquer qu'elle était l'épouse de Lord Carrington. Par goût aussi, elle la préférait à la mode française qu'elle jugeait tantôt trop lourde, tantôt trop légère. Elle portait une robe de faille d'un jaune qui tirait sur l'orange, suffisamment moulante pour révéler ses formes magnifiques. Elle refusait de se poudrer les cheveux comme les dames de la Cour. Elle s'assit devant sa toilette, et monta un chignon imposant avec ses beaux cheveux noirs. Les extravagantes coiffures françaises qui parfois comprenaient la maquette d'un navire ou un village suisse miniature l'agaçaient, et elle piqua simplement dans sa chevelure deux petites plumes d'autruche orange et y enroula un fil de perle. Aucun autre bijou.

Depuis juillet 1789, lorsque Anne-Louise avait découvert l'attaque imminente de la Bastille jusqu'à ce début de l'année 1791, elle et Adam avaient beaucoup « travaillé ». Les événements se succédaient à un rythme accéléré, et Anne-Louise avait fort à faire pour renseigner le gouvernement britannique. Elle recevait l'aide involontaire de son amant Yvon Rébus qui prenait de plus en plus d'importance sur la scène politique : il rédigeait pamphlets sur pamphlets qui, aussitôt imprimés, étaient partout distribués. Dominant sa timidité naturelle, il pérorait et discourait du matin au soir, rejoignait les clubs révolutionnaires qui s'ouvraient l'un après l'autre, s'insinuait auprès des grands du jour, et comme il était très observateur, il apportait à sa maîtresse toutes sortes d'informations fructueuses.

Anne-Louise enfin prête retrouva Adam dans la cour de l'hôtel. Pour se protéger du froid cinglant, elle avait jeté une cape de velours assortie à la bordure de zibeline de sa robe. Tous deux montèrent dans l'élégante voiture jaune et noir qu'Adam avait fait venir de Londres. « Je ne peux supporter les chaos de la route dans une voiture française, seuls les carrossiers anglais savent rendre les transports confortables », répétait toujours Adam. Pendant le trajet, il lui donna ses instructions : « Nous allons donc dîner chez le baron Thierry de la Ville d'Avray. Avec lui, soyez attendrissante. C'est un bon grand-père. Avec son beau-frère, Lemoine Crécy, qui m'intéresse beaucoup, soyez séduisante, il aime les femmes.

— Comment avez-vous réussi à pénétrer dans l'intimité de Thierry de la Ville d'Avray ?

— Tout simplement en allant le trouver et en lui disant la vérité. Je lui avouai que j'étais un représentant très inofficiel du gouvernement britannique mais malgré les opinions républicaines que je pouvais afficher et dont il avait certainement entendu parler, j'étais sur ordre de Londres au service du roi de France pour l'aider autant que nous pouvions. Je savais que Thierry a l'oreille de Louis XVI et qu'il sait beaucoup plus qu'il n'y paraît. Aussi, lui ai-je dit que si sa Majesté avait des communications importantes à faire parvenir à Londres, et que, par discrétion, elle préférait ne pas utiliser les services de ses ministres et de notre ambassadeur, j'étais à la disposition du Roi et de son intermédiaire Thierry de la Ville d'Avray pour les faire parvenir dans les plus brefs délais à mon gouvernement. Sur ce, il m'a invité à dîner. »

La voiture, après avoir avisé la rue Saint-Honoré, atteignit la place Louis XV[1]. Mal éclairée dans la nuit froide, elle était sinistre. Au milieu, dans l'ombre, se dressait encore pour peu de temps la statue du feu Roi. Un fossé large et profond entourait la place bordée de statues représentant les principales villes du royaume. De l'autre côté, commençaient des futaies et des buissons des Champs Élysées, un des endroits les plus mal famés de la capitale. Au milieu de ce

---

1. Future place de la Concorde.

désert se dressaient les deux pavillons dus à l'architecte Gabriel, dont la construction avait soulevé une tempête. Les critiques avaient jugé ces bâtiments totalement inutiles. Qui donc irait jamais s'installer aussi loin ! Ne sachant trop qu'en faire, on avait attribué une partie de l'un d'eux au Garde-Meuble de la Couronne, dont Thierry de la Ville d'Avray était le commissaire.

Deux gardes se tenaient en faction devant l'entrée de la rue Saint-Florentin. « Pas très bien surveillé », grommela en anglais Adam. À gauche, sous la voûte d'entrée, une porte menait aux appartements privés du commissaire du Garde-Meuble. Celui-ci attendait Adam et Anne-Louise sur le palier du premier étage. Il les présenta à sa femme, puis à son beau-frère, Lemoine de Crécy, et à l'épouse de ce dernier.

Il leur fit visiter plusieurs salons qui occupaient l'angle de la rue Saint-Florentin et de la place Louis XV. Anne-Louise et Adam furent éblouis par le décor : les plus fameux ébénistes avaient sculpté les plus riches, les plus délicates boiseries recouvertes à la feuille d'or, et des scènes mythologiques ornaient chacun des plafonds et des dessus de portes.

« Mon cher baron, vous vivez mieux que le Roi ! », s'exclama Carrington. Thierry de la Ville d'Avray protesta en riant : « Ce décor n'a pas été créé pour nous. Il était destiné au Dauphin et à la Dauphine. Nous avons seulement la permission d'en profiter. Nos propres appartements, qui donnent sur la rue Saint-Florentin, sont beaucoup plus modestes.

— Mais le mobilier, baron, ce mobilier qui n'appartient pas à la Couronne mais bien à vous, tout Paris en parle, tout Paris vous l'envie ! Le service du Roi, je le constate, vous permet d'acquérir tout ce qu'il y a de plus beau... et de plus cher. » Thierry de la Ville d'Avray rougit légèrement avant de murmurer : « Nous ne sommes tous ici que les humbles serviteurs du Roi. » Adam ricana : « Vous êtes beaucoup plus, mon cher baron, vous connaissez le Roi depuis qu'il était tout jeune duc de Berry, vous dormez dans sa chambre, vous le réveillez, vous assistez à ses petits conseils, et vous êtes son homme de confiance. » Anne-Louise comprit enfin l'intérêt d'Adam pour le commissaire du Garde-Meuble : c'était probablement l'homme le mieux introduit dans l'intimité du Roi et qui était donc au fait de tout ce qui se passait à la tête du royaume. Anne-Louise observa le baron, et curieusement lui trouva une ressemblance avec le Roi. Le mimétisme entre ces deux hommes avait agi et Thierry avait fini par ressembler à Louis XVI, en beaucoup plus âgé. Par modestie, il voulut minimiser les compliments de Lord Carrington : « Le Roi nous connaît, moi et les miens, depuis toujours. Je suis fils d'un huissier de la Chambre du Roi son grand-père, ma mère était sa femme de chambre quand il était duc de Berry, ma femme a été la femme de chambre de sa grand-mère la Reine Marie, elle-même est la fille d'un valet de chambre du Roi. À côté de la dynastie royale, il y a ainsi des dynasties de serviteurs fidèles.

— Mais alors, pourquoi le Roi vous a-t-il éloigné en vous nommant commissaire du Garde-Meuble ?

— Il ne m'a pas éloigné, je cumule deux fonctions, de premier valet de chambre et de commissaire. Cette faveur, je la dois encore à la bonté de Sa Majesté. Lorsque Necker, ce Suisse prétentieux qui voulait soi-disant réformer nos finances, a rogné les dépenses, et m'a supprimé les trois quarts de mes revenus, le Roi m'a autorisé, pour rester à flot, à acheter cette charge.

— Donc, mon cher baron... vous gardez les meubles », conclut Adam, avec une certaine lourdeur.

Ils étaient attablés à un souper aussi somptueux que le décor. Adam se servait généreusement des vins extraordinaires présentés dans des carafes de cristal à monture d'argent, et l'on voyait, à l'abondance et à la qualité des mets servis, que Thierry avait été habitué aux cuisines royales. Mme de la Ville d'Avray, qui ressemblait à un petit canari maigrichon et pâle, protesta : « Mon mari ne se contente pas de garder des meubles, c'est lui qui a mis de l'ordre dans les diamants de la Couronne. » Anne-Louise et Adam interrogèrent le mari du regard : « Je ne fais que ce qui devait être fait. Auparavant, la plupart des diamants de la Couronne étaient confiés aux joailliers accrédités, dont beaucoup se révélèrent malhonnêtes. J'ai décidé, avec l'approbation du Roi, de réunir ces diamants et de les gérer, d'en dresser l'inventaire et de le contrôler régulièrement. J'en ai fait d'ailleurs monter une grande quantité pour l'usage personnel du Roi et de la Reine.

— Ces diamants sont donc conservés au Palais des Tuileries auprès de leurs majestés ? interrogea Anne-Louise.

— Pas du tout. En dehors des bijoux personnels de la Reine, les diamants de la Couronne, montés ou pas, sont abrités ici même, dans ce bâtiment. » Anne-Louise répliqua, l'air rêveur : « Ainsi, le Régent, le Sancy, les 18 Mazarin, le Miroir du Portugal, le de Guise, le diamant rose, le diamant bleu...

— Mais oui, Lady Carrington, ils sont tous là... mais je vois que vous connaissez singulièrement bien les joyaux de la Couronne de France. »

Anne-Louise craignit de s'être un peu trop avancée et se tut. Elle regarda le beau-frère de Thierry, Lemoine Crécy : lui aussi avait probablement atteint la soixantaine, mais restait un très bel homme. La taille moyenne, les yeux très bleus, le visage lisse, il conservait une silhouette juvénile. Anne-Louise avait déjà remarqué qu'il la contemplait avec des regards qui en disaient long. Elle mit toute sa séduction dans ses yeux, dans sa voix, pour s'adresser à lui : « Et vous, monsieur, j'imagine que vous assistez votre beau-frère. » Lemoine Crécy se gonfla comme un paon : « J'ai fait beaucoup mieux. Mon beau-frère était à Versailles lorsque la prise de la Bastille a eu lieu. Mais moi, je me trouvais ici. J'ai vu ces sauvages déferler... ils ont envahi le Garde-Meuble et ont pillé les armes les plus anciennes et les plus rares, croyant qu'il s'agissait d'un arsenal et non pas d'un musée. Ils ont même emporté deux petits canons de parade en argent. Ils ont réussi à les bourrer de poudre et à tirer de minuscules boulets qui ont brisé les chaînes du pont-levis de la Bastille. Pendant que les brigands restés ici s'occupaient des épées du Moyen Âge et des revolvers du Roi Louis XIV, c'est moi qui ai mis les diamants à l'abri et qui, dès que j'en ai eu la possibilité, les ai transportés à Versailles pour les remettre au Roi. Si je n'avais pas été là, ils auraient été pillés comme le reste et auraient disparu à tout jamais ! » Anne-Louise manifesta, devant cet exploit, une admiration que Lemoine Crécy goba avec délices. Cette tentative de séduction n'échappa pas à la femme de ce dernier, une ravissante créature aux longs yeux étirés. Chatte à minauderies, elle avait jeté son dévolu sur Adam vers lequel elle multipliait les œillades incendiaires. Celui-ci, incapable de résister à aucune femme, y était fort sensible et s'agitait de plus en plus. Anne-Louise observait ce petit jeu avec indifférence.

Le souper se prolongeait et la conversation en vint, comme partout en France, aux événements récents. On parla, bien sûr, de la prise de la Bastille. Thierry de la Ville d'Avray raconta : « Je suis le seul, probablement, à connaître un trait tout à l'honneur de notre Roi. À la fin de cette terrible journée, il m'envoya en son château de Compiègne y préparer sa venue et celle de la Cour : il voulait mettre quelque distance entre Paris et lui. Au dernier moment, cependant, il a annulé. Il ne voulait pas donner l'impression de fuir. Il est donc resté à Versailles pour y être saisi par la populace et ramené ici. » Adam avala d'un coup son verre de vin, puis commenta : « Je comprends, baron, que vous et les vôtres, vous n'appréciiez ni n'approuviez ce qui se passe. Cependant, voyez : l'égalité entre tous les Français a été proclamée, les privilèges scandaleux de la noblesse abolis, ceux des prélats aussi, par la constitution civile du clergé. La fête de la Fédération qui a salué l'anniversaire de la prise de la Bastille a renforcé l'union de tous les Français, leur approbation des réformes et leur espoir. De quoi vous plaignez-vous, vous avez même, en lieu et place de vos échevins qui administraient fort mal la capitale, une toute nouvelle municipalité divisée en quarante-huit sections qui s'occupent d'y maintenir l'ordre et la propreté ! » Mais Thierry eut un geste las de la main : « Je ne vois autour de moi que désordre et violences.

— Pourquoi ne nous imitez-vous pas ? Nous sommes satisfaits, heureux parce que la monarchie anglaise a des pouvoirs limités, en fait ce sont le cabinet et le parlement qui gouvernent. Pas de droits exagérés, donc pas de critiques contre le monarque. Le Roi Louis XVI ferait aussi bien de suivre l'exemple de nos rois, et tout le monde serait heureux !

— Croyez-vous, Milord, que l'on puisse être heureux alors que nos campagnes sont en proie à des attaques de bandes armées, soumises au pillage, à la dévastation, souvent au meurtre ? Imaginez-vous que je puisse me réjouir alors que je vois mon bien aimé maître soumis chaque jour aux moqueries, sinon aux insultes ? »

Plus tard, dans la voiture qui les ramenait, Anne-Louise demanda à Adam : « Pourquoi avez-vous fait part de vos opinions politiques ce soir ? Ne risquez-vous pas de les dresser contre vous ?

— Le plus sûr moyen de réussir dans le métier, ma chère Ann, est de ne pas cacher ce que l'on pense. »

2

Mars 1790

 Vêtue en bourgeoise française, robe de coupe très simple, fichu de linon, grand bonnet blanc, jupe assez courte pour découvrir la cheville, bas noirs, des souliers de cuir souple à boucles d'argent, Anne-Louise s'en allait pour une de ses visites régulières à son fils Alexandre, aux environs de Paris, dans la famille où elle avait trouvé à le mettre en pension et qu'elle payait grassement. Pendant tout le trajet, elle s'imaginait son fils, ses grands yeux gris-vert à l'expression douce, ses cheveux bouclés, son visage fin. Il y avait de la mélancolie en lui. De son père, il ignorait jusqu'à l'identité, il n'avait ni frère ni sœur, et sa mère, il ne la voyait pas assez souvent. « Cela aussi changera » comme dirait Yvon.
 De l'avenir, sa pensée la ramena au passé. Elle se vit à l'âge d'Alexandre. Elle avait déjà perdu ses parents. Son père était anglais, sa mère française. Pour les juifs cela n'avait aucune importance puisqu'ils n'avaient qu'un seul pays, une seule nation, leur race. Ann avait à peine six ans lorsque ses parents étaient morts l'un après l'autre d'une fièvre. Ainsi appelait-on, à cette époque, les virus foudroyants. Tous deux étaient des joailliers et habitaient à Londres dans le quartier des juifs adonnés

à ce métier, Hatton Garden, au nord-ouest de la City. De nombreux oncles et tantes l'avaient recueillie avec affection, avec générosité, mais la différence entre la façon dont ils traitaient leurs enfants et elle, elle l'avait tout de suite sentie. Fille unique, elle comprit qu'elle ne pouvait plus compter sur personne. Comme la plupart des garçons et des filles de la communauté, elle avait très tôt appris le métier, en travaillant chez des courtiers en gemmes qui appartenaient tous à sa parenté. Elle aimait la profession, et les pierres précieuses. Elle était très indépendante, précocement grandie par la perte de ses parents, elle s'était vite sentie propulsée par un tempérament brûlant. Elle avait eu de nombreuses aventures mais, dans sa jeune sagesse, elle avait évité de tomber amoureuse. La passion, elle ne l'avait connue qu'une fois, pour Adam Carrington. Elle en avait fait le tour et n'ignorait aucun de ses défauts. Elle s'était sentie physiquement attirée par lui, et aujourd'hui son côté aventurier la retenait. Devinant ses possibilités, il l'avait initiée à l'espionnage. Il agissait non par lucre mais par goût de l'aventure et par patriotisme – l'espionnage qui passe pour un vil métier dans d'autres nations devient presque un noble devoir en Angleterre. Profitant du fait qu'elle eût une mère française, et ainsi de nombreuses relations en France, Adam l'avait expédiée à Paris. Ann était devenue Anne-Louise, membre à part entière de la communauté juive des courtiers parisiens.

Leur tumultueuse passion s'était poursuivie jusqu'au jour où elle était tombée enceinte. Depuis les débuts, Adam lui avait déclaré qu'il ne voulait pas d'enfant et ne s'était jamais intéressé aux bâtards qu'il avait eus. À l'annonce de la grossesse d'Anne-

Louise, il mit fin à leur liaison. Elle continua, cependant, à travailler pour lui, car elle s'était découvert une nature d'aventurière. Les pirates étaient ses héros et elle se sentait une pirate sur terre, prête à œuvrer encore pour Adam, parce qu'elle n'avait pas découvert de chef plus doué que lui.

Elle regarda distraitement par les fenêtres de la diligence. Ce printemps de 1790 tardait à venir. Les bourgeons des arbres n'avaient pas encore éclos, les fleurs des champs n'étaient pas encore apparues, de temps en temps une bise aigre soufflait. Au bout de trois heures de voyage sur la route du Sud, la diligence s'arrêta à Longjumeau. Anne-Louise en descendit. Un panier au bras plein de victuailles, de friandises et de jouets, elle s'en alla louer un cabriolet. L'homme qui la connaissait attela. Puis, conduisant elle-même, elle se lança sur la petite route qui menait à Épinay-sur-Orge, à deux lieues de Longjumeau. Une excitation joyeuse la saisit en apercevant le clocher de l'église du petit village émergeant des arbres du parc du château. Elle en longea le mur de pierres, puis les grilles. Elles étaient ouvertes comme d'habitude, mais jetant un coup d'œil vers le château qui se dressait au fond de vastes pelouses, Anne-Louise sursauta : des traces noires maculaient ses murs, la toiture était en partie effondrée, portes et fenêtres étaient grand ouvertes. De toute évidence, le château avait brûlé avant d'être abandonné.

Prise d'un horrible pressentiment, Anne-Louise, au lieu de s'arrêter, fouetta son cheval. En quelques minutes, elle fut rendue dans la maison des riches paysans qui élevaient Alexandre. Elle n'eut pas le temps de s'étonner de ne rencontrer personne dans la grand rue. Tout semblait normal cependant : des bacs de fleurs ornaient les fenêtres du rez-de-chaussée, le heurtoir de la porte qu'elle frappa fortement brillait. Elle ne remarqua pas qu'aucune fumée ne s'élevait de la cheminée. Personne n'ouvrit la porte. Aucun mouvement, aucun bruit. Elle tourna la poignée et entra. Elle appela son fils et les propriétaires de la maison. « Alexandre ? Marcel ? Manon ? », personne ne lui répondit. Elle répéta ses appels d'une voix angoissée, puis elle courut de pièce en pièce pour finir dans le minuscule jardin. Tout était en ordre parfait mais la maison était déserte.

Interloquée, en proie à une terreur sans nom, elle courut jusqu'à l'église. Le curé connaissait sa situation irrégulière et pourtant, à la différence de la plupart de ses semblables, il avait manifesté charité et compréhension envers la fille-mère et l'enfant illégitime. L'église était ouverte, le plus grand désordre y régnait. Des bancs avaient été cassés, renversés, des tapisseries arrachées, les chandeliers d'argent de l'autel avaient disparu. Le curé apparut à la porte de la sacristie, accablé. « Mon fils... », ne put qu'articuler Anne-Louise. « Ils l'ont emmené avec eux. » Elle s'effondra sur un banc et se recroquevilla. D'une voix saccadée, le curé expliqua : « Ils sont venus hier matin, ils étaient quarante, cinquante, armés de faux et de pics. Ils s'en sont pris d'abord au château pour tout piller et tout casser. Madame la comtesse était dans le parc et a pu s'échapper avec ses enfants, mais ils ont massacré monsieur le comte et plusieurs domestiques qui voulaient le défendre. Les autres avaient disparu. Ils ont fini par mettre le feu au château. Ensuite, ils s'en sont pris à l'église. Comme vous voyez, ici aussi ils ont tout cassé et ils ont volé les chandeliers offerts par la grand-mère de mon-

LE VOL DU RÉGENT

sieur le comte. Puis ils sont partis en chantant, en hurlant plutôt. Votre fils était sorti sur le pas de la porte pour les voir. Ils l'ont attrapé et emmené. L'enfant se débattait et criait après vous, mais que pouvait-il. Ils ont disparu aussi rapidement qu'ils sont venus.

— Mais d'où venaient-ils ? Qui sont-ils ? cria Anne-Louise.

— Je n'en sais rien, mais depuis plusieurs jours, de village en village, on se répète qu'ils approchent. Ce sont de véritables brigands. Il y avait beaucoup de femmes parmi eux. » Anne-Louise, d'une voix brisée, murmura : « Mais Marcel, Manon... ils n'ont rien pu faire pour les empêcher d'emmener l'enfant ?

— Cela s'est passé trop vite.

— Ce n'est pas vrai ! s'écria soudain une voix chevrotante, le Marcel, la Manon, ils étaient de mèche avec eux... » C'était l'octogénaire madame Lise qui occupait la maison voisine de celle d'Alexandre. Claquemurée derrière ses volets fermés, elle avait vu Anne-Louise venir et l'avait suivie jusqu'à l'église. « Le Marcel et la Manon, c'était des brigands comme eux, poursuivit la vieille. Je voyais bien qu'ils vous faisaient des ronds de jambes. Devant vous, ils traitaient bien l'enfant. Mais je les entendais aussi quand ils étaient tout seuls, ils proféraient des insanités, des menaces... Ils vous haïssaient, vous madame Anne-Louise, vous monsieur le curé, et encore plus monsieur le comte et madame la comtesse. Ils en voulaient au monde entier. Ce sont eux qui ont fait venir les brigands. Ils devaient faire partie de leur bande puisqu'ils sont repartis avec eux et leur butin, emmenant de force votre fils.

— Est-ce seulement possible ? Ils semblaient si honnêtes ! ils aimaient tant Alexandre, ils étaient si bons, si pleins de sollicitude pour lui !

— Tout ça, c'est de la mauvaise graine », grommela madame Lise. Le curé intervint d'une voix grave : « Non, madame Lise, ils étaient aussi honnêtes et affectionnés que madame Anne-Louise les décrit. Mais ils étaient aussi certainement faibles. Nous vivons une curieuse époque. L'ordre établi depuis des millénaires est renversé. On s'attaque à la monarchie, à l'Église, à tout ce qu'il y a de plus sacré. Les vieilles lois sur lesquelles se sont fondées tant et tant de générations sont piétinées. Alors tant d'hommes et de femmes complètement désorientés laissent parler leurs plus mauvais instincts. Ils deviennent envieux et cupides. Plus aucune barrière ni principe ne les retient, ils sont assurés de l'impunité. Voilà comment un couple d'honnêtes paysans français se transforme tout naturellement en brigands...

— Mais pourquoi avoir enlevé un enfant ? Pourquoi mon Alexandre ? » répéta Anne-Louise. Ni le curé ni la vieille madame Lise ne surent lui répondre.

Le voyage de retour à Paris fut une torture pour Anne-Louise. Arrivée chez elle, elle y trouva Yvon. Il avait la clé de la boutique. En quelques mots hachés, elle lui raconta ce qui s'était passé, puis, hargneuse, lui lança : « Ce sont tes révolutionnaires qui ont volé mon fils !

— Nous n'enlevons pas des enfants, nous voulons changer beaucoup de choses, mais dans la méthode, et avec le consentement de tous. Nous réprouvons la violence. Nous condamnons celles qui ont déjà eu lieu. Je vais écrire dans les gazettes pour dénoncer cet acte inqualifiable. » Amère, Anne-Louise rétor-

qua : « Tu diras que le bâtard de la juive qui est ta maîtresse a disparu ?
— J'irai dénoncer ce crime aux autorités.
— Qui t'écoutera, Yvon... ? » Soudain, la souffrance fut plus forte que la rage. Anne-Louise oscilla, puis, lentement, tomba à genoux. Elle courba la tête jusqu'à toucher ses jambes. Un long gémissement qui n'en finissait pas sortit de sa bouche, une mélopée de deuil venue du fond des âges. Interloqué, Yvon fit le geste de se pencher sur elle, puis se redressa. Embarrassé de voir cette femme qu'il jugeait si forte comme démâtée, et ne sachant comment l'assister, il disparut sur la pointe des pieds.

Anne-Louise mit du temps à recouvrer ses esprits. À peine debout et sans prendre la peine de se changer, elle courut au faubourg Saint-Germain en l'hôtel de Lord Carrington. Il était dans sa bibliothèque, comme d'habitude en train de lire les gazettes. Elle lui raconta la disparition d'Alexandre. « Tout cela ne serait pas arrivé si vous ne m'aviez pas forcée à mettre Alexandre en pension, je ne vous le pardonnerai jamais ! » Carrington se rebiffa : « Vous non plus, *dear* Ann, vous n'auriez pas pu "avouer" un bâtard que vous avez eu d'un non-juif. Votre communauté vous aurait chassée. Aussi étiez-vous, autant que moi, obligée de le cacher. »

À bout de forces, elle conclut : « Je ne veux plus travailler avec vous.

— Au contraire, vous travaillerez mieux que jamais pour moi car notre fils, je vous donne ma parole d'honneur que je le retrouverai. » Comme allégée d'un poids insoutenable, Anne-Louise se redressa. C'était la première fois qu'Adam avait appelé Alexandre « notre fils ». Un espoir insensé l'habita. Carrington lui sourit : « Toutes les ressources humaines et financières dont je dispose, je les emploierai à la recherche d'Alexandre, et croyez-moi, je réussirai, car je n'ai jamais échoué nulle part. Cependant, ce travail me prendra beaucoup de temps et d'énergie. Aussi, je me décharge sur vous d'une part de mes responsabilités. À vous de m'apporter encore plus d'informations importantes. » Anne-Louise ne voulut pas s'arrêter à ce chantage demi voilé. « Décuplez votre sens de l'observation et votre instinct, et je vous ramènerai Alexandre... tant de choses se passent, tant de choses se préparent dans l'ombre... Ce sont des circonstances rêvées pour un bon espion. Ne pensez pas à Alexandre. Si je me suis chargé de vous le rendre, c'est qu'il est déjà en de bonnes mains. Concentrez-vous sur votre travail. » Anne-Louise avait tant besoin d'espérer qu'elle oublia sa méfiance envers Adam pour s'accrocher de toutes ses forces au rameau qu'il lui tendait.

21 juin 1791

« Le Roi s'est enfui... » La nouvelle éclata dans Paris comme un coup de tonnerre. Tout d'abord, on crut à un de ces innombrables bobards dont les révolutionnaires étaient coutumiers. Puis, la nouvelle fut confirmée et ils se colportèrent les détails. On avait trouvé vides les chambres du Roi, de la Reine et de leurs enfants ainsi que celle de la sœur du Roi, Élisabeth. Où étaient-ils partis, et comment ? Nul ne le savait. Tout d'abord, les Parisiens frissonnèrent lorsque la nouvelle fut confirmée. Puis la colère les prit. Comment ! celui qui naguère était l'égal d'une divinité, trônant dans le plus beau palais de la terre avec ses sujets prosternés devant lui, ce Roi s'enfuyait comme un malotru. Ensuite, les Parisiens éprouvèrent aussi une honte et une gêne qu'ils n'arrivaient pas à bien cerner.

Les jours suivants, les nouvelles se succédèrent : le Roi et sa famille avaient été arrêtés à Varenne. Ils avaient donc emprunté la route de l'Est. Ils voulaient se réfugier chez l'empereur, frère de la Reine. Comment, grommelèrent les Parisiens, ils ne se sentaient pas bien chez eux, ici ? De nouveau, la colère, la honte. On a mis la main au collet du Roi comme à n'importe quel voleur.

Le matin du 25 juin, Yvon Rébus surgit très tôt chez Anne-Louise. « On "les" ramène aujourd'hui ! Viens voir ça avec moi, ça va te distraire. »

En effet, depuis la disparition du petit Alexandre, il ne savait plus quoi faire pour égayer sa bien-aimée. Ils se retrouvaient comme à l'accoutumée, mais il devinait qu'elle se rongeait nuit et jour, ignorant bien entendu la promesse faite par Carrington. Anne-Louise continuait à y croire de toute son énergie, de tout son amour pour son fils, mais elle savait qu'elle ne pourrait vivre à nouveau que lorsqu'elle le retrouverait. Aussi suivait-elle Yvon dans les distractions qu'il lui proposait, mais demeurait absente. Cependant, une lueur était apparue. Adam lui avait affirmé que ses agents avaient retrouvé la trace de Manon et de Marcel, les « anges gardiens » d'Alexandre qui s'étaient révélés des démons. L'enfant n'était probablement plus avec eux, mais, sans aucun doute, ils savaient où il se trouvait. Adam avait promis de les faire interroger et d'en obtenir des réponses par « tous les moyens ». C'était un premier signe encourageant, aussi Anne-Louise accepta-t-elle sans hésiter l'invitation de son amant : le retour de la famille royale prisonnière constituait un spectacle inhabituel. Yvon pensa dérider Anne-Louise. Lui-même ne cachait pas sa satisfaction. Il voulait assister à l'humiliation de celui qui les avait trahis, lui et tous les Français.

Ils eurent du mal à se frayer un passage dans les rues bondées d'hommes et de femmes avides du spectacle, avant d'atteindre la place Louis XV, devenue une mer de têtes humaines. Anne-Louise, qui avait horreur de la foule et de la presse, se plaqua

LE VOL DU RÉGENT

contre le premier pan de mur à sa portée. C'était celui du Garde-Meuble, dont les volets étaient hermétiquement clos : peut-être, derrière, se terraient Thierry de la Ville d'Avray et sa famille ? Elle était plus grande qu'Yvon et, de sa place éloignée, put lire des affiches disposées un peu partout : « Celui qui applaudira le Roi sera bâtonné, celui qui l'insultera sera pendu. » Puis elle remarqua un détail étonnant : un inconnu avait bandé les yeux de la statue du Roi Louis XV, dressée au milieu de la place, afin qu'il n'assistât pas à l'humiliation de son petit-fils Louis XVI. La foule bavardait, commentait, se colportait les nouvelles. Le Roi et la Reine avaient été insultés à l'entrée de Paris, plusieurs de leurs gardes massacrés. Le maire de la ville, Pétion, était monté dans leur voiture pour les protéger. On était loin de la multitude joyeuse à laquelle s'étaient mêlés Anne-Louise et Yvon lors de l'ouverture des États Généraux. Aujourd'hui, c'était une foule nerveuse, excitée, hostile.

Soudain, le plus profond silence tomba sur ces milliers de badauds. Des gardes nationaux apparurent, ouvrant le chemin devant une lourde berline dont Anne-Louise, connaisseuse, reconnut immédiatement qu'elle était de facture allemande. Les grenadiers en bonnets à poils entouraient la voiture, certains assis sur son toit, d'autres à la place des postillons. On ne voyait rien de l'intérieur car les stores étaient baissés et les fenêtres closes. La berline avançait très lentement dans un silence de plus en plus pesant. Pas un homme ne s'était découvert. Il faisait une chaleur lourde et Anne-Louise pensa que l'intérieur de la voiture devait être étouffant. Brus-

47

quement, il lui sembla assister à un enterrement, celui du Roi, de la monarchie, de la France. Enfin, la berline atteignit l'entrée des Tuileries et s'engagea sur le pont tournant qui menait au parc. Ému, Yvon, qui avait déblatéré toute la journée contre la famille royale, ne put s'empêcher de murmurer : « Pauvres gens... » Mais Anne-Louise semblait indifférente.

Cette même indifférence rendit Anne-Louise encore plus séduisante aux yeux d'Alexandre Lemoine Crécy, l'assistant du commissaire du Garde-Meuble, lorsque son beau-frère Thierry de la Ville d'Avray reçut de nouveau à dîner Lord et Lady Carrington. Cette dernière semblait lointaine, inaccessible. Et Lemoine Crécy, convaincu d'être irrésistible – car en vérité peu de femmes lui résistaient –, se sentit plus émoustillé que jamais. Adam et Anne-Louise retrouvèrent le cadre magnifique. Mais, en quelques mois, le nombre de domestiques avait radicalement diminué, l'argenterie rutilante n'était plus aussi bien astiquée et la nourriture était devenue plutôt spartiate. « Mon cher baron, quelle joie de vous revoir ! », s'exclama Adam en donnant l'accolade à Thierry de la Ville d'Avray. « Chut, milord, plus de baron, plus de Ville d'Avray, plus de titres, ils ont été tous abolis... Désormais, je suis Marc Antoine Thierri, même le "y" a été supprimé. »

Le commissaire avait vieilli et maigri, ses joues s'étaient creusées. Les événements et l'humiliation de son Roi bien aimé l'avaient marqué. En revanche, Lemoine Crécy rayonnait, et s'empressa d'annoncer sa promotion à leurs invités : il avait été nommé valet de chambre adjoint du Roi. Il avait désormais accès, tous les jours, à l'intimité de Louis XVI. Que le souverain ne représentât plus grand-chose, que la nomination de Crécy fût due au fait que la plupart des courtisans et des domestiques avaient disparu du palais n'était d'aucune importance à ses yeux : il occupait désormais un poste en vue. Sa femme se rengorgeait tout autant que lui, répétant à satiété toutes les occasions où elle avait pu approcher le Roi et la Reine. Lemoine Crécy l'interrompit et claironna : « Et dire que c'est moi qui ai découvert la disparition de Sa Majesté le matin du 21 juin ! J'ai été le premier à pénétrer dans sa chambre pour découvrir que le lit était vide. C'est moi, se vanta-t-il, qui ai donné l'alerte ! » Son beau-frère répondit, l'air navré : « Vous auriez peut-être mieux fait de ne rien dire pendant quelques heures afin de donner à Leurs Majestés un peu plus de temps pour rejoindre la frontière. »

Avec une sollicitude peinée, Adam posa de nombreuses questions sur la situation présente de Leurs Majestés. Thierry comme Lemoine s'empressèrent de leur fournir de nombreux détails. En réalité, le Palais des Tuileries était devenu une prison : les gardes nationaux campaient dans le jardin, des sentinelles arpentaient les toits. À l'intérieur, la situation était particulièrement oppressante. Le Roi était sous surveillance constante, et il ne pouvait recevoir, parler ou écrire à quiconque sans que cela fût enregistré. Il n'avait pas un instant de liberté. Même le jeune Dauphin, âgé de six ans, était surveillé. Mais celle qui souffrait le plus était la Reine Marie-Antoinette. Des commandants de bataillons occupaient nuit et jour le grand cabinet voisin de sa chambre dont la porte restait constamment ouverte, même la nuit. La Reine avait obtenu qu'elle soit au moins fermée lorsqu'elle s'habillait et se déshabillait. Ses gardes pouvaient l'observer lorsqu'elle dormait. Une nuit, alors qu'incapable de dormir elle lisait, un de ses gardes s'était approché d'elle, et debout à côté de son lit, s'était permis de lui donner des conseils sur la conduite à tenir. La femme de chambre de service qui dormait dans la chambre, en se réveillant, crut tomber de saisissement en voyant un soldat en armes tout près du lit où reposait la Reine. Mme Thierry de la Ville d'Avray qui, si timide, n'ouvrait jamais la bouche, intervint : « Vous savez ce que m'a raconté Mme Campan, la femme de chambre de la Reine ? Au retour de Varenne, lorsque Sa Majesté enleva son bonnet, sa chevelure était devenue entièrement blanche en une nuit. » Ce que la Reine dans sa dignité cachait, la couleur de ses cheveux l'avouait, les épreuves qu'elle avait endurées, l'humiliation, l'angoisse.

Thierry de la Ville d'Avray poursuivit : « Vous n'ignorez pas, Milord, qu'après Varenne, un décret de l'Assemblée Nationale a obligé le Roi et la Reine à se dessaisir de tous les bijoux de la Couronne qu'ils gardaient encore. Lorsque les commissaires sont venus au Tuileries, la Reine leur a remis les écrins sans hésiter. Puis elle présenta un collier de perles d'une extraordinaire beauté. Elle raconta qu'il avait été amené en France par la Reine Anne d'Autriche et que le grand-père de son mari, le Roi Louis XV, le lui avait offert lorsqu'elle-même était arrivée à la Cour. Mais elle considérait ce joyau comme une propriété nationale et s'en défaisait avec les autres bijoux de la Couronne. Un des commissaires hésita à accepter ce collier qu'il pensait être plutôt un bijou personnel. "Monsieur, lui répondit la Reine, il m'appartient de le décider et je vous répète que je considère ce joyau comme propriété nationale." Le commissaire, malgré son embarras, fut bien forcé d'accepter les perles. Ceci, Milord, pour vous prouver combien notre Roi et notre Reine sont désintéressés.

— Et qu'a-t-on fait de ces joyaux ? demanda Anne-Louise d'un air détaché.

— Ils ont été ajoutés aux autres, répondit avec empressement Lemoine Crécy, et nous abritons désormais le plus grand trésor d'Europe... », ajouta-t-il en montrant la porte qui séparait les appartements de Thierry de la Ville d'Avray du Garde-Meuble.

Thierry de la Ville d'Avray parut agacé des confidences de son beau-frère. Il l'interrompit : « Nous veillons autant que nous pouvons car, depuis Varenne, il y a eu des rumeurs de vols. L'Assemblée nous a enjoint de procéder à l'inventaire des joyaux, afin de savoir immédiatement si le moindre d'entre eux disparaissait. » Lemoine Crécy, parti sur sa lancée pour se faire valoir le plus possible aux yeux d'Anne-Louise, reprit la parole : « J'étais présent avec mon beau-frère lorsque l'inventaire a été dressé. Cela a pris trois jours. Les chiffres, je m'en rappelle au détail près : 9 547 diamants, 506 perles, 230 rubis... » Thierry coupa d'une voix grave : « Arrêtez, monsieur, vous ennuyez nos hôtes.

— Mais pas du tout ! », répondirent poliment Anne-Louise et Adam. Lemoine Crécy continuait de plus belle : « ... je disais donc 230 rubis, 71 topazes, 150 émeraudes, 135 saphirs et 19 pierres diverses ! » De ses beaux yeux bleus, il regarda avec fierté Anne-Louise. Celle-ci le contempla avec une froideur qui, loin de le calmer, l'excita encore plus. « Savez-vous, madame, ce que tout cela vaut ? », et, sans prêter attention au « Je vous prie, monsieur, d'arrêter » de son beau-frère, « Vingt-trois millions neuf cent vingt-deux mille cent quatre-vingt-dix-sept livres ! Avec les objets précieux de la Couronne, il y en a pour sept tonnes d'or pur à 24 carats. Le Régent, à lui seul, a été estimé à 12 millions de livres, le "Diamant bleu" à 3 millions et le Sancy à 1 million. » Adam et Anne-Louise souriaient poliment, tout en mémorisant soigneusement ces chiffres.

De plus en plus agacé par l'indiscrétion de Lemoine Crécy, Thierry de la Ville d'Avray se leva si brusquement qu'il manqua renverser son fauteuil. Pour ne pas laisser éclater son irritation, il prétexta quelques ordres à donner et quitta la pièce. Adam et Anne-Louise parurent raisonnablement gênés : « Nous sommes désolés, nous sommes peut-être de trop », s'empressa de dire Adam. « Peut-être votre beau-frère se méfie-t-il de nous ? » ajouta Anne-Louise. « Pas du tout, répliqua Lemoine Crécy, il vous considère comme des amis sincères, mais la situation agit sur ses nerfs... Pendant son service aux Tuileries, il est forcé de dominer son exaspération devant les révolutionnaires, aussi, lui arrive-t-il de ne pouvoir se contenir de retour chez lui. Pensez donc, le Roi et la Reine ne peuvent même plus sortir dans les jardins du Palais. Ils craignent d'être, comme à leur retour, insultés par la foule et par les gardes. Ceux-là sont pires que tout. Ils allaient jusqu'à se déculotter sur le passage de la Reine.

— Mais alors, comment vos malheureux souverains passent-ils leur temps ?

— La seule distraction du Roi, c'est une partie de billard après dîner. Sinon, il lit et il écrit dans son cabinet. Quant à la Reine, elle lit, elle écrit mais surtout elle s'occupe de ses enfants. C'est pour eux que cette incarcération déguisée est la pire. Figurez-vous que le protocole, néanmoins, est maintenu. Le lever et le coucher du Roi ont lieu tous les jours comme à Versailles, sauf que les assistants sont réduits à quelques membres de l'Assemblée Nationale, à un ou deux courtisans, à mon beau-frère et à moi-même.

— Mais alors, s'exclama Adam, le Roi est totalement réduit à l'impuissance ?

— Pas tout à fait », répondit Lemoine Crécy, en baissant le ton. Après un coup d'œil à sa femme et à sa belle-sœur qui bavardaient dans un coin, il approcha son fauteuil des deux visiteurs, et, à voix basse, leur dit : « En fait, en quelques semaines, la surveillance dont Leurs Majestés étaient victimes s'est allégée. Mon beau-frère et moi, nous réussissons à introduire secrètement, soit auprès du Roi, soit auprès de la Reine, des personnages avec qui elles désirent s'entretenir. De même, nous transmettons à Leurs Majestés de nombreux messages écrits, et nous remettons à qui de droit leurs réponses. » Devant la surprise et l'intérêt d'Adam mais surtout d'Anne-Louise, Lemoine Crécy ne se sentit plus de bonheur. « Vous devriez vous bien tenir, messieurs les Anglais, lança-t-il d'un ton ironique, notre Roi compte de nombreux appuis dans votre pays. » Adam prêcha le faux pour savoir le vrai : « Bien sûr, malgré les différends qu'ont parfois eus nos deux Cours, Sa Majesté britannique et son gouvernement soutiennent votre Roi et feront tout pour le protéger et lui rendre son pouvoir et son rang. » Lemoine Crécy secoua la tête, puis murmura : « Le Roi mon maître dispose de moyens occultes grâce auxquels il est parfaitement bien renseigné sur ce qui se passe chez vous. Je suis un des seuls au monde à pouvoir vous affirmer qu'il connaît à peu près tout de ce qui se passe dans les plus hautes sphères du pouvoir britannique. » Les yeux papillonnants, se penchant sur Lemoine Crécy pour dévoiler son décolleté, Anne-Louise effleura de sa main la manche de l'homme et, d'une voix chaude, manifesta la plus grande incrédulité : « Impossible, monsieur, je ne peux vous croire ! »

Carrington sembla se désintéresser de la conversation et se leva pour tenir compagnie aux deux dames. Lemoine Crécy fixa sur Anne-Louise un regard chargé de désir. « Pourtant, Milady, des Anglais, des Anglaises informent minutieusement le Roi Louis, des gens que vous ne soupçonneriez jamais. Je le sais d'autant plus que j'en ai vu la liste chez le Roi. » L'admiration que Lemoine Crécy lut dans les yeux d'Anne-Louise lui donna des ailes : « Si vous vouliez, Milady, je pourrais vous en apprendre encore plus ! » Le retour de Thierry interrompit cet échange. Anne-Louise fit comme si de rien n'était.

Lorsqu'ils se retrouvèrent enfin tous les deux dans leur voiture, les deux Anglais ne se continrent plus. Pour la première fois depuis la disparition de son fils Alexandre, Anne-Louise crut avoir retrouvé son appétit de vivre : « C'est tellement inouï que j'ai peine à le croire ! Le Roi Louis a donc, chez nous en Angleterre, une série d'espions, parmi lesquels on compte certainement des Anglais et des Anglaises, qui le renseignent fidèlement et exactement sur notre gouvernement et sur les cercles dirigeants, et le Roi détiendrait la liste de ces personnages ? » Adam prit la main d'Anne-Louise dans les siennes. « Il nous faut cette liste au plus vite, et à n'importe quel prix. C'est une urgence vitale pour l'Angleterre. Obtenez-la, avant de pouvoir serrer Alexandre dans vos bras. »

Janvier 1792

La morosité s'abattait sur la France : des rumeurs de guerre circulaient, et les gouvernants accumulaient provocations sur provocations, contre l'empereur, contre la Prusse, contre la Russie. Chaque jour il devenait plus évident que les révolutionnaires avaient besoin de la guerre. Le peuple français la voulait-elle, c'était là toute la question. En tout cas, des régiments de plus en plus nombreux étaient envoyés aux frontières. La confiance s'effritait, l'argent partait clandestinement pour l'étranger, les prix augmentaient. Les assignats, qui avaient remplacé la solide monnaie de l'ancien régime, perdaient chaque jour un peu plus de leur valeur.

Adam et Anne-Louise ne comprenaient pas la bellicosité de l'Assemblée et du gouvernement français, car ils étaient convaincus qu'en cas de conflit, la France serait rapidement et facilement écrasée : les informations qu'ils recueillaient ne laissaient aucun doute là-dessus. Depuis le début de la révolution, deux ans plus tôt, l'insubordination n'avait fait que croître dans l'armée et la plupart des officiers, tous nobles, avaient émigré. Dans ce climat désagréable, le commerce, surtout celui du luxe, périclitait. *La Perle rare* faisait peu d'affaires. Bien sûr, Anne-Louise, via Adam, recevait une confortable pension du gouvernement britannique mais elle aurait aimé voir un peu plus de clients dans son échoppe et ne pas devoir les attendre pendant d'interminables journées, au cours desquelles elle ne cessait de penser à son fils Alexandre. Aussi fut-elle ravie, ce matin-là, lorsque sa porte s'ouvrit sur un client. Très grand et athlétique, il était vêtu en bourgeois aisé, bottes montantes, chapeau rond, col très élevé. Il la salua, puis attaqua sans préambule : « Seriez-vous intéressée, citoyenne, à acheter un très important lot de diamants de moyenne et de grande taille ? » Il avait parlé d'une voix chaude et profonde. Et Anne-Louise remarqua alors qu'il était beau : la peau lisse, les yeux bleus au regard pétillant, le nez légèrement busqué, les cheveux bouclés. Son assurance faisait partie de sa séduction. « Peut-être, citoyen, mais encore ? » La requête de l'inconnu était surprenante. Elle recevait beaucoup de nobles, de bourgeois qui, ruinés ou décidés à émigrer et craignant d'être emprisonnés s'ils partaient avec des biens précieux, venaient lui vendre leurs bijoux, en général des pièces de peu d'importance. *La Perle rare* n'était pas une joaillerie particulièrement renommée. « Je suis flattée, citoyen, que vous soyez venu me faire cette offre, mais permettez-moi de vous demander pour quelles raisons vous m'avez choisie ?

— J'ai soigneusement observé les courtiers de votre quartier. Vous me semblez de loin la plus énergique et la plus audacieuse. » Anne-Louise fut encore plus étonnée mais répondit : « Vous m'intéressez.

— Il vous faudra des fonds importantissimes pour tout acheter, affirma-t-il, car j'aurai énormément à vendre, et je voudrais que vous soyez la seule à vous charger de la transaction.

— N'ayez crainte, quelle que soit la somme, je trouverai les fonds, et très vite.

— Je vous ferai un prix de gros, et en contrepartie j'espère que vous suivrez la tradition de vos confrères en ne cherchant pas trop à connaître la provenance de ces pierreries. »

À cette dernière réflexion, elle comprit que l'homme lui proposait de lui vendre des pierreries volées. Mais à qui, par qui et quand ? Qui donc possédait une telle quantité de diamants ? De plus en plus intriguée, elle décida pourtant d'entrer dans le jeu. Cet homme était peut-être malhonnête mais ce n'était certainement pas n'importe qui. « Vos conditions seront les miennes, citoyen.

— Je m'appelle Paul Miette. Nous nous reverrons très vite. » Mais il hésitait à partir. Anne-Louise lui plaisait. « Tenez, citoyenne, avez-vous jamais vu les joyaux de la Couronne ? » Frappée par cette question, Anne-Louise répondit par la négative. « Vous pouvez très bien les contempler. Ils sont abrités au Garde-Meuble qui est ouvert tous les lundis afin que le public puisse les admirer. » Détail que Thierry et Lemoine avaient omis de mentionner à Anne-Louise. « Si vous le voulez bien, citoyenne, je vous y emmènerai lundi prochain. » Elle accepta sans hésiter.

Au jour dit, elle retrouva le dénommé Paul Miette devant le Garde-Meuble. Ils franchirent le porche qui donnait sur la rue Saint-Florentin, passèrent devant la porte qui menait aux appartements de Thierry de la Ville d'Avray, entrèrent dans la cour pour tourner tout de suite à gauche. Ils empruntèrent un grand degré majestueux, chef-d'œuvre de l'architecture du XVIIIe siècle qui les mena au vaste palier du premier étage. À peine un ou deux gardes ici ou là, et à peu près aucun visiteur. Les Parisiens, avec les rumeurs de guerre qui couraient et l'argent qui se dépréciait, n'avaient pas le cœur de faire du tourisme, même si c'était pour découvrir le plus riche trésor d'Europe. La première pièce était consacrée aux armures de la Renaissance damasquinées d'or et d'argent. Les armes avaient été pillées le 14 juillet 1789, mais il restait nombre de très belles pièces, qui n'intéressaient absolument pas Anne-Louise. Mais elle s'extasia devant une série de tapisseries tissées de fils d'or et d'argent uniques au monde qui était accrochée aux murs.

Ils revinrent par la galerie dont les fenêtres donnaient sur la cour. Ce qu'on appelait les gemmes de la Couronne y étaient exposés, c'est-à-dire cinq cents vases, aiguières, coupes et plats ciselés dans les matières les plus précieuses. Anne-Louise raffolait de ces extraordinaires objets. Les orfèvres de la Renaissance avaient tiré des formes fantastiques du vert sombre de la néphrite, du jaune de la jaspe, du bleu-gris de la calcédoine, du rouge brun de la cornaline, du bleu soutenu du lapis lazuli. Ils avaient rajouté des figures mythologiques en or et en émail qui en faisaient les pièces les plus originales.

Ils arrivèrent enfin dans la dernière pièce, beaucoup plus petite que le salon des armures, ouverte comme lui sur une galerie couverte qui donnait sur la place Louis XV. Au milieu des tables, aux dessus composés de mosaïques de pierres dures fabriquées à Florence, se dressait ce qu'on appelait les pièces montées, comme « La chapelle de Richelieu », c'est-à-dire tout ce qui servait à l'autel de l'oratoire privé du feu cardinal, crucifix, burettes, ciboires, chandeliers en or incrustés, disait l'inventaire, de neuf mille diamants et de plus de cinq cents rubis. Anne-Louise admirait cette admirable réussite d'orfèvreries du XVIIe siècle. « Invendables tels quels, lui glissa Paul Miette, ces objets seraient immédiatement reconnus. Et s'il fallait les démonter, l'or fondu ne vaudrait rien à côté de ce qu'il vaut aujourd'hui, ciselé il y a cent ans. Quant aux pierres, elles ne sont pas de première qualité. » La « nef » de Louis XIV ne les retint pas non plus : vingt-cinq kilos d'or pur en forme de navire, un objet placé sur la table du roi où l'on rangeait sa serviette, le sel, le poivre et ses couverts. Anne-Louise jugea l'objet lourd d'aspect et disgracieux, elle préférait les orfèvreries plus légères. Contre les murs s'alignaient des commodes où étaient rangées des pierreries non montées, toujours dissimulées au public. À côté montaient de hautes vitrines en acajou dans lesquelles étaient exposées les parures ainsi que les pierres que l'on sortait des tiroirs le lundi, jour d'ouverture.

Ils commencèrent par les pierres de couleurs, il y en avait de toutes les sortes, dominées par l'extraordinaire saphir de Louis XIV, unique pour sa forme losangée et pesant 135 carats. La parure, dite de couleur, était la plus somptueuse des joyaux de la Couronne. La plaque de l'Ordre du Saint-Esprit, constellée de diamants, portait en son milieu le fameux rubis « l'œuf de Naples », qui effectivement avait vaguement la forme d'une colombe. Mais le clou de la parure était sans hésiter la Toison d'Or que Anne-Louise avait vue au cou de Louis XVI lors de l'ouverture des États Généraux. Au milieu des diamants, elle comportait un énorme rubis dit « de Côte de Bretagne » de 212 carats, mais surtout l'extraordinaire Diamant Bleu de 62 carats, une pierre bleu nuit, aux reflets étranges. Anne-Louise resta fascinée par son scintillement presque inquiétant et, bien que peu superstitieuse, la jugea instantanément maléfique. Cependant, Miette restait plutôt insensible à ces merveilles : « Je préfère les diamants, ils sont plus chers et plus anonymes. » Anne-Louise reconnut bien les pièces de la parure blanche pour les avoir vues sur le Roi lors de l'ouverture des États Généraux, l'épée, la croix du Saint-Esprit, les boutons, constellés de diamants dont la plupart avaient été montés sur les instructions de Thierry à l'usage de son maître. Une vitrine était consacrée aux perles, dont la plus belle, la plus magnifique du trésor, surnommée « la reine des perles » de cent douze grains. À côté, deux perles en poire incomparables avaient orné les oreilles de plusieurs reines. Anne-Louise aperçut le fameux collier d'Anne d'Autriche que le commissaire de la révolution avait voulu laisser à Marie-Antoinette, mais que celle-ci avait jugé bien de la Couronne et avait remis au Garde-Meuble. Il était formé de vingt-cinq perles rondes, énormes, parfaitement assorties, l'estimation en était cependant assez basse, 86 000 livres seulement.

Cependant Anne-Louise était irrésistiblement attirée par la vitrine qui contenait les diamants les plus importants. Il y avait là les dix-huit pierres léguées dans son testament par le cardinal de Mazarin à Louis XIV et pour ce appelées les « Mazarin », le diamant de Guise, le diamant « Le miroir de Portugal », le diamant « Fleur de pêcher » et le diamant rose à cinq pans, ces deux derniers tenant leur nom de leur couleur, et enfin « Le Sancy » à la longue et si dramatique histoire. Au XVIe siècle, il avait été avalé par le courrier qui le portait plutôt que de tomber aux mains des brigands qui l'avaient attaqué. Seule son autopsie avait permis de le récupérer. Malgré ce destin tragique, cette pierre ne parlait pas, comme si elle était sans vie. Mais sans conteste, la splendeur sans égale du Trésor Royal, et probablement le plus beau diamant du monde était « le Régent ». Il pesait 136 carats mais son éclat, surtout, le rendait incomparable. La légende racontait qu'il avait servi d'œil à une idole indienne. Que de morts, que de drames jusqu'à son arrivée dans le Trésor Royal grâce à Philippe d'Orléans, alors régent de France, qui l'avait acheté sur sa cassette personnelle, d'où le nom donné au diamant « le Régent ». Tant de sang avait coulé pour obtenir sa possession, et pourtant la pierre restait lumineuse, chaleureuse, vivante. Anne-Louise ne bougeait plus, éblouie, transportée. « Invendable, murmura près d'elle Paul Miette, il est bien trop connu ! Il faudrait le retailler et il perdrait les trois quarts de sa valeur. Ces diamants trop célèbres constituent une marchandise médiocre. Ce sont les diamants anonymes, peut-être plus petits, contenus dans ces tiroirs d'où ils ne sortent jamais, qui sont les plus intéressants... Et puis il y en a une telle quantité, des milliers, allez donc les retrouver... si, par malheur, ils étaient volés », ajouta-t-il, ironique.

Ces confidences enflammaient l'esprit d'Anne-Louise. De toute évidence, il voulait lui faire passer un message, et ce qu'elle entrevoyait était tellement énorme qu'elle avait du mal à le croire. Ils glissèrent les yeux sur la vitrine qui contenait les cadeaux envoyés par les potentats étrangers, les trois armes constellées de rubis, de diamants et d'émeraudes apportées par l'ambassadeur turc à Louis XIV, les bijoux offerts par Tipoo Sahib, sultan de Mysore, à

Louis XVI, et enfin le hochet en corail et diamants envoyé par Catherine II impératrice de toutes les Russies à la naissance du Dauphin, fils de Louis XVI.

La visite terminée, ils sortirent et s'éloignèrent par la rue Saint-Florentin. Paul Miette esquissa une moue dédaigneuse : « Bien peu surveillé, ce Garde-Meuble, à peine deux ou trois sentinelles à moitié endormies, et qui ne sont pas toujours remplacées à temps.

— Comment le savez-vous ?

— Je viens ici tous les lundis. Certains gardes, je les revois d'une semaine à l'autre. Personne n'est venu les remplacer. Vous imaginez avec quel zèle ils font le guet ! » Anne-Louise bouillait de curiosité, qui ne put s'empêcher de lui demander : « Pourquoi donc, citoyen, me faites-vous tous ces commentaires ?

— Parce que je vous ai jugée d'un coup d'œil : vous êtes de la même trempe que moi, vous aimez l'aventure. Nous sommes faits pour nous entendre... et nous associer.

— M'associer avec vous, pourquoi pas ! mais dans quoi ?

— Dans ce qu'il y a de plus audacieux. Je vous connais, citoyenne Roth, si vous vous décidez, vous êtes capable de tout ! »

Le soir même, Anne-Louise lisait son rapport à Adam : « Les allusions de ce Paul Miette étaient plus que claires : il s'apprête tout simplement à cambrioler le Garde-Meuble, et me demande d'être sa complice en écoulant son butin.

— Comment s'y prendra-t-il ? A-t-il d'autres complices ? questionna Carrington.

— Je n'en sais rien, mais je pense qu'il n'est ni fou ni amateur.

— Alors il faut entrer dans son jeu, sans hésiter. Peut-être n'y a-t-il qu'une chance sur mille pour qu'il réussisse, et cela vaut la peine de prendre ce risque. La disparition des joyaux de la Couronne porterait un coup fatal au prestige de la France et à la gloriole des révolutionnaires. Ils deviendraient la risée de l'Europe entière, qui reprendrait courage face à ces trublions !

— Ce n'est tout de même pas sans danger pour moi-même si je sais que cela ne vous émeut pas, Adam. Êtes-vous décidé à me faire passer dans l'illégalité ? Vous pourriez en subir les conséquences.

— Vous brûlez de le faire ! J'aurais du mal à vous en empêcher. Je ne vous ai jamais vue si excitée depuis la disparition d'Alexandre.

— Sans doute... Comme le dit ce Paul Miette, j'ai le goût de l'aventure. »

Anne-Louise aimait l'atmosphère de son quartier, cette partie du Marais située entre la rue du Temple, la rue des Francs Bourgeois, la rue Beaubourg. Ayant vécu une part de sa vie à Londres, elle trouvait Paris beaucoup moins moderne, et moins aérée. La rive droite de la Seine, en particulier, gardait ses ruelles étroites et sombres, sa saleté, ses puanteurs venues du Moyen Âge. Mais chez ses petits commerçants et ses modestes artisans régnait une camaraderie, une sorte de fraternité qui devenait un véritable système d'entraide, voire de complicité. La plupart des habitants étaient juifs, certains étrangers, allemands et suisses surtout, beaucoup parlaient mal le français et se sentaient isolés, aussi tout naturellement faisaient-ils bloc. Anne-Louise les voyait tous les jours, à *La Perle rare* où ils lui rendaient visite, et dans leurs échoppes. Il y avait Moïse Trenel, Salmon Benoit, Israël de Rouen, et le vieux Aaron Homberge de Mayence qui ne parlait que l'allemand. Elle avait une amitié toute spéciale pour Louis Lyre, qu'elle avait connu à Londres dans son adolescence alors qu'il n'était qu'un enfant, un jeune homme travailleur, un peu sombre qui avait toujours peur de ne pas gagner assez pour sa compagne Nanette Chardin, dont il était fou amoureux.

Tous, comme Anne-Louise, étaient courtiers en pierres précieuses. Ils étaient scrupuleusement honnêtes, n'auraient jamais volé un sou même trouvé dans la rue et en même temps ils n'étaient pas regardants sur l'origine de leurs marchandises ni sur la qualité de leurs acheteurs. Ils s'entendaient à merveille avec les goys habitants du quartier, qui exerçaient d'autres métiers. Il y avait l'épicier, Louis Saunier, rue Tixerauderin, le citoyen Delin, tapissier-miroitier. Le seul non-juif à commercer dans les pierres précieuses était Fontaine, rue Tiquetonne. On se retrouvait entre juifs à la synagogue mais le grand point de rencontre de tous, amis et amies, était L'auberge des Cinq Diamants, rue Beaubourg. C'était un lieu sans prétention, à la décoration banale mais méticuleusement tenu, où l'on servait la meilleure bière de Paris avec des plats alsaciens. Le propriétaire, Lyon Rouef, était un quinquagénaire doté d'intelligence autant que d'autorité. D'emblée, Anne-Louise avait compris qu'il était un chef. Sa femme, Laye, une Suissesse bien plus jeune que lui, semblait le redouter. Il avait des accointances partout et, sans rien en manifester, possédait un grand pouvoir dont nul ne connaissait bien l'origine. Anne-Louise savait que, sous la couverture d'aubergiste, il se livrait à des activités occultes sur lesquelles elle avait une idée précise. Personne, dans cette communauté où tout se savait, n'y faisait jamais la moindre allusion. Pour un peu, on aurait dit que Lyon Rouef faisait peur.

Un matin, Louis Lyre, l'ami d'adolescence d'Anne-Louise, pénétra dans son échoppe. « Je suis venu te dire quelque chose, à propos de ton ami Paul Miette », lui glissa-t-il. Elle s'étonna qu'il connût son existence et ses liens pourtant minces avec elle. « Le Miette, il a fait une bêtise, il a commis un petit cambriolage... il a été pris sur le fait, il a été arrêté et envoyé à la prison de la Force. » Anne-Louise eut assez d'empire sur elle-même pour ne manifester aucune réaction et changea de sujet. Elle se demanda si c'était Paul Miette qui avait envoyé Louis Lyre, sinon pourquoi celui-ci serait-il venu la prévenir ?

Deux semaines s'étaient écoulées depuis leur visite au Garde-Meuble. Miette ne s'était pas manifesté, mais Anne-Louise savait qu'il apparaîtrait à point nommé. Son arrestation remettait tout en question : sans lui, plus de cambriolage du Garde-Meuble. Le coup était rude. Mais ce n'était pas dans la nature d'Anne-Louise de rester abattue. Très vite, elle chercha les moyens de faire sortir Miette de prison.

Des nouvelles de son fils le lui firent presque oublier. Après avoir harcelé Carrington pour que ses agents mettent la main sur Manon et Marcel, les gardiens si peu fiables d'Alexandre, elle obtint finalement la réponse. Manon et Marcel avaient parlé : Alexandre avait été emmené à Marseille. « Pourquoi Marseille ? » Carrington l'ignorait mais on savait dans quel quartier de la ville il se trouvait, probablement retenu de force. Puisqu'on connaissait à peu près son adresse, on parviendrait très vite à le libérer...

Une bonne nouvelle n'arrivant jamais seule, Yvon Rébus se chargea bientôt de lui en apporter une autre : il entrait désormais dans les coulisses du pouvoir. Anne-Louise continuait à être étonnée de la facilité de son amant, pourtant timide et réservé, à se propulser dans les cercles politiques. Il l'emmenait aux réunions des clubs auxquels il appartenait, ou alors dans les différents cafés à la mode. Avec lui, Anne-Louise rencontra tous les puissants du jour. Elle prenait soin de parler fort peu et de rester discrète et effacée, bien que son physique éclatant ne s'y prêtât guère. Tandis qu'Yvon discourait à satiété, elle observait tout, et ne perdait rien. Au Club des Jacobins, Yvon avait rencontré Pétion, le maire de Paris, dont il partageait les idées républicaines. Sans l'avouer à Yvon, Anne-Louise désapprouvait son extrémisme. Danton, quant à lui, l'intimidait un peu. Cette formidable personnalité, ce verbe puissant, balayait tout et tous dans une assemblée. Dans une réunion, on n'entendait que lui, on ne voyait plus que lui. Anne-Louise trouvait la force de séduction de cet homme si laid presque terrifiante, et se sentait bien plus à l'aise avec son factotum, Fabre d'Églantine. Cet ancien acteur était poète à ses heures, et il avait composé une chanson qu'elle s'était mise à fredonner comme tant de Français : « Il pleut, il pleut bergère, rentre tes blancs moutons. » Anne-Louise le trouvait fort divertissant, mais il ne lui inspirait aucune confiance. Yvon, lui, cajolait Roland de La Platière, le ministre de l'Intérieur, qu'Anne-Louise, pour sa part, jugeait une nullité. Il avait été économiste distingué, journaliste beaucoup moins distingué. Malgré les temps qui couraient, il ne cachait pas qu'il avait quatre frères prêtres et laissait entendre qu'il était issu d'une noblesse pauvre mais authentique. Ce qui, aux dires d'Adam, bien renseigné, était complètement faux : le « de La Platière » qu'il avait ajouté à son nom pour lui donner une résonance aristocratique était une pure invention, et le sexagénaire était complètement dominé par sa femme, beaucoup plus jeune, Manon Roland, dont les activités politico-mondaines étaient intempestives. Anne-Louise la trouvait pédante et prétentieuse, ne pouvait la souffrir. Ce fut pourtant grâce à Manon que Roland fut nommé ministre de l'Intérieur. À peine en place, il choisit le fidèle girondin Yvon Rébus comme secrétaire. Anne-Louise fêta la promotion de son amant comme il se devait, d'autant plus qu'elle y voyait le moyen de faire sortir Paul Miette de prison : qui mieux que son secrétaire saurait persuader le ministre de l'Intérieur de faire libérer un voleur à la petite semaine ? Il suffisait de trouver le prétexte, et surtout le moment, d'en parler à Yvon.

Les circonstances l'en empêchèrent car la guerre éclata : les provocations du gouvernement révolutionnaire avaient enfin porté leurs fruits. Ce fut la France qui déclara la guerre. Le Roi en personne se rendit à l'Assemblée pour annoncer que le royaume était en état de guerre avec l'empereur, c'est-à-dire son beau-frère. Comme l'avait prévu Adam Carrington, les Français furent vite mis en déroute : Prussiens et Autrichiens renversèrent les trois corps d'armées envoyés contre eux. La panique s'empara des troupes. On ne pouvait même pas parler de retraite, c'était tout simplement la fuite devant l'ennemi. Les soldats français, ivres de rage, prenaient à partie leurs généraux et les massacraient. L'inquiétude s'installa à Paris, et le gouvernement devint encore plus nerveux.

Dans cette atmosphère de confusion, Anne-Louise, qui n'en pouvait plus d'attendre, y alla de son timide essai en faveur de Paul Miette. Yvon Rébus, pourtant si complaisant avec elle, se rebiffa : « Un voleur restera toujours un voleur. Qu'il croupisse en prison. Et puis d'abord, pourquoi t'intéresses-tu à lui ? » Anne-Louise n'insista pas. Le problème resta béant.

3
Été 1792

L'ennemi continuait d'avancer en France sans presque rencontrer de résistance. Très vite, le mot de trahison se répandit : si les Autrichiens, les Prussiens gagnaient si facilement des victoires, c'est parce qu'ils avaient été informés des plans des armées françaises. Et qui donc trahissait ? Les aristocrates, les officiers qui regrettaient l'ancien régime, les revanchards. Et puis, la Reine n'était-elle pas la sœur de l'empereur dont les armées ravageaient le nord et l'est du pays ? C'était elle, c'était le Roi qui voulaient la victoire de l'ennemi afin de retrouver le pouvoir que les patriotes leur avaient ôter pour le donner aux Français ! « Trahison », « la Reine », « la Reine », « Trahison », on n'entendait plus que ces mots. Les extrémistes, avec eux Danton, Pétion le maire de Paris, Roland le ministre de l'Intérieur se querellaient avec les modérés groupés autour du Roi, lequel se cabrait de plus en plus. L'Assemblée vota l'installation d'un camp de vingt mille soldats autour de Paris pour protéger la capitale en cas d'arrivée des ennemis. Le Roi y opposa son veto. L'Assemblée vota la déportation des prêtres qui ne prêteraient pas serment à la constitution civile du clergé. À nouveau, le Roi y opposa son veto. La Reine l'encourageait de toutes ses forces à résister. Le couple y gagna son surnom : « Monsieur Veto et Madame Veto ». Sur ce, Louis XVI se sentit assez fort pour renvoyer plusieurs ministres girondins, dont Roland de La Platière. Yvon Rébus se retrouva sans travail. Peu lui importait : il était trop occupé à s'agiter, à pérorer, et il savait que la révolution ne l'abandonnerait pas : M. Veto voulait une épreuve de force, il l'aurait. Une manifestation fut annoncée. Les bons patriotes iraient planter un arbre de la liberté dans le Jardin des Tuileries... sous le nez de M. et Mme Veto. Cela semblait innocent, pourtant, aux Tuileries dans l'entourage du Roi, on comprit que la populace s'apprêtait à attaquer le Palais.

Le lendemain 20 juin 1792, il faisait déjà jour à cinq heures du matin. Les « patriotes » se rassemblèrent, armés de sabres, de piques, de bâtons. Il y avait aussi parmi eux des milliers de femmes et d'enfants. Ils se mirent en marche, précédés d'orchestres qui jouaient des marches entraînantes, chantant « Ça ira, ça ira, les aristocrates à la lanterne ». Le chœur qu'ils formaient devint un grondement menaçant. Aux Tuileries, on fut informé de la situation. Louis XVI était déjà réveillé. Au pied de son lit, son premier valet de chambre, Thierry de la Ville d'Avray, tremblait pour son maître, et pour les bijoux de la Couronne dont il avait la garde. Il se rappelait les pillages qui avaient accompagné la prise de la Bastille et l'intrusion des « patriotes » dans le Garde-Meuble. Que faire ? Défendre le Roi ou défendre ses diamants ? « Allez, mon ami, lui dit avec bonté Louis XVI, mais dépêchez-vous et revenez vite ici, nous avons besoin de vous. »

Malgré son âge, Thierry de la Ville d'Avray courut aussi vite qu'il put à travers le Jardin des Tuileries.

LE VOL DU RÉGENT

Il arriva au pont Dormant, traversa au plus vite la place Louis XV, et rejoignit le Garde-Meuble. Son beau-frère, Lemoine Crécy, l'y attendait, tout aussi angoissé. La journée s'annonçait chaude à tous points de vue, et rien ni personne ne serait à l'abri des « patriotes ». Ils se précipitèrent dans la salle où étaient déposées les pierreries de la Couronne. Thierry sortit une clef de sa poche et, à l'aide d'un code connu de lui seul, ouvrit les tiroirs blindés de cuivre de la commode principale. Lui et Lemoine en sortirent huit grandes boîtes fermées par de simples crochets au couvercle recouvert de glaces à ressort. Les huit boîtes contenaient les diamants non montés qui représentaient les trois quarts de la valeur du Trésor Royal. Thierry ouvrit la porte de communication avec ses appartements et, aidé de Lemoine, s'empressa de transporter les huit boîtes dans sa chambre. Dans l'alcôve où se trouvait son lit, il y avait, dissimulée dans la boiserie, une armoire secrète. Il l'ouvrit et y déposa les huit boîtes. Puis, à l'aide de sa femme, accourue à son appel, il cacha les boîtes derrière des paquets contenant différents effets dont ils remplirent l'armoire secrète. Il fallut dix minutes pour vider la commode aux pierreries, cacher les huit boîtes, et refermer toutes les portes.

Laissant Lemoine Crécy sur place, Thierry revint aussi vite que possible au Palais des Tuileries. Le jardin était encore vide, mais une foule immense se pressait de l'autre côté contre les grilles qui protégeaient malaisément la demeure royale. Dans la cour, les gardes nationaux entouraient trois canons pointés sur les « patriotes ». La foule ne cessait de grandir et la pression de grossir. Enfin, les grilles furent forcées. Des émeutiers se répandirent, comme un fleuve, dans la cour et sur les terrasses menant aux jardins. Bientôt, la cour du Carrousel et les alentours des Tuileries furent noirs de monde. Cependant les émeutiers hésitaient : le Palais devait regorger de défenseurs prêts à tirer sur eux. Ils ignoraient que le bâtiment n'avait strictement aucune défense.

Soudain, parmi eux, un canon des gardes nationaux apparut. Sur l'ordre de qui avait-il été pris ? nul ne sait, mais cela suffit pour donner confiance aux émeutiers. Ils enfoncèrent les portes du Palais et, en hurlant « Vive la nation, à bas le veto », ils montèrent en traînant le canon au premier étage, renversant tout sur leur passage. Ils se précipitèrent dans les appartements du Roi. Celui-ci n'avait pour le défendre que son premier valet de chambre Thierry de la Ville d'Avray et quelques gentilshommes, prêts à faire un rempart de leur corps pour le protéger. Mais pour combien de temps ? Venu du salon de l'Œil de Bœuf, on entendit un tonnerre, le canon qu'on roulait, et les coups que les émeutiers portaient contre la porte afin de l'enfoncer. Le Roi ordonna de l'ouvrir. La foule se répandit dans la pièce, en un instant pleine à craquer. Louis XVI risquait moins d'être massacré qu'être étouffé. On le fit monter sur une banquette pour échapper à la pression populaire. Les émeutiers se livrèrent à de violents reproches et énumérèrent leurs exigences : « plus de veto », « rappelez les ministres girondins », « chassez les prêtres »... Louis XVI demeura impassible. Il aperçut, au bout d'un bâton tendu vers lui, un bonnet rouge, symbole des « patriotes ». Il le saisit et s'en coiffa. Les émeutiers applaudirent à tout rompre. En une seconde, l'atmosphère de la pièce avait changé. De l'hostilité on est passé, sans transition, à la plus grande sympathie : « Vive le Roi » entendit-on hurler.

La Reine se trouvait dans la Salle du Conseil avec ses deux enfants. Elle entendit la foule qui se précipitait vers son refuge poussant des cris de mort. Les émeutiers demandaient sa tête. Elle tenta de rejoindre le Roi mais ceux-ci l'en empêchèrent.

On avait placé devant elle une table, la seule protection qu'on ait trouvée. Marie-Antoinette y assit son fils le Dauphin, et tenait contre elle sa fille, Marie-Thérèse, Madame Royale. Les émeutiers enfoncèrent les portes et, toujours hurlant, défilèrent devant la table. La Reine vit alors, portée par les « patriotes », une potence sur laquelle une horrible poupée avait été suspendue portant l'inscription « Marie-Antoinette à la lanterne ». D'autres brandissaient une planche sur laquelle ils avaient cloué un débris sanguinolent, le cœur d'un bœuf, en dessous duquel, en lettres de sang, ils avaient écrit « cœur de Louis XVI ». Ils avaient enfoncé sur la tête du Dauphin un énorme bonnet rouge en laine sous lequel l'enfant étouffait de chaleur. L'épreuve dura plus de deux heures au cours desquelles pas un instant le courage de la famille ne se démentit. Face à eux, l'énergie des émeutiers s'effilochait. Ils entouraient toujours le Roi mais, avec curiosité, avec affection, et même vis-à-vis de la Reine, toujours immobilisée derrière la table du Grand Conseil, le ton avait baissé.

Il était six heures du soir lorsque le maire de Paris, Pétion, entouré de députés, fit son apparition pour remettre de l'ordre. Il avait pris tout son temps pour intervenir et extirper la famille royale de la dangereuse situation où elle se trouvait. Il harangua la foule qui, tranquillement, lui obéit et quitta les lieux.

La nuit tombait lorsque le Palais fut enfin libéré,... mais dans quel état ! Portes et fenêtres enfoncées, meubles cassés, rideaux déchirés, tapis souillés, objets brisés en mille morceaux. Le Roi n'avait pas été massacré, il n'avait pas été arrêté ni même déposé, mais il pouvait se dire qu'il n'y avait plus de roi en France : après un tel esclandre, Louis XVI ne disposait plus d'aucun pouvoir ni même de son libre arbitre. D'autant plus qu'il était devenu prisonnier, avec les siens, dans son propre palais. Les conditions d'existence de la famille royale avaient empiré depuis leur retour de Varenne. Plus question, même pour les enfants, de mettre le nez dehors dans le jardin. Le rez-de-chaussée était chaque jour visité par les « patriotes », à tel point que la Reine avait abandonné son appartement pour monter au premier étage, auprès du Roi. Toute intimité leur était refusée, car ils étaient sous surveillance nuit et jour. Empêchés de se rendre à la chapelle du Palais, ils faisaient dire la messe, pour eux et pour la poignée de serviteurs et de courtisans qu'il leur restait, dans le salon de l'appartement du Roi. Louis XVI comme Marie-Antoinette étaient maintenant persuadés que rien ne pouvait plus les protéger contre ce qui les attendait. Ils ne savaient quelle forme cela prendrait, sauf que cela serait horrible. La Reine fit confectionner par ses femmes de chambre un gilet matelassé pour éviter au Roi d'être blessé par d'éventuels coups de poignards. « Ils vont faire mon procès, répétait Louis XVI à Thierry de la Ville d'Avray, toujours premier valet de chambre, mais n'en dites rien à la Reine. Elle est assez inquiète comme cela. »

Cependant, au plus fort de la nuit, le Roi se levait sans faire le moindre bruit de son lit d'apparat, réveillait Thierry de la Ville d'Avray qui dormait sur son lit de sangles derrière un paravent, et tous les deux se retiraient dans un arrière-cabinet, sans être vus des gardes à moitié endormis à l'autre bout de la vaste pièce. Les deux hommes en robe de chambre sortaient de nombreux documents d'une armoire secrète. Louis XVI les lisait, les triait et brûlait la plupart dans un minuscule poêle en faïence. Une nuit, ils en vinrent aux archives du cabinet secret du Roi, rapports, chiffres, codes, listes d'espions. « Je crains, dit tristement Louis XVI, que nous n'ayons plus besoin de tout cela... il ne faut surtout pas que ces papiers tombent aux mains des "patriotes". » Cette nuit-là, le poêle ronfla plus que de coutume. Il ne resta plus qu'un document dans les dossiers, que le Roi contempla longuement. Il hésitait. Thierry en lut le titre : « Angleterre », et comprit qu'il s'agissait de la liste des espions du Roi de France au Royaume-Uni, cette même liste que son maître et lui avaient utilisée l'après-midi de la cérémonie d'ouverture des États Généraux. Thierry se garda de déranger les réflexions du Roi, mais il le fixait d'un air intrigué. Louis XVI comprenait son interrogation muette, et ex abrupto se lança dans des commentaires qui stupéfièrent son premier valet de chambre : « Vous croyez, mon cher Thierry, que nos ennemis sont le roi de Prusse et l'empereur mon beau-frère, dont les armées ont envahi le royaume ? Vous croyez que les révolutionnaires se sont spontanément soulevés ? Vous vous trompez. Derrière nos adversaires de l'extérieur et de l'intérieur se profile, depuis toujours, un seul et unique ennemi : l'Angleterre. La guerre de

Cent Ans est terminée depuis longtemps, mais l'Angleterre s'acharne à nous abaisser. Dernièrement, elle ne nous a pas pardonné notre rôle dans l'indépendance de l'Amérique, et elle ne nous le pardonnera jamais... Nous étions devenus la première puissance coloniale du monde. L'Angleterre nous a rogné le Canada, puis l'Inde. C'est pour me défendre contre elle que je voulais donner à la France la meilleure flotte de guerre. J'y ai réussi. Cela non plus, l'Angleterre ne me le pardonne pas. Des mutineries ont éclaté dans ses armées, et pis encore dans sa marine. Financièrement, elle était aux abois, son commerce se languissait. La monarchie s'affaiblissait de plus en plus, tout cela à notre avantage... Alors, l'Angleterre a décidé de nous terrasser, de la façon la plus sournoise : elle laisse mon beau-frère l'empereur et le roi de Prusse nous attaquer, tout en professant de vouloir conserver des relations paisibles avec la France. Or, tôt ou tard, non seulement elle entrera en guerre mais elle formera une coalition européenne contre nous... Quant à cette révolution qui nous déchire et nous affaiblit, je sens sa main partout, qui encourage, qui oriente, et surtout stipendie. Je me suis senti attaqué de toutes parts, sans tout de suite comprendre d'où cela venait. Dans ma famille on me contestait : mon frère Provence, mon cousin Orléans. Qui était derrière eux, sinon l'Angleterre ? Et parmi nos révolutionnaires, ces patriotes au cœur pur qui veulent détruire la tyrannie et le tyran que je suis pour faire le bonheur de tous, combien sont pensionnés par le cabinet britannique ? Si je vous les nommais, vous en seriez confondu.... J'ai tellement honte pour eux que je tairai leurs noms.

— Mais, Sire, pourquoi l'Angleterre encourage-t-elle la révolution ?
— Elle sait que c'est le seul moyen de jeter à bas la France. Elle n'a pas tort, et nous voyons déjà le résultat de son action occulte : notre pays est affaibli, appauvri, les Français sont beaucoup plus malheureux qu'avant. La Reine ma femme n'a pas tort lorsqu'elle me dit que nous n'avons pas de plus mortel ennemi que Pitt, le Premier ministre britannique... qui pourtant professe nous aimer et vouloir me protéger. "Je ne prononce pas son nom que la petite mort ne me passe sur le dos", me répète la Reine... Je pourrais en dire autant. »
Thierry de la Ville d'Avray écoutait, bouche bée. Il avait mesuré l'intelligence de son maître, mais il ignorait l'acuité de sa perception et l'ampleur de ses vues. Ils se trouvaient là, tous les deux, dans un arrière-cabinet minuscule et étouffant éclairé d'une seule bougie, isolés par la nuit silencieuse. Thierry voyait s'éclairer les rouages les plus secrets de la politique. Il regarda avec admiration son Roi, qui lui sourit tristement, avant de poursuivre : « Nous n'avons plus qu'un moyen de limiter et peut-être de contrecarrer l'action de l'Angleterre, c'est de percer sa diplomatie secrète, de connaître les noms de ses agents qui sapent notre pays. Ces informations, nous les devons exclusivement à nos propres espions en Angleterre. Voici leur liste, que vous connaissez. J'hésite à la brûler à cause de son importance, car jamais nous ne pourrons reconstituer un réseau aussi efficace que celui-ci. Si, comme je le pense, les révolutionnaires nous chassent de ce palais, et s'ils tombent sur cette liste, ce serait une catastrophe, pour moi comme pour nos agents, et pour la France

en général. Mais si un miracle veut que je retrouve la possibilité de gouverner, alors je regretterai toujours d'avoir détruit cette liste. C'est pourquoi je pense que la meilleure solution est de vous la confier. Prenez-la, et cachez-la. Si les choses tournent vraiment mal, détruisez-la. Si au contraire, il se trouve que je sois de nouveau en mesure de l'utiliser, alors vous me la rendrez. »

*
* *

Anne-Louise constata assez vite qu'Alexandre Lemoine Crécy était un excellent amant. Peu après le dernier dîner qui les avait réunis, il avait envoyé à Lady Carrington en son hôtel du faubourg Saint-Germain un billet lui proposant de la revoir. Elle lui avait donné rendez-vous au Palais Royal. Des jardins s'étendaient au pied de la demeure des Orléans entourés par les élégants bâtiments de rapport qu'y avait bâtis le présent duc. Sous les arcades s'alignaient boutiques, restaurants, cafés. C'était, depuis son ouverture, le rendez-vous du tout Paris et du tout Europe. Les visiteurs, venus de partout, se précipitaient au Palais Royal. La guerre secouait le royaume, la monnaie perdait sans cesse de sa valeur, l'émeute secouait la capitale, mais on n'en continuait pas moins à manger, à boire, à discourir et à faire assaut d'élégance. C'était au Palais Royal que les nouvelles modes se lançaient. On y faisait aussi de la politique du matin au soir, on y jouait à la Bourse et des fortunes entières changeaient de mains en quelques heures. La galanterie était devenue presque ostentatoire, depuis les vieilles sur lesquelles étaient passés des régiments entiers jusqu'aux fillettes de douze ans, toutes, sans aucune gêne, racolaient le client qu'elles allaient satisfaire dans des bouges du quartier.

Pour leur première rencontre, Anne-Louise s'était vêtue avec la plus grande discrétion, un manteau de soie recouvrant sa robe. Lemoine Crécy, lui, affichait la dernière mode : un col très haut, une cravate qui montait jusque sous le menton, un gilet jaune canari, des bottes vernissées. Elle s'avoua qu'il était tout de même très beau. Au Café Foy, la plus ancienne institution des lieux, il fut ravi de montrer à Anne-Louise qu'il était connu, car tout le personnel le saluait de son nom et s'inclinait sur son passage. Cependant, à la terrasse couverte, où se pressait tout ce qui comptait dans la capitale et où il fallait à tout prix être vu, il préféra un des petits salons blanc et or de l'intérieur. Il choisit un coin isolé, car sa femme se montrait extrêmement jalouse et il craignait d'être repéré en compagnie de la belle étrangère. Pendant qu'ils dégustaient chacun un moka, Anne-Louise tâcha de le faire parler. Au début, il ne voulut rien dire et se moqua d'elle. Elle se fit mutine : « Vous m'aviez pourtant dit que j'en saurais plus...

— Bien sûr, Milady, vous apprendrez tout ce que vous voulez savoir sur... moi. » Elle ne mit pas longtemps à trouver la clef qui lui ouvrait les confidences de son vis-à-vis : le commissaire adjoint du Garde-Meuble ne se vantait pas de ce qu'il faisait, mais de ce qu'il savait. Sa stratégie de la séduction consistait à convaincre sa proie qu'il était dans l'intimité des puissants et qu'il connaissait tous leurs secrets. Le Roi n'était plus à la mode, mais il n'en demeurait pas moins une célébrité. À entendre Lemoine Crécy, on se serait cru, jour et nuit, à côté de Louis XVI, alors que ce qu'il répétait, il le tenait en grande partie de son beau-frère. Grâce à lui, Anne-Louise eut le récit détaillé de l'émeute du 20 juin à l'intérieur même des Tuileries, et il lui révéla avoir dissimulé les diamants de la Couronne chez sa sœur, Mme Thierry de la Ville d'Avray. Ce jour-là, Anne-Louise préféra ne pas pousser son avantage. En se quittant, ils se donnèrent un nouveau rendez-vous.

Lors de leur troisième rencontre, ils devinrent amants, le plus simplement du monde. Elle savait qu'il la désirait depuis leur rencontre. Au premier étage du Café Foy, des cabinets particuliers étaient justement offerts à des couples dans leur situation. Elle accepta de l'y suivre... et ne le regretta pas. Alexandre Lemoine Crécy était un excellent amant. Il avait du métier. En outre, chaque caresse de lui la rapprochait de la liste des espions anglais du Roi Louis XVI, et chaque pas vers cette liste la rapprochait de son fils Alexandre. Elle feignit d'être amoureuse de lui. Il la crut, car il n'y a rien que la vanité d'un tel homme ne gobât. Incité par elle, il se montra aussi loquace qu'indiscret : lui, à qui bien peu de femmes résistaient, avait la naïveté de croire qu'il pouvait avoir confiance en elle, du moment qu'elle lui cédait. Subtilement amené sur le sujet, il raconta à Anne-Louise la destruction des dossiers compromettants par Louis XVI et Thierry de la Ville d'Avray. Tout en l'édulcorant, par politesse envers Milady Carrington, il lui répéta les propos sur l'Angleterre du Roi Louis XVI que son beau-frère, dans son admiration pour son maître, n'avait pu s'empêcher de lui révéler. Anne-Louise, tout en hochant la tête avec approbation et en souriant des yeux comme des lèvres avec toute la séduction qu'elle possédait, se dit que le gouvernement britannique avait bien eu raison de mettre à terre le Roi de France. C'était de loin son adversaire le plus coriace et, s'il avait continué à en avoir les moyens, il aurait pu être dangereux pour l'existence même de l'Angleterre. Avec un intérêt non feint, Anne-Louise demanda à Lemoine Crécy : « Donc, M. de la Ville d'Avray est maintenant en possession de la liste ?

— Comme vous dites, Milady. » Tout en effleurant de ses lèvres le corps de l'homme, elle continua son interrogatoire : « À moi, vous pouvez le dire, Alexandre, où donc l'avez-vous cachée, tous les deux ? » Dans un soupir, il lui répondit : « Tout simplement dans une des boîtes contenant les diamants de la Couronne. » Les perspectives qu'ouvrait cette révélation donnèrent le vertige à Anne-Louise ; mais elle sut se contenir. Ses caresses se firent plus précises et ranimèrent les sens d'Alexandre. Ils firent l'amour une troisième, une quatrième fois. Elle lui devait bien ça, après ce qu'il venait de lui apprendre.

Le lendemain, un véritable conseil de guerre réunit Anne-Louise et Adam Carrington. Ce dernier fut catégorique : même si, grâce à l'action souterraine de l'Angleterre, Louis XVI avait perdu son pouvoir, même s'il risquait désormais d'être renversé, la liste des espions anglais à son service gardait son intérêt vital. Il fallait à tout prix s'en emparer, et au plus vite. Ce qui devenait possible du moment que le document avait quitté le Palais et se trouvait dans les appartements privés de Thierry de la Ville d'Avray. D'autant plus qu'Anne-Louise et Adam en connaissaient désormais la cachette. La subtilisation de la liste exigeait néanmoins une préparation minutieuse. Adam insista sur le fait qu'il faudrait aussi voler les huit boîtes de diamants, non seulement parce que cette disparition porterait un coup fatal au prestige de la révolution mais surtout pour dissimuler le véritable objectif des voleurs. Adam martelait ce principe : « Il faut absolument mêler le vol des joyaux à celui de la liste, afin que la disparition de celle-ci paraisse un simple accident dû plutôt au hasard. » Anne-Louise ajouta : « Pour une effraction aussi aisée que celle de l'appartement des Thierry de la Ville d'Avray, nous n'avons plus besoin des services d'un professionnel comme Paul Miette... C'est dommage, j'aurais aimé travailler avec lui. »

— Vous êtes donc éprise de ce voleur ? », remarqua ironiquement Adam. « Pas du tout, mon cher Adam, mais certains voleurs sont autrement sympathiques que des gens soi-disant honnêtes comme vous. » Il se faisait tard, et la fatigue les rattrapait. « Avez-vous des nouvelles d'Alexandre ? » eut-elle encore la force de demander. « Mes hommes sont sur place pour le reprendre à ses ravisseurs. J'attends un courrier de Marseille cette nuit même. » Puis, ils se séparèrent en se donnant vingt-quatre heures pour réfléchir au meilleur moyen de cambrioler les appartements de Thierry de la Ville d'Avray.

Cependant, le rendez-vous qu'ils s'étaient fixé ne devait pas avoir lieu. Le lendemain soir, alors qu'Anne-Louise s'apprêtait à le rejoindre, Yvon Rébus fit irruption dans la boutique, triomphant : « Le tyran croyait qu'il pouvait faire ses quatre volontés comme par le passé, mais le peuple a vaincu et l'a forcé à accepter sa résolution sacrée. » Le Roi avait chassé Roland de La Platière du ministère de l'Intérieur, mais l'émeute ayant triomphé, les Girondins étaient revenus au pouvoir et Roland de

La Platière avait repris son poste. Yvon retrouvait donc sa place de secrétaire du ministre. Il ne voulait plus partir, et il n'était pas question pour Anne-Louise de le quitter en prétextant un rendez-vous qui eût allumé ses suspicions. La joie le rendait encore plus attirant que d'habitude. Elle le lui fit comprendre, ils montèrent dans la soupente richement décorée qui servait de logement à la propriétaire de *La Perle rare*. Après avoir fait l'amour longuement, il y alla de ses confidences sur l'oreiller. « Pendant le court moment où ils ont cru que le tyran triomphait, ces succubes en ont fait de belles... Heureusement que nous y mettons de l'ordre. Figure-toi que Marc Antoine Thierry, le commissaire du Garde-Meuble, a prétexté la possibilité d'un vol pour transporter les diamants de la Couronne chez lui, soi-disant pour les mettre à l'abri, comme si le peuple aurait jamais été tenté de voler ce qui appartient désormais à la nation. Tout cela, ce sont des prétextes, il voulait tout simplement constituer un trésor de guerre pour son maître. Mon ministre a mis fin à ce scandale. Ordre a été donné à ce Thierry de remettre les diamants de la Couronne au Garde-Meuble. Il faut reconnaître qu'il s'est exécuté sans délai ni protestation. »

Anne-Louise poussa une sorte de gémissement. Yvon s'y méprit, croyant à une expression de désir, et se jeta sur elle, la caressa, l'embrassa fougueusement, et elle se laissa faire, pourtant un peu réticente. Ainsi donc, tout était à recommencer... Les diamants, et donc la liste, avaient réintégré le Garde-Meuble, et celui-ci, mieux gardé, était autrement difficile à cambrioler que l'appartement de Thierry de la Ville d'Avray. Impossible d'envisager une opération sans l'aide de professionnels. Paul Miette redevenait indispensable, et il était toujours en prison. C'est ce qu'expliqua Anne-Louise, déçue et rageuse, à Adam. « Et mon Alexandre, avez-vous reçu le courrier attendu ?

— Mes hommes sont arrivés trop tard. Les ravisseurs l'avaient déjà emmené, mais nous les suivons à la trace. Ils se dirigent vers Toulouse. »

Anne-Louise et Adam n'étaient plus en mesure de dresser leurs plans librement. Ils dépendaient désormais des événements car la situation devenait de jour en jour plus dramatique : les armées ennemies continuaient à avancer en direction de Paris, tandis que l'armée française manquait de tout, de discipline, d'armes, de vêtements, de nourriture, et ce n'était pas une émission de trois millions d'assignats qui allait leur permettre de trouver des fournitures. Le seul résultat fut justement de baisser encore plus la valeur de la monnaie. Adam s'attendait à l'arrivée des ennemis aux portes de Paris. La France entière était comme lui, et comptait les jours. L'Assemblée fit proclamer que la patrie était en danger, c'est-à-dire peu ou prou que la loi martiale était instaurée : les libertés personnelles furent presque toutes supprimées.

Dans ce climat d'insécurité, les extrémistes gagnaient chaque jour du pouvoir, et les autorités légales se voyaient progressivement et inexorablement remplacées par des structures insurrectionnelles. La Commune de Paris faisait la loi dans la capitale, Danton la dominait. Naguère Louis XVI avait mis son veto à l'arrivée des volontaires à Paris. Il sentait à juste titre tout le danger que représentaient ces milliers d'excités, mais désormais, peu importait son veto.

LE VOL DU RÉGENT

Le 30 juillet, les plus extrémistes des extrémistes, les volontaires marseillais, arrivèrent par milliers à Paris. Ils brandissaient le drapeau bleu blanc rouge qui avait remplacé les étendards fleurdelisés de la monarchie et chantaient le tout nouvel hymne qu'avait composé pour eux Rouget de L'Isle et qui portait leur nom, « La Marseillaise ». Les Parisiens furent les premiers à entendre ce chant destiné à faire le tour du monde. L'atmosphère devint irrespirable en ville.

Le 3 août, on connut le manifeste qu'avait publié le généralissime des armées ennemies, le duc de Brunswick. Sur un ton hautain qui n'acceptait aucune discussion, il promettait de détruire Paris de fond en comble si quiconque s'avisait à toucher au Roi et à la famille royale. Cette déclaration eut l'effet exactement inverse : loin de se soumettre, les révolutionnaires se durcirent. Au Club des Jacobins qu'Yvon Rébus fréquentait, on demanda tout simplement la destitution du Roi. Il approuva bruyamment. Dans chaque quartier de Paris, ainsi qu'il le rapportait à Anne-Louise, se préparait une insurrection générale contre le Roi, pourtant déjà réduit à l'impuissance. On discourait, on s'armait, on s'échauffait et on se préparait à attaquer le Palais des Tuileries, cette fois-ci défendu par les gardes nationaux et les gendarmes. Comme cela ne suffisait pas, on fit venir des environs de Paris des régiments de gardes suisses. Bientôt le Palais compta plusieurs milliers de défenseurs aguerris et bien armés.

Le 10 août, Anne-Louise, dès son réveil, et sans même s'être levée de son lit, sentit la peur. La peur partout autour d'elle, dans le quartier. À peine habillée, elle sortit. La plupart des boutiques et des échoppes étaient fermées. Elle alla jusqu'à « L'auberge des Cinq Diamants », rendez-vous habituel de ses amis, où tous étaient réunis, depuis Louis Lyre jusqu'au patron, Lyon Rouef, qui discutaient avec animation. Ils savaient que ce serait une journée terrible.

Pour échapper au pessimisme ambiant, Anne-Louise revint à *La Perle rare*, et elle eut la hardiesse d'ouvrir son échoppe. Évidemment, pas un seul client ne se présenta. Dehors, la chaleur devenait étouffante et le silence des ruelles désertes devenait de plus en plus oppressant. Surgit Yvon Rébus, qui avait passé à sa ceinture deux poignards et tenait un fusil. « Où as-tu trouvé ça ? » demanda Anne-Louise étonnée. « Ne t'en fais pas, je l'ai peut-être volé, mais c'est pour aller abattre, une fois pour toutes, le tyran et la tyrannie.

— Comment ? Yvon, tu vas faire le coup de feu aux Tuileries ? » railla-t-elle. Yvon se rembrunit. Il était sincère, aussi s'en voulut-elle de s'être moquée de lui : « Fais bien attention à toi. Ne t'expose pas, et viens me raconter.

— Ne t'en fais pas... Cette fois-ci, nous avons avec nous des milliers de volontaires venus des provinces et nous sommes dix fois plus nombreux que le 20 juin dernier. » Elle s'inquiéta : « Mais les Tuileries sont bien défendues ?

— Plus tellement. Les gardes nationaux, c'est-à-dire deux à trois mille hommes, ont fait défection. Le tyran est allé les inspecter à l'aube, dans le Jardin des Tuileries, et ils ont tourné leurs canons vers lui. Il a pris la poudre d'escampette et il est reparti en courant à l'intérieur. » Yvon s'éloigna, portant fièrement son fusil dont Anne-Louise doutait qu'il sache s'en servir. Toute la journée, elle attendit seule chez elle, prise d'une inquiétude grandissante pour lui.

En fin d'après-midi, il réapparut, noir de poudre à canon, la chemise et le pantalon tachés de sang. Anne-Louise poussa un cri. Il la rassura, ce sang n'était pas le sien mais celui des féroces défenseurs de la tyrannie. Il voulait raconter mais l'excitation le faisait bredouiller tellement qu'Anne-Louise dut lui faire recommencer son récit plusieurs fois avant de comprendre ce qui s'était passé. Les « patriotes » avaient attaqué les Tuileries par la place du Carrousel. Les gardes suisses avaient riposté en tirant des fenêtres, et les « patriotes » avaient dû reculer, abandonnant la place tapissée des cadavres des leurs, mais les volontaires marseillais étaient venus à leur rescousse avec des canons. Ils avaient commencé à mettre le feu aux baraquements des Suisses. Ceux-ci, enfumés, mitraillés, battirent en retraite à l'intérieur du Palais. Les « patriotes », désormais des milliers, brisèrent portes et volets à coups de haches. Ce fut un torrent qui envahit le Palais. Les Suisses tentèrent de se défendre, mais, poursuivis de salle en salle, ils furent tous transpercés, criblés de balles, hachés sur place. Les gardes nobles du Roi réussirent à s'enfuir par la longue galerie qui rattachait les Tuileries au Louvre.

Anne-Louise interrompit le récit : « Et le Roi, et la famille royale, que leur est-il arrivé ?

— Nous avons cru qu'ils étaient au Palais, nous les avons cherchés partout. J'ai appris que, dès huit heures du matin, le Roi et sa famille s'étaient réfugiés à l'Assemblée, dans la salle du Manège. Ses gardes l'ont défendu inutilement, il avait déjà foutu le camp. Ce devient une habitude chez lui... Viens avec moi, je veux te montrer là où nous avons combattu et vaincu », acheva-t-il en la prenant par la main. Anne-Louise hésita – elle n'avait aucune envie de se rendre sur le théâtre d'un saccage et d'un massacre – mais Yvon semblait tellement désireux de l'associer à son triomphe qu'elle le suivit.

En approchant des Tuileries, ils entendirent des coups de fusil, des cris. Anne-Louise eut un mouvement de recul. « Ne t'en fais pas, ce sont les patriotes qui poursuivent les derniers défenseurs de la tyrannie. » Bientôt, ils atteignirent le Palais. Des cadavres, assaillants et défenseurs mélangés, étaient partout répandus, sur la place du Carrousel, sur les escaliers, dans les salons d'apparat. Le sang maculait les appartements royaux. Dans l'antichambre, les assaillants avaient cassé la fontaine dont l'eau était devenue rouge. Par la fenêtre, Anne-Louise vit des révolutionnaires embusqués derrière des parapets tirer sur les fenêtres de la galerie du Louvre. « Ils donnent la chasse aux "chevaliers du poignard" », commenta Yvon. C'est par ce surnom que le peuple désignait les défenseurs du Roi. Dans les appartements, dans les salons erraient des « patriotes » sanguinolents et épuisés. Ici ou là, un homme, une femme ouvraient des tiroirs et glissaient sous leurs vêtements ce qu'ils en tiraient subrepticement. Anne-Louise remarqua un « patriote » qui emportait un flambeau d'argent, petit, avec une grosse tête au front très haut, qui se glissait le long des murs sans se faire remarquer. Yvon suivit le regard de sa maîtresse. Furieux, il courut sur le voleur et lui donna un coup de crosse : « Nous ne sommes pas des pillards, rugit-il, ceci appartient désormais à la nation ! » Anne-Louise n'oublia pas le regard du voleur. Jamais elle n'avait vu autant de sournoiserie. Déjà l'homme s'était éclipsé.

Des hurlements de joie se firent entendre dans la cour. Une troupe de poissardes et de sans-culottes entouraient un « patriote » qui portait au bout d'une pique la tête de Mandat, le commandant de la garde nationale qui n'avait pas pu empêcher ses troupes de tourner casaque. Anne-Louise se sentit prise d'un dégoût incoercible. Yvon le devina, dont l'enthousiasme avait considérablement baissé devant le spectacle de ce carnage. « Tout n'est pas beau dans une révolution, et je suis le premier à en condamner les excès », commenta-t-il comme pour se convaincre lui-même.

Avant de revenir, il demanda à Anne-Louise la faveur de faire le détour par l'Assemblée nationale : il voulait à tout prix contempler le tyran abattu qui incarnait pour lui toutes les humiliations subies pendant ses débuts difficiles dans une société très hiérarchisée. Ils n'eurent qu'à traverser le Jardin des Tuileries, lui aussi scène de désolation et d'horreur, avant d'atteindre la salle du Manège, transformée pour accueillir les députés de l'Assemblée. On y entrait et sortait comme on voulait. La salle était comble. Tous les députés se trouvaient là ainsi que des dizaines de spectateurs qui n'avaient rien à y faire. À la tribune se succédaient des orateurs qui, dans leur style le plus ampoulé, vantaient l'héroïsme du peuple, couvraient le Roi et sa famille d'injures et d'accusations, exigeant l'abolition immédiate de la monarchie. Mais où donc était la famille royale ? Anne-Louise et Yvon mirent un certain temps à le découvrir. On les avait entassés dans la loge du logographe, une pièce minuscule à la fenêtre grillagée qui se trouvait à côté de la tribune du président de l'Assemblée. La grille avait été enlevée. Anne-Louise et Yvon reconnurent le Roi, qui semblait abattu et fatigué. Lorgnette en main, il suivait l'orateur qui le condamnait. À côté de lui, la Reine pleurait en silence. Elle avait installé sur ses genoux le petit Dauphin endormi. L'ombre ne permettait pas de distinguer les autres occupants de la loge. Personne ne semblait faire attention à la famille royale. Yvon refusa de s'attarder : « Allons viens, nous en avons assez vu. »

4

Dès le lendemain de la prise des Tuileries et de la suspension du Roi, les élus du peuple annoncèrent qu'un nouvel inventaire des diamants et autres joyaux de la Couronne serait dressé le plus rapidement possible. Deux autres décrets parurent : l'un supprimait les visites du public au Garde-Meuble, le second ordonnait de poser les scellés de la nation sur ses portes, le rendant ainsi inviolable. Ces dernières décisions n'avaient pas été prises par l'Assemblée mais par la Commune de Paris, c'est-à-dire le pouvoir nouveau. En tout cas, dans la confusion qui suivit l'effarante explosion de violence du 10 août, les autorités s'intéressaient de très près au Trésor royal.

Ces nouvelles, Anne-Louise les apprit d'Alexandre Lemoine Crécy lors de leur rendez-vous galant dans les cabinets particuliers du Café Foy. Mais de galanterie, il y avait beaucoup moins, car l'amant avait perdu de sa superbe. Il éprouvait surtout le besoin de parler. La prise du Palais par les insurgés et la chute de la monarchie le rendaient peureux. Il avait trop longtemps servi « le tyran » pour ne pas craindre des représailles, alors que la famille royale avait été emprisonnée au Temple. « Peut-être, serai-je, moi aussi, bientôt jeté en prison », confia-t-il à Anne-

Louise avec un petit rire qui sonnait faux. « D'autant, ajouta-t-il, que mon beau-frère et moi, nous sommes sans travail. Le Garde-Meuble ayant été scellé, nous n'y avons plus accès et nous n'en sommes plus responsables. » Il avait assisté, le matin même, à l'apposition de ces scellés par le commissaire de la section, un certain Jean-Bernard Restout, peintre et graveur, « car maintenant, commenta-t-il, on élit n'importe qui à n'importe quoi ». Toutes les fonctions qui, sous l'ancien régime, dépendaient de l'autorité, ministres ou Roi, étaient devenues électives. Le peuple désignait désormais les responsables, et des hommes sans formation se voyaient catapultés à des positions qui en exigeaient beaucoup. Et Lemoine Crécy de s'étendre sur les péchés capitaux de la révolution. Son piédestal renversé, il se plaignait de tous et de tout. Anne-Louise l'avait jaugé depuis longtemps : ce séducteur prétentieux était d'abord un faible. Surtout, il avait peur. C'est tout ce dont elle avait besoin. Elle commença par le rassurer. Elle l'assura solennellement qu'il pouvait compter sur elle et son mari, Milord Carrington. « Nous vous considérons comme un ami sincère et nous ne vous abandonnerons jamais dans l'épreuve. » Lemoine Crécy la crut et parut rassuré. Elle comprit qu'il était désormais de la cire entre ses mains. Les diamants de la Couronne avaient beau avoir été mis sous scellés, Lemoine Crécy, comme son beau-frère, continuaient d'habiter à côté du Trésor Royal, dans le même immeuble...

Yvon Rébus éprouvait du respect, et même de l'affection, pour son supérieur Roland de La Platière, le ministre de l'Intérieur, mais son idole, c'était Danton. Anne-Louise qui, grâce à lui, avait approché le tribun, comprenait ce sentiment. Elle aussi était impressionnée par cette force de la nature qui subjuguait, par cette personnalité explosive, ce verbe tonitruant, cette intelligence percutante et cette lucidité corrosive. Mais elle avait aussi décelé chez Danton un cynisme à toute épreuve qu'Yvon, dans son admiration, n'avait pas cerné. Radieux, il annonça à Anne-Louise que son héros venait d'être nommé ministre de la Justice. Les événements récents, dont ceux du 10 août qu'il avait en partie autorisés sinon organisés, l'avaient porté au pouvoir. Déjà, il en détenait occultement une grande part. Désormais, du haut de son ministère, il était le maître. Yvon se réjouissait, Anne-Louise restait plus circonspecte : dans une situation aussi dramatique, l'arrivée au pouvoir de cet homme imprévisible faisait qu'on pouvait désormais s'attendre à tout. Elle en eut vite la preuve. Dès le lendemain, son amant parut en proie à une excitation anormale : son idole concoctait quelque chose d'énorme. L'ennemi avait envahi la France et bientôt menacerait Paris. Qu'à cela ne tienne, on allait lever des nouvelles armées, bien équipées, bien habillées, bien nourries... en vendant les diamants de la Couronne à l'étranger, puisque là se trouvaient les capitaux capables d'absorber un tel trésor. À l'annonce de cette nouvelle, Anne-Louise ne put cette fois cacher son désarroi. « Tu es comme mon supérieur, le ministre Roland, dit-il. Il a fait une drôle de tête en apprenant la nouvelle !

— Et comment donc l'a-t-il appris ? » demanda négligemment Anne-Louise, retrouvant son sang-froid. « C'est Fabre d'Églantine, l'alter ego de Danton, qui est venu le lui annoncer. Il y avait aussi Pétion, le maire de Paris, dans le bureau. Aucun des trois n'avait l'air enchanté. » Dans son accablement, Anne-Louise se demanda pourquoi donc trois des puissants du jour, Roland, Fabre d'Églantine et Pétion, supposés soutenir Danton, étaient tout aussi consternés. Un premier soupçon lui vint, mais elle se garda bien de le formuler. Entre-temps, il fallait aviser.

Ce soir-là, elle trouva Adam Carrington comme d'habitude dans sa bibliothèque. La pièce était exquisément décorée, avec ces pilastres vert pistache et or, ces rayonnages couverts de vieux veaux, ces fauteuils confortables. Adam aimait la lumière, aussi des dizaines de bougies fichées dans des flambeaux d'argent ou sur des lustres de bronze et de cristal éclairaient la pièce. Il servit à Anne-Louise un grand verre de porto. Elle en avait bien besoin : la situation était loin d'être brillante. Danton allait donc sortir les diamants du Garde-Meuble, on ouvrirait les boîtes et l'on trouverait la liste des espions anglais du roi Louis XVI. Comment éviter qu'elle ne tombe aux mains des révolutionnaires, lesquels sauraient en tirer profit autant que le Roi qu'ils avaient renversé ? Ils tournèrent et retournèrent la question jusqu'à ce qu'un plan germe dans l'esprit d'Anne-Louise. Il n'était évidemment pas question de cambrioler le Garde-Meuble ou de trouver les professionnels capables de le faire. En revanche, Lemoine Crécy offrait des possibilités intéressantes. Elle était persuadée de pouvoir en faire ce qu'elle voulait. Une seule porte, il est vrai fermée par les scellés de la Nation et donc inviolable, séparait le commissaire adjoint du Trésor... mais il y avait son beau-frère, Thierry de la Ville d'Avray. Celui-là, impossible de le circonvenir, il était fidèle à son Roi, à sa mission et le resterait jusqu'à sa mort. Il fallait donc commencer par se débarrasser de Thierry. Ensuite, tout devenait possible. Avant de se séparer, Anne-Louise, comme à chacune de leurs rencontres, demanda à Adam des nouvelles d'Alexandre. Celui-ci, contrarié par les événements si peu favorables à ses plans, tâcha d'éluder. Indifférente à son agacement, Anne-Louise insista. Adam assura que ses hommes se préparaient à enlever Alexandre. Anne-Louise exigea des précisions. D'abord, qui étaient ceux qui avaient enlevé son fils et qui, depuis deux ans maintenant, le détenaient ? Adam pensait qu'il s'agissait d'une bande de voleurs itinérants. Mais pourquoi avaient-ils donc besoin d'un jeune garçon ? Parce que les pickpockets de cet âge se font moins remarquer, ils se glissent plus habilement dans la foule. Leurs petites mains plongent dans les poches ou les bourses plus doucement que ne le ferait la main d'adultes. Ainsi donc, ces ravisseurs entraînaient Alexandre à devenir un voleur. Anne-Louise se demanda s'il ne s'agissait pas là d'un signe, alors qu'elle-même s'apprêtait à embrasser cette profession pour le bien de l'Angleterre. Elle interrogea Adam sur les plans de ses hommes pour récupérer leur fils. Adam assura que ceux-ci ne lui en avaient pas communiqué les détails. Il parut pressé et quitta la pièce. Il devait se changer pour partir à un rendez-vous important. Pendant ces deux longues années, Anne-Louise était passée par différentes phases, la souffrance, la terreur de ne pas savoir ce que son fils était devenu et si elle le reverrait jamais. De temps à autre pointait une sorte de résignation. Elle était persuadée qu'elle avait été séparée pour toujours de son enfant. Un espoir plus fort que tous les chagrins la relevait. Son fils vivait, et un jour, elle le retrouverait. Elle s'était accrochée à la parole donnée par Adam de le lui rendre. Elle n'avait que son assurance pour survivre, mais désormais elle en doutait. Toutes ces indications rassurantes, ces fausses pistes, ces essais manqués ressemblaient vraiment trop à un mauvais roman. Mais si Adam mentait, où donc était Alexandre, et comment le retrouver ?

Dès le lendemain de la prise des Tuileries et du massacre des Suisses, Paris avait repris son visage habituel comme si rien ne s'était passé. Les cafés avaient ouvert, les femmes se promenaient dans les toilettes à la dernière mode, la foule se pressait, joyeuse, au Palais Royal et dans le Jardin des Tuileries, pendant qu'à peu de distance on enterrait les victimes de l'insurrection. Mais les conditions de vie s'étaient fortement dégradées dans la capitale. Les rues étaient sales et mal éclairées. Malgré les édits publiés sous le règne des rois précédents, les habitants jetaient plus que jamais les ordures par la fenêtre. Cochers et charretiers se montraient insolents et grossiers. Les accidents se multipliaient. Les commerçants dressaient désormais librement leurs tréteaux dans les rues, rendant la circulation encore plus difficile et dangereuse. Puisqu'il n'y avait plus aucun contrôle, les marchés étaient nauséabonds, la plupart des denrées pourries émettaient des pestilences. En fait, tout Paris empestait la boue, les déchets, les rats, la pourriture. L'ordre public n'existait presque plus. Cafés et restaurants étaient devenus peu ou prou des bordels. Des faux assignats circulaient partout. Escrocs et voleurs à la petite semaine, pickpockets et bandits des grands chemins hantaient tous les quartiers. La prostitution et l'ivrognerie augmentaient en conséquence. Rixes, vols et escroqueries se multipliaient, car les meurtriers étaient assurés de l'impunité. Paris était tombé dans un état qui encourageait toutes les audaces.

Anne-Louise commença par distiller son poison dans l'oreille d'Yvon. Ce Marc Antoine Thierry, n'était-ce pas le même qui avait essayé de dérober les diamants de la Couronne en les cachant dans une alcôve de sa chambre ? Or, même si les scellés de la nation avaient été apposés sur le Garde-Meuble, Thierry était toujours là. Qui dit qu'il ne tentera pas un coup facile pour lui à exécuter ! Qui dit qu'il ne volera pas les diamants pour payer les partisans du tyran ! Les diamants pourraient servir à financer un complot royaliste, car plus royaliste que Thierry, c'était difficile à trouver. Yvon remercia avec effusion sa maîtresse de l'aide précieuse qu'elle venait d'apporter à la révolution. Il aviserait au plus vite. Le jour même, Thierry et sa femme étaient arrêtés sur ordre du ministre de l'Intérieur Roland de La Platière, et envoyés à la prison de la Force.

Lemoine Crécy devenait automatiquement commissaire des diamants de la Couronne. Anne-Louise prit l'initiative, pour la première fois, de lui donner rendez-vous. Jusqu'alors, c'était lui qui demandait à la voir. Ils se retrouvèrent dans un cabinet du Café Foy où ils avaient pris leurs habitudes. Il arriva, la mine piteuse, et fort éloigné de penser à la bagatelle. Il venait de perdre son poste. Un nouveau commissaire venait d'être nommé. C'était ce Restout, commissaire de la section, qui avait en personne, devant Thierry de la Ville d'Avray et Lemoine Crécy, apposé les scellés de la nation sur le Garde-Meuble. Évidemment, Lemoine Crécy n'était qu'amertume envers son remplaçant, qui se prenait très au sérieux et voulait faire du zèle. Il avait tout de suite dénoncé les faiblesses de la sécurité du bâtiment. Personne ne surveillait les fenêtres du premier étage et les barres de fer qui auraient dû fermer les volets n'étaient pas posées. Les portes étant scellées, aucune ronde intérieure ne pouvait vérifier l'état des lieux. Enfin, au portail du bâtiment rue Saint-Florentin, les gardes n'étaient pas assez nombreux. Ils n'étaient pas souvent remplacés et les lieux demeuraient sans surveillance. Le nouveau commissaire envoyait rapports sur rapports au ministre de l'Intérieur Roland pour dénoncer cette situation et exiger au moins vingt gardes régulièrement remplacés qui garderaient le portail vingt-quatre heures sur vingt-quatre.

Plus tard, sur le seuil du Café Foy, Lemoine Crécy demanda à Anne-Louise le jour et l'heure de leur prochain rendez-vous. Avec son sourire le plus charmant, son regard le plus prometteur, elle éluda. Lemoine Crécy n'étant plus commissaire au Garde-Meuble, et, de ce fait, étant à la veille d'être délogé du bâtiment, ne pouvait plus lui être d'aucune utilité.

Yvon confirma à Anne-Louise que les réclamations de Restout, le nouveau commissaire, arrivaient chaque jour sur le bureau de Roland. Et que faisait donc le ministre ? Lui aussi se plaignait du manque des forces de sécurité pour garder le Trésor de la nation. Lui aussi écrivait chaque jour au commandant de la Garde Nationale pour lui demander d'envoyer ses hommes protéger ce Trésor. Lui aussi, très inquiet de la situation au Garde-Meuble, faisait du zèle. Un ministre et un commissaire qui s'agitaient pour rendre inexpugnable le Garde-Meuble, un complice possible qui en était chassé, tout cela semblait bien funeste. Cependant, Anne-Louise réfléchissait. Roland se contentait de se plaindre et de réclamer. Or, ministre de l'Intérieur, il avait tout pouvoir pour entourer le Garde-Meuble d'un cordon infranchissable de troupes. Il écrivait mais il n'agissait pas. De nouveau, le soupçon la saisit. Que voulait vraiment Roland ? En tout cas, son inertie la servait bien.

Une fois de plus, les événements s'imposèrent. Le 24 août, les ennemis venus du nord prirent la ville de Longwy. Quelques jours plus tard, leurs troupes s'emparaient de l'importante ville de Verdun. L'ambassadeur d'Angleterre, Lord Gowry, était rappelé à Londres, signe que le gouvernement britannique voyait d'un très mauvais œil les événements parisiens. Toutes les monarchies se dressaient contre ces révolutionnaires qui abolissaient la leur, en particulier les royaumes où régnaient des branches des Bourbon ou des Capétiens apparentés à Louis XVI, l'Espagne, le Portugal, Naples.

À Paris, ce fut l'affolement. Le gouvernement envisagea le transfert de l'appareil de l'État. Roland prépara l'évacuation de la capitale. C'est alors que sonna le grand moment de Danton. Il bondit à la tribune de l'Assemblée : « J'ai fait venir ma mère qui a soixante-dix ans, hurla-t-il à ses collègues tremblants, j'ai fait venir mes deux enfants, ils sont arrivés hier. Avant que les Prussiens n'entrent à Paris, je veux que ma famille périsse, je veux que vingt mille flambeaux en un instant fassent de Paris un monceau de cendres. Roland, Roland, garde-toi de parler de fuite, crains que le peuple ne t'écoute ! » Il continua ainsi devant un auditoire subjugué et terrifié. Pas question de reculer, pas question de demander un armistice ! Il fallait mener une lutte à outrance, une guerre terrible, même si elle devait aboutir à une résistance désespérée. En premier lieu, il fallait instaurer la dictature. Désormais, la Commune avait le droit de réquisitionner, de mettre en prison, de punir sans limites. Les barrières de Paris seraient fermées, ne laissant sortir personne. Il fallait donner la chasse aux traîtres : « Y en eût-il trente mille à arrêter, il faut les arrêter demain. » Et il termina son discours par l'envolée célèbre : « Il faut de l'audace, encore de l'audace, toujours de l'audace, et la France est sauvée ! » L'Assemblée n'eut pas à voter, ni le gouvernement à prendre de décision. Danton et la Commune avaient désormais tous pouvoirs, ce qui signifiait, calcula Anne-Louise, que Danton commencerait par mettre la main sur les diamants de la Couronne pour les vendre à l'étranger et équiper une armée capable de soutenir ses promesses.

Elle avait eu raison de pressentir que Danton était prêt à tout. Pour frapper un grand coup, et décider les Français à une résistance à outrance, pour leur enfoncer la révolution dans la gorge, et en même temps supprimer toute possibilité d'opposition, il décida d'ouvrir les vannes à un torrent de sang. Mais, rusé, il se gardait d'apparaître comme l'organisateur du carnage, il fit donner les grandes orgues de Marat, la « Voix » de la Révolution qui, dans son journal, réclama toujours plus de victimes et il obtint l'approbation du ministre de l'Intérieur et du maire de Paris. Tout commença dans la journée du 2 septembre par le transfert de vingt-quatre prisonniers, tous des prêtres, de la mairie où ils étaient détenus à la prison de l'Abbaye. On les fit monter dans six voitures. À peine le cortège apparut-il dans les rues qu'une foule bien préparée hurla : « Les voilà, les traîtres, ceux qui ont livré la ville de Verdun, ceux qui vont égorger nos femmes et nos enfants ! Tuons-les ! » Puis ils lardèrent les voitures de coups de piques et de sabres. Un seul prisonnier osa se défendre qui, la canne à la main, frappa un assaillant au visage. Cela déclencha le massacre : les vingt-quatre prêtres furent taillés en pièces. Mis en appétit, les assaillants se répandirent dans la prison de l'Abbaye et massacrèrent tous ceux qu'ils trouvaient dans les cellules, à commencer par des Suisses rescapés des Tuileries et des gardes du Roi. Parmi les massacreurs, beaucoup de Marseillais et autres volontaires venus du Midi, mais aussi de nombreux artisans du quartier qui, dans d'autres temps, exerçaient paisiblement les professions d'horlogers, limonadiers, fruitiers, savetiers, boulangers. Les autorités, averties et bien endoctrinées par Roland, ne bougèrent pas.

D'autres massacreurs s'en prirent à la prison des Carmes, perçant de coups des évêques, des prêtres réfugiés dans une petite chapelle au fond du jardin. Des prisonniers, qui tâchaient de sauter le mur, étaient tirés à bout portant, déchaînant les rires des spectateurs. La nuit venait, les torches s'allumaient, le massacre continuait. Ces mêmes spectateurs, littéralement enivrés par l'odeur du sang, se transformèrent en bourreaux. Ils commencèrent par boire avec eux puis se joignirent à eux. Bientôt, ils ne pouvaient plus s'arrêter de tuer. « Il faut en finir, aujourd'hui même... », répétaient-ils comme une litanie.

Bientôt, la « matière première » vint à manquer : il n'y avait plus de prisonniers à étriper, et les massacreurs n'étaient toujours pas rassasiés. Aussi se portèrent-ils à la prison de la Force où étaient détenus non seulement des aristocrates, des Suisses, des prêtres, mais aussi des voleurs, des brigands de toutes sortes, des condamnés de droit commun. Tant pis, ils subiraient eux aussi le sort des ennemis du peuple ! Le massacre commença à coups de sabres et à coups de fusils.

Dès la fin de l'après-midi, Anne-Louise s'était rendue aux Cinq Diamants. L'auberge était fermée, le patron Lyon Rouef restait invisible, mais, derrière les volets clos, s'étaient réunis tous les commerçants juifs du quartier. Ils étaient tous venus aux nouvelles. Le massacre n'augurait rien de bon et n'amènerait que des ennuis. En apprenant ce qui se passait à la prison de la Force, Anne-Louise frémit. Tout de suite, elle avait pensé à Paul Miette. Ne pouvant tenir en place, elle quitta l'auberge, marcha longtemps dans le quartier, sans but, au hasard de ses pas. Finalement, épuisée, elle revint chez elle.

À peine s'était-elle enfermée qu'elle entendit frapper à la porte de l'échoppe. Qui donc pouvait venir à cette heure de la nuit ? Descendant précautionneusement, elle s'approcha de la porte. Elle hésita un long moment, puis, prenant son courage à deux mains, ouvrit. Dans l'ombre, elle distingua un homme très grand et puissamment bâti : c'était Paul Miette. La surprise, la joie la firent se jeter dans ses bras. Il éclata de son rire communicatif et l'entraîna à l'intérieur. Elle lui lança un tir de barrage de questions. Elle voulait tout savoir tout de suite. Il fit le geste d'éviter une avalanche : « Avant de te répondre, laisse-moi me sustenter. Même amélioré par mes soins, l'ordinaire de la prison reste limité. » Elle lui servit son meilleur vin, lui prépara un véritable souper. Il but et mangea énormément. Anne-Louise ne pouvait cesser de le contempler comme si elle voyait un fantôme. Elle comprit alors combien elle avait pensé à cet homme, combien elle s'était inquiétée et elle mesura son attachement pour lui. Très grand, les cheveux bouclés toujours en désordre, la bouche charnue, les yeux pétillants, il possédait quelque chose d'irrésistiblement entraînant et de réjouissant. Il étancha la curiosité d'Anne-Louise en lui racontant sa « libération ». « Je ne suis pas resté enfermé en prison pendant de longues semaines sans me faire des amis utiles. Des amis qui possèdent les clefs nécessaires et qui sont sensibles au son de l'or...

— Tu t'es acheté des complices, citoyen ?

— Heureusement il y en avait à vendre ! » Tout naturellement, elle avait employé avec lui le tutoiement révolutionnaire, qui pouvait être aussi le tutoiement de l'amitié. Elle le plaignit, lui, bouillant d'énergie, toujours en mouvement, d'avoir été condamné à rester si longtemps à l'inaction. « Mais je ne suis pas resté inactif. J'ai travaillé.

— Mais à quoi donc ?

— À réunir autour de moi des amis.

— Comment, tu t'es constitué une bande de voleurs à l'intérieur de la prison ?

— Non seulement des voleurs mais les meilleurs, les plus aguerris, les plus professionnels.

— Mais dans quel but ?

— Le seul qui m'intéresse, celui que tu connais et dont tu rêves : le cambriolage du Garde-Meuble. Pas un jour, pas une heure sans que j'y aie pensé. Je sais que tu as percé mes intentions et que tu les approuves, même sans l'avouer. Aussi, suis-je venu te trouver parce que j'ai plus que jamais besoin de toi. »

Elle n'eut pas besoin de lui exprimer qu'elle entrait dans ses projets de toutes ses forces, de tout son cœur, tous les deux s'étaient parfaitement compris.

Miette était, de surcroît, un conteur hors pair. Anne-Louise l'écouta, fascinée, raconter sa libération : « Le mieux pour échapper aux foudres de l'ordre, c'est d'avoir dans son camp les représentants de ce même ordre. » Miette s'était donc abouché avec un de ces officiers de paix aux larges responsabilités que la révolution avait créés pour assister la police débordée. C'était ce nommé Morel qui les avait « élargis », lui et les autres complices qu'il lui avait désignés. Il n'avait eu aucune difficulté à les faire sortir de la prison, pendant que d'autres voleurs étaient massacrés sous leurs yeux, mélangés à des prêtres et à des aristocrates. Parmi les victimes se trouvait Thierry de la Ville d'Avray. « Figure-toi, citoyenne, que nous étions devenus amis, en prison. Je l'avais tout de suite reconnu pour l'avoir vu plusieurs fois lors de mes visites au Garde-Meuble. Je m'étais naguère préparé à le cambrioler et voilà que, dans l'épreuve, nous avons sympathisé. J'avais de l'estime pour lui car il était honnête et courageux. Tu peux sourire, citoyenne, sache que j'apprécie l'honnêteté exclusivement chez les autres », ajouta-t-il avec malice. Anne-Louise ne put s'empêcher d'être profondément attristée. « Ainsi ce malheureux a péri par la fureur aveugle des massacreurs...

— Pas tout à fait, la reprit Paul Miette, il s'est passé quelque chose qui m'intrigue. Il y avait au milieu des massacreurs un homme grand, maigre et beau, vêtu de la façon la plus voyante, à coup sûr un étranger ou un Anglais. » À cette description, Anne-Louise reconnut tout de suite Adam Carrington. « Personne n'applaudissait plus fort aux exploits de ces monstres. Il avait fait apporter un tonneau d'eau-de-vie dont il leur versait de généreuses rasades, et semblait prendre un plaisir sincère à l'atroce spectacle. Personne ne l'a remarqué, mais je l'ai très bien vu faire un signe à l'un des massacreurs les plus acharnés qui semblait le chef. Celui-ci s'approcha, l'étranger lui murmura quelques mots à l'oreille et lui glissa dans la poche des pièces d'or. L'homme est allé droit sur Thierry de la Ville d'Avray qu'il a dénoncé aux autres comme un des plus fidèles partisans du tyran. Ce qui a suffi pour que Thierry soit aussitôt percé de cent coups de baïonnettes. Peut-être aurait-il péri de toute façon, mais, en tout cas, il est évident que l'Anglais voulait sa mort... » Les émotions les avaient épuisés tous les deux. Anne-Louise proposa à Paul Miette de rester dormir chez elle. De nouveau, il éclata de son gros rire. « Il vaut mieux pas, citoyenne, car ni toi ni moi nous ne dormirions, ironisa-t-il, la faisant rougir jusqu'aux yeux, mais nous nous reverrons demain pour tout organiser. »

Le lendemain matin, Anne-Louise se rendit chez Adam Carrington, avec encore moins d'entrain que d'habitude. Lorsqu'ils se furent enfermés dans la somptueuse bibliothèque de Milord, elle commença par lui reprocher sans ambages le massacre de Thierry de la Ville d'Avray. « L'élimination de cet homme était une nécessité. En cas d'irrégularité, il vous aurait immanquablement soupçonnée et accusée. » Anne-Louise lui rétorqua aigrement que ce meurtre était désormais superflu puisque Lemoine

Crécy avait perdu sa place, et donc son utilité. « Consolez-vous donc, chère Ann. Écoutez ce récit. Lorsque le massacre s'est arrêté, nous avons vu apparaître Mme Thierry de la Ville d'Avray. La toute fraîche veuve ne venait pas réclamer le cadavre de son mari mais un certificat de son décès. Les massacreurs se sont d'ailleurs empressés de la satisfaire. Elle tenait à ce certificat, pour prouver que son mari n'avait pas émigré et donc qu'elle pouvait tout tranquillement hériter de sa fortune sans que celle-ci ne fusse confisquée. » Anne-Louise se rappela la femme effacée, timide, qui restait toujours dans l'ombre de la Ville d'Avray. Elle eut du mal à imaginer un calcul aussi froid, et pourtant elle crut Carrington. Elle lui raconta la réapparition de Paul Miette et ses projets. « Il faut que vous soyez au centre de toutes ces opérations ! » affirma-t-il aussitôt. Anne-Louise continuait à lui en vouloir pour le meurtre de Thierry de la Ville d'Avray, et d'une certaine façon, à s'en vouloir à elle-même. Ce qu'elle avait accumulé contre son ancien amant à propos de leur fils ressurgit. Malgré ses doutes, elle dépendait entièrement de lui pour retrouver Alexandre, et cela l'enrageait. Elle en venait presque à le haïr, avec la seule force que l'on peut avoir si l'on a aimé passionnément l'objet de cette haine.

À la nuit tombée, Anne-Louise se mit en route. Elle n'eut pas longtemps à marcher pour rejoindre la rue des Fossés Saint-Germain l'Auxerrois. Elle ne rencontra à peu près personne sur son chemin. Les rues étaient sombres et désertes. Elle avait rendez-vous chez le sieur Retour, traiteur et logeur. Elle avait choisi sa tenue avec soin : elle s'était habillée en homme, mais elle ne voulait pas de l'uniforme des sans-culottes qu'elle trouvait peu seyant. Elle préférait se donner l'allure d'un jeune assistant perruquier. En entrant dans l'estaminet du sieur Retour, elle fut suffoquée par le bruit et la puanteur. Des débris ignobles de nourritures couvraient les tables, des pichets de grès pleins d'un vin frelaté circulaient. Pouvait-on donner ce beau nom de courtisanes à ces femmes âgées, édentées, qui ricanaient grossièrement en s'enivrant. Dans un coin, des hommes se partageaient la recette de vol à la tir, des vêtements maculés, des objets sans valeur. Entre les tables couraient des bandes d'enfants sales, des chiens faméliques. Miette l'accueillit, parfaitement à l'aise dans ce cadre sordide. Par sa stature mais aussi par sa personnalité, il dominait ce monde de l'ombre qui, soudain, parut à Anne-Louise ne plus exister à côté de lui. Il eut un regard amusé sur la tenue d'Anne-Louise, puis lui présenta « ses amis », ceux qu'il avait rencontrés en prison, Deslande, Tricot, Delors, ainsi que les Rouennais, « les amis de Rouen », avec qui il avait déjà « travaillé » : il garantissait leur professionnalisme. Ceux-ci étaient dirigés par le nommé Cadet Guyot. Le crâne rasé, les yeux pâles, jeune mais déjà à moitié édenté, il était puissamment laid. Le verbe autoritaire, la question incisive, la réflexion percutante, il était étonnamment intelligent. À la considération que lui marquait Miette, Anne-Louise comprit que c'était un chef redoutable. Elle fut présentée à ses « amis » qui semblaient tous fanatisés par lui. Il y avait donc deux bandes : celle constituée d'amis anciens et nouveaux de Paul Miette, et celle des Rouennais dirigés par Cadet Guyot, qui de lui-même s'était placé sous les ordres de Miette.

Pendant que les voleurs discutaient entre eux, Anne-Louise réussit à entraîner Paul Miette dans un coin pour lui parler à l'abri des oreilles des autres. « Vous n'êtes pas assez nombreux », dit-elle à Paul Miette. Celui-ci s'esclaffa : « Pour opérer un cambriolage réussi, le moins on est, le mieux c'est. » S'il s'était résolu à faire venir la bande des Rouennais, c'est que l'objectif était tellement énorme qu'à eux seuls, lui-même et ses « amis » n'y suffisaient pas. « Justement, c'est ce qu'il faut faire pour éviter les poursuites. Plus vous serez, moins on remontera jusqu'à toi ! » Paul Miette la regarda avec étonnement, avec amusement. Il réfléchit : « Peut-être, citoyenne, mais plus nous serons, plus il faudra partager. » Anne-Louise lui rappela que, lors de leur visite au Garde-Meuble, un lundi ouvert au public, il avait de son propre chef jugé invendables de nombreuses pièces. « Tu n'auras qu'à les laisser à tes futurs complices.

— Et nous abandonnerons les pierres de couleur à Cadet Guyot et à ses Rouennais », compléta Paul Miette. « Pour nous réserver les diamants non montés, ceux qui ont le plus de valeur et les plus faciles à écouler », conclut Anne-Louise. « Tu es beaucoup plus forte que je ne l'aurais cru », ne put s'empêcher de remarquer Paul Miette, compliment qui la remplit d'une profonde fierté.

Pendant que dans l'estaminet du sieur Retour, rue des Fossés de Saint-Germain l'Auxerrois, s'élaborait le plus grand casse de l'Histoire, ailleurs dans les prisons l'horreur se poursuivait, d'autant plus atroce qu'elle s'était couverte d'un semblant de légalité. Un huissier nommé Maillard, le pire des fanatiques dans sa froideur et sa férocité, s'était érigé en juge. De lui dépendirent la vie et surtout la mort de centaines de prisonniers. Des brigands se mêlèrent aux tueurs et aux massacres s'ajouta bientôt le vol. On s'en prit aux femmes, on les tua, mais d'abord on les viola. On dépouillait les cadavres encore chauds et les piles de corps nus ensanglantés s'élevaient dans les cours des prisons. Les femmes sorties de la lie du peuple étaient les spectatrices les plus assidues. Les massacreurs, enchantés d'être applaudis, avaient installé des bancs dans les cours afin que les charognardes puissent être confortablement assises pour assister au massacre d'autres femmes. À la tribune de l'Assemblée, on vantait « la juste vengeance du peuple qui avait bien raison de s'en être pris à "des scélérats" reconnus ».

De retour chez elle, Anne-Louise trouva un billet d'Yvon : il était retenu au ministère, auprès de Roland de La Platière, et craignait, les jours suivants, de n'avoir pas non plus beaucoup de temps pour voir sa bien aimée. Anne-Louise comprit que les massacres dans les prisons obligeaient le ministre de l'Intérieur à ne plus quitter son bureau, ni lui, ni son secrétaire. Elle fut prise d'un accès de rage contre la lâcheté de Roland, ce ministre qui loin d'arrêter les massacres leur apportait sa bénédiction...

Anne-Louise et Paul Miette avaient eu beau s'habiller le plus simplement et paraître un couple d'honnêtes artisans, ils n'auraient pas manqué d'être remarqués par leur taille, leur beauté, leur allure. Bras dessus, bras dessous, ils affectaient de se promener le plus innocemment du monde. En fait, les rares passants qu'ils croisaient étaient trop préoccupés pour faire attention à eux. La peur avait pris Paris au ventre car, dans les prisons, les massacres se poursuivaient. Le couple déboucha sur la place Louis XV – devenue place de la Révolution –, la statue du roi avait été renversée et son socle se dressait tristement dénudé. Dans le fossé qui entourait la place poussaient les herbes sauvages que plus aucun jardinier ne venait arracher. En face commençaient les Champs-Élysées où les buissons s'étaient épaissis rendant les lieux encore plus dangereux. Les somptueux pavillons de Gabriel se dressaient tout seuls, incongrus, devant cette grande aire vide. Anne-Louise et Miette, qui opéraient une reconnaissance, firent le tour du bâtiment qu'occupait le Garde-Meuble. L'entrée sur la place de la Révolution avait été depuis longtemps condamnée, seule celle de la rue Saint-Florentin était encore utilisée. Quelques gardes bayaient aux corneilles. Il faisait beau et chaud en ces premiers jours de septembre. Le couple flânait, observait, supputait. Effectivement, le Garde-Meuble était bien mal gardé. Le Trésor était à peine défendu. Cependant, cette situation favorable risquait de se transformer à chaque instant. Et Anne-Louise de raconter à Paul Miette ce qu'Yvon lui avait révélé, à savoir que Restout, le nouveau commissaire nommé à la place de Thierry de la Ville d'Avray, bombardait le ministre de l'Intérieur de requêtes pour obtenir une protection digne de ce nom. « N'aie pas peur, ses réclamations n'aboutiront pas, affirma Miette.

— Mais Roland lui-même demande chaque jour que la garde nationale prenne en charge la protection du Garde-Meuble.

— Il ne sera pas écouté.
— Mais il est le ministre de l'Intérieur !
— Il ne sera pas écouté, citoyenne, pour la simple et bonne raison qu'il ne *veut* pas être écouté. » Anne-Louise le dévisagea avec stupéfaction. Paul Miette eut ce sourire engageant qui la séduisait tellement : « Aie confiance en moi, citoyenne. Crois-tu que je m'engagerais dans une telle aventure sans m'être assuré de quelques appuis très haut placés ? » Anne-Louise se rappela soudain les soupçons qu'elle avait jadis conçus à l'égard de Roland. « Comment ? Tu as acheté le ministre de l'Intérieur ?
— Pas seulement lui, citoyenne. Il me fallait aussi obtenir que le maire de Paris, Pétion, et l'assistant de Danton, Fabre d'Églantine, soient favorables à mes projets.
— Trois des hommes les plus puissants de France.
— Il y en a d'autres moins importants mais tout de même nécessaires. J'ai dû corrompre pas mal de personnalités bien connues dont tu n'as pas besoin de connaître les noms.
— Mais tu n'es pas si riche, et ils sont chers ?
— Je suis riche mais je n'ai aucune envie de dépenser mon argent pour acheter des consciences. Aussi, leur ai-je tout simplement promis une part du gâteau, en diamants s'entend. Ils auraient pu beaucoup me demander. Figure-toi qu'ils ne se sont pas montrés très gourmands... C'est tout un art de se laisser corrompre, et ils ne savent pas le pratiquer. » Miette savait se montrer tellement convaincant qu'elle était prête à tout croire de lui. Pourtant, devant une telle énormité, elle se demanda s'il n'avait pas quelque peu inventé. Ces hommes connus pour leur intégrité et pour leur inlassable activité en

faveur de la révolution pure et dure, ces hommes seraient donc aussi faciles à acheter ? L'avenir dirait si Paul Miette avait menti ou non.

À ce moment, ils virent sortir, par l'entrée de la rue Saint-Florentin, quatre hommes, visiblement des bourgeois. Étonnés, ils se demandèrent ce que venaient faire là ces personnages. Anne-Louise reconnut l'un d'entre eux. C'était le sieur Jean Corneille Laddfraff, joaillier de son état et allemand d'origine. Elle l'avait rencontré plusieurs fois car leur métier les avait rapprochés. Bras dessus bras dessous, Paul Miette et elle s'approchèrent du quatuor. Le joaillier reconnut à son tour Anne-Louise et vint la saluer. Les présentations furent faites, Paul Miette devint l'associé d'Anne-Louise, les hommes qui accompagnaient Laddfraff étaient tous trois des joailliers. Aux questions d'Anne-Louise, Laddfraff répondit qu'ils étaient venus au Garde-Meuble sur ordre de la Commune de Paris pour dresser un nouvel inventaire des joyaux de la Couronne afin de vérifier qu'aucun ne manquait et, à l'avenir, empêcher, par une description exacte, qu'aucun ne puisse impunément être soustrait. Ils avaient déjà achevé l'inventaire des bronzes, des gemmes, c'est-à-dire des vases taillés dans des pierres semi précieuses et montées pour la plupart à la Renaissance, et enfin les objets précieux comme La chapelle de Richelieu et la nef de Louis XIV. Ils connaissaient bien ces chefs-d'œuvre. Un des experts, ancien joaillier de la Couronne, les avait souvent examinés. Laddfraff s'étendit sur l'aide qu'ils avaient reçue des responsables : Restout le commissaire nommé par Roland, ainsi que Lemoine Crécy, beau-frère de l'ancien commissaire, qui contre toute attente demeurait sur les lieux. Première nouvelle, se dit

Anne-Louise qui en fut profondément étonnée. Devant joailliers et responsables, les scellés de la nation avaient été brisés. Ces messieurs avaient pénétré dans le Garde-Meuble, et leur travail fait, de nouveaux scellés avaient été apposés sur les portes. « Nous reviendrons le plus vite possible, annonça Laddfraff, car il nous reste à faire l'inventaire des pierres de couleur et des diamants. » Paul Miette sentit Anne-Louise se raidir. « Ne t'en fais pas, lui glissa-t-il lorsque les quatre joailliers se furent éloignés, et crois-moi, cet inventaire n'aura jamais lieu. »

Ils avaient repris leur marche, allant et venant sur la place de la Révolution. Paul Miette observait discrètement la façade du Garde-Meuble, « Les scellés de la nation sont apposés sur les portes, chuchota-t-il à Anne-Louise, il faut donc que nous trouvions un moyen d'y pénétrer sans les briser, afin que la découverte de notre passage soit retardée le plus longtemps possible. Mais par où entrer ? voilà toute la question. » Et il scrutait le bâtiment comme s'il attendait que les pierres lui fournissent une réponse.

Le soir même, Anne-Louise, toujours déguisée en garçon, assista à une nouvelle réunion des complices de Paul Miette. Ce dernier, voulant éviter de se faire remarquer, changeait constamment les lieux du rendez-vous. Cette fois-ci, il eut lieu chez la Veuve Noël, rue Champfleuri. Entre-temps, les participants s'étaient multipliés, car, suivant le conseil d'Anne-Louise, Paul Miette s'était adjoint de nouveaux collaborateurs. Ce n'étaient pas des professionnels comme les affiliés de Miette ou les Rouennais de Cadet Guyot, c'étaient plutôt des purs produits de la révolution, des ex-cabaretiers, des mouchards, des déclassés, méprisés et sordides, des anciens perruquiers, des ci-devant valets de pied ou cochers de grande maison, des petits commerçants ruinés par les événements, des artisans au chômage. Un certain Depeyron les commandait, un homme très grand, maigre, aux yeux bruns et au nez busqué. Ce hâbleur, intarissable bavard et homme à femmes, ne parlait que de sexe. Il joua aussitôt de la prunelle vers Anne-Louise et lui présenta ses collaborateurs, tout d'abord son lieutenant Baradelle, un fier à bras tout en muscles. Depeyron avait des allures de seigneur, Baradelle, la tenue et l'accent d'un homme du peuple. Puis Chapeau Rond, Cornut, Leconte, Gallois dit « le matelot », Meyran dit « le Grand C... », le surnommé « Gros cul de bonne vierge » et autres. Anne-Louise sursauta en reconnaissant aussitôt celui qui portait le nom de Cottet. Ce corps malingre surmonté d'une grosse tête au front trop grand, ce regard sournois ne s'oubliaient pas. C'était ce voleur qu'Yvon et elle avaient surpris le soir du 10 août dans les Tuileries en train d'emporter un chandelier d'argent, et sur lequel avait fondu la colère d'Yvon. Instinctivement, elle se méfia de lui et en fit part à Paul Miette. « Peut-être as-tu raison, mais jusqu'à preuve du contraire, je compte l'utiliser. Je me suis renseigné sur lui, c'est un génie de l'intrigue. Il convaincrait n'importe qui de sa bonne foi. »

Cependant, dans les prisons, les massacres continuaient pour la troisième journée consécutive et atteignaient des sommets inédits d'atrocité. Les massacreurs ayant nettoyé le Châtelet de ses voleurs, les Bernardins de leurs forçats, voulurent continuer leur œuvre en s'en prenant à l'immense château de Bicêtre, où logeaient des milliers d'hommes. Les cri-

minels s'y mélangeaient aux innocents ; des pauvres, des vieillards, des malades y croupissaient dans des conditions inhumaines. Ils surent mettre fin pour toujours à leurs misères. Revenus à la Salpêtrière, ils pénétrèrent dans l'aile réservée aux orphelines. Ils les violèrent et emportèrent celles auxquelles ils laissèrent la vie pour en continuer à en faire les instruments de leur plaisir. Il restait dans l'enceinte du château de Bicêtre la maison de correction où étaient enfermés, pour des peccadilles, soixante petits garçons. Aucun ne survécut.
Paris courbait la tête, Paris restait chez soi, Paris tremblait. Parce que Paris savait. Une chape de plomb semblait avoir recouvert la ville. L'insouciance qui avait survécu à tous les événements ne résista pas aux massacres de septembre. La vie des cafés s'arrêta, les élégances disparurent, le commerce en fut paralysé. Les gazettes n'avaient rien dit sur les inconcevables horreurs qui s'étaient déroulées dans les prisons. Personne, cependant, n'en ignora rien.

Yvon Rébus reparut à *La Perle rare*, il semblait penaud, triste. Il s'excusa de ses absences. « Tu étais probablement trop occupé à compter les cadavres pour le compte de ton ministre. Je m'étonne même que tu aies le temps de venir aujourd'hui...
— Les massacres, c'est fini, Anne-Louise, l'ordre est revenu.
— Vous devez être bien déçus, toi et ton ministre. »
Yvon se fâcha. Il parla de la justice du peuple, des ennemis de la nation qu'il fallait supprimer, des traîtres qu'il avait fallu châtier. Il reprocha à Anne-Louise de ne rien comprendre. Il l'accusa d'être une

contre-révolutionnaire. Il tempêta, il cria, avec la mauvaise foi de ceux qui se sentent coupables. Elle lui opposa un silence méprisant, le toisant comme s'il eût été le dernier des derniers. Il s'approcha d'elle, il voulut la prendre dans ses bras, elle le repoussa avec dégoût. « Tu ne me reverras pas de sitôt ! » hurla-t-il. « Tant mieux, répliqua-t-elle, car je n'ai pas envie de fréquenter le complice des assassins de femmes et d'enfants ! » Il partit en claquant la porte.

Anne-Louise était tout de même curieuse de savoir si Paul Miette était aussi puissant qu'il le lui avait laissé entendre. Elle se rendit donc chez le joaillier Laddfraff, prétextant leur récente rencontre place de la Révolution. Le joaillier se montra ravi : par les temps qui couraient, personne n'avait à cœur de fréquenter son magasin, et toute distraction, comme la venue inopinée d'une jolie femme même si elle n'achetait pas, était la mieux venue. Ils bavardèrent un moment, parlèrent métier – bien qu'une infinie distance séparât l'élégant magasin du joaillier de l'humble échoppe de la courtière –, ils se plaignirent de la dureté des affaires et se demandèrent combien de temps ils pourraient tenir sans gagner d'argent. Valait-il mieux fermer boutique ou attendre ? « À propos, parvint enfin à glisser Anne-Louise, avez-vous terminé l'inventaire des diamants de la Couronne ?

— Figurez-vous que non ! Ce matin même, j'avais réuni les trois collègues que je vous ai présentés. Nous nous dirigions vers le Garde-Meuble lorsque, sur la place de la Révolution, un inconnu nous a abordés, il nous a demandé si nous étions les joailliers chargés de l'inventaire des diamants de la Couronne. Sur notre réponse affirmative, il nous déclara

LE VOL DU RÉGENT

qu'il venait nous prier de ne pas nous donner la peine d'y aller, parce qu'il y avait contrordre, du ministre de l'Intérieur en personne ! Une nouvelle date pour l'inventaire des diamants serait fixée et nous serait communiquée dans les plus brefs délais. Bref, nous n'avions plus qu'à rentrer chez nous... » L'inventaire n'avait donc pas eu lieu, comme l'avait assuré Miette.

Anne-Louise revit les voleurs au café Chevalier rue de Chartres à côté du Palais Royal, puis au café-billard dans la sombre rue de Rohan. Elle ne pouvait s'empêcher d'éprouver une admiration grandissante pour Miette qui ne laissait rien au hasard. Dans les rares moments où ils pouvaient s'isoler l'un et l'autre, ils s'abandonnaient aux confidences. Elle ne lui cacha pas l'horreur que lui inspiraient les massacres récents. Miette en éprouvait tout autant de dégoût : « Je suis un voleur mais je n'ai jamais tué personne... mais force m'est de constater que ces abominations ont donné à l'atmosphère de Paris un tour qui convient à nos projets ! La peur est si répandue que personne ne prêtera attention à nous. »

Alors qu'Anne-Louise supportait le cynisme de Miette, celui d'Adam Carrington la hérissait. Son métier l'obligeait à tenir ce dernier au courant de tous les détails des préparatifs du vol du Garde-Meuble. Peu de jours avant la date fixée pour le début des opérations, elle lui mit ce marché entre les mains : « Ou vous me rendez Alexandre, ou je ne participerai pas au cambriolage, et vous n'aurez jamais votre liste. » Les yeux d'Adam flambèrent, il pinça les lèvres, pâlit légèrement, puis répondit d'un air détaché : « Ce n'est pas à moi que vous rendez des comptes mais au gouvernement britannique. Ce n'est pas moi que vous servez, mais l'Angleterre.

— Rien ne m'est plus important que mon fils... c'est-à-dire le vôtre aussi. » Adam lut dans l'expression d'Anne-Louise une détermination inébranlable. Il réfléchit longuement, avant de répondre : « Je ne peux vous garantir que vous reverrez Alexandre avant le vol mais je vous promets, sur ce que j'ai de plus solennel, qu'il sera avec vous avant dix jours. » Elle et lui se regardèrent, les yeux dans les yeux, un long moment. « Je vous crois », finit-elle par dire.

5

11 septembre 1792

Dix heures et demie du soir avaient sonné. Paris semblait désert. L'horreur provoquée par les massacres dans les prisons ne s'était pas diluée et l'insécurité régnait partout. On parlait de fausses et parfois de vraies bandes de policiers de garde qui arrêtaient les passants dans les rues pour les voler, opéraient des descentes chez des particuliers supposément fortunés pour les rançonner, arrêtaient à tour de bras pour libérer contre rançons. On ne pouvait même plus se fier aux représentants de l'ordre. D'ailleurs, de quel ordre s'agissait-il puisque, existant jusqu'alors, il avait depuis longtemps disparu. La terreur régnait qui vidait les rues dès la tombée de la nuit. Cette atmosphère de menace suspendue au-dessus de la capitale n'avait pas empêché deux hommes de sortir. L'un, il est vrai, avait de quoi se défendre, c'était un colosse, l'autre aussi était assez grand, il portait la tenue du sans-culotte, gilet chemise au-dessus d'un pantalon mal ficelé, bonnet rouge, mais à la place des sabots qui complétaient l'uniforme des révolutionnaires, il avait endossé de fins escarpins de cuir, de façon à faire le moins de bruit possible en marchant. C'étaient Paul Miette et Anne-Louise. Abandonnant la rue Saint-Honoré qu'ils remontaient, ils prirent à gauche la rue des Champs-Élysées, se faufilèrent entre les bosquets et atteignirent la place de la Révolution, déserte, silencieuse, sinistre. Émergeant de l'ombre épaisse des arbres, Paul Miette siffla avec ses doigts. Aussitôt, des hommes sortirent de derrière les statues représentant les villes de France. En tout, une quinzaine. Pas un mot ne fut échangé. Lorsqu'ils furent assemblés, ils se dirigèrent vers le bâtiment du Garde-Meuble.

Soudain, venant des berges de la Seine apparut une patrouille de gardes nationaux. Anne-Louise frémit, mais Miette ne semblait pas autrement ému. L'angoisse au cœur, elle vit ceux-ci marcher droit sur eux. Elle s'arrêta, incapable d'avancer. Miette lui prit la main. « Tu ne reconnais pas nos amis ! » Elle dévisagea les intrus : c'étaient Basile, Tricot, Colin, Letors et autres membres de la bande. « Ils sont chargés de faire diversion, lui murmura-t-il, ils vont occuper l'attention des sentinelles qui gardent le portail de la rue Saint-Florentin. » Effectivement, les « gardes nationaux » disparurent au coin du bâtiment.

Les voleurs s'arrêtèrent devant le pavillon d'angle qui donnait sur la rue Royale. Une lanterne était accrochée à une poutre de fer scellée au balcon du premier étage. Miette décrocha la corde qui servait à descendre la lanterne pour l'allumer. Il s'y suspendit puis, prenant appui sur les refends des pierres, se hissa le premier jusqu'au balcon. Les autres le suivirent : bien entraînés, ils escaladèrent rapidement. Anne-Louise se demanda si elle aurait la force de grimper à la corde. Au signe de Paul Miette, un de ses « amis » l'aida. Ce fut beaucoup plus facile qu'elle ne l'aurait imaginé. Elle arriva essoufflée en haut de la corde, enjamba la balustrade de pierre et se retrouva sur la galerie couverte qui s'allongeait sur la façade du Garde-Meuble. Personne ne les avait vus. Trois guetteurs étaient restés sur la place de la Révolution.

Miette désigna une fenêtre. Un de ses hommes s'en approcha et à l'aide d'un diamant de vitrier découpa un carreau. Il passa sa main et l'ouvrit. Restaient les volets. L'homme sortit de sa poche un vilebrequin et commença à percer un trou dans le bois à la hauteur de la poignée du volet. Resterait la grosse barre de fer qui renforçait les volets. Anne-Louise l'avait remarquée lors de leur visite du Garde-Meuble. La briser prendrait beaucoup de temps et ferait trop de bruit. L'homme, ayant fini de pratiquer un trou dans le volet, passa la main, baissa l'espagnolette, les volets s'ouvrirent, la barre de fer n'avait pas été posée.

Les voleurs pénétrèrent dans la pièce où étaient serrés les diamants de la Couronne. Ils rabattirent les volets et allumèrent quelques lanternes sourdes. Un des voleurs s'approcha d'une armoire et l'ouvrit. Une injonction de Paul Miette le rappela à l'ordre. C'était lui le seul chef, et rien ne se ferait qu'il ne l'eût ordonné. Cette injonction s'adressait aussi bien à ses hommes qu'aux Rouennais de Cadet Guyot. Sur ses instructions, plusieurs voleurs allèrent vérifier que les portes soient bien fermées, celles qui donnaient sur le grand escalier et qui communiquaient avec l'ancien appartement de Thierry de la Ville d'Avray. Elles portaient les sceaux de la nation et donc personne n'oserait les briser. Le seul risque était « qu'en travaillant », ils fassent trop de bruit. Aussi, toujours sur instructions de Paul Miette, avaient-ils amené des crochets de fer qu'ils glissèrent sous chaque porte. Si jamais les gardes, entendant des bruits suspects, montaient à l'étage et tâchaient d'enfoncer les portes, ils en seraient retardés, grâce à ces crochets.

Ces précautions prises, ils commencèrent leur travail. D'un côté Paul Miette et son assistant Francisque, de l'autre Cadet Guyot et son assistant Gaubert, crochetaient les vitrines et s'emparaient de ce qu'ils y trouvaient. Deslandes et Pradel les éclairaient en tenant les bougies très haut. Les autres hommes triaient les joyaux que leur tendait leur chef. Anne-Louise était appelée tantôt par Cadet Guyot, tantôt par un de ses hommes. Ils reconnaissaient la marchandise facile à écouler mais ils hésitaient sur la valeur d'une pierrerie. Elle examinait l'objet, puis énonçait un chiffre approximatif. « Quand je te disais que tu étais indispensable... » murmura Miette avec admiration et tendresse. Il prit une petite boîte en or sur le couvercle de laquelle était inscrit « la reine des perles ». Elle renfermait une seule perle, énorme, qu'il offrit à Anne-Louise. Les vitrines contenaient les parures, principalement de pierres de couleur, la seule parure de diamants étant ladite « parure blanche », exécutée par Thierry de la Ville d'Avray pour Louis XVI. Selon leur accord préalable, Paul Miette laissait les principales pierres de couleur aux Rouennais. Il n'hésita que devant une seule pièce, la fameuse « Toison d'Or » de Louis XV enchâssée du rubis « Côte de Bretagne » et du « Diamant Bleu » que Louis XVI avait portée lors de l'ouverture des États Généraux. Il demanda une estimation à Anne-Louise. Pour la première fois, celle-ci hésita. Elle semblait transfixée non par le rubis mais par le

« Diamant Bleu ». Puis, elle murmura le chiffre énorme de dix millions de livres, beaucoup plus que l'estimation de l'inventaire. « C'est un saphir, il est à moi », annonça Cadet Guyot. « C'est un diamant, je le garde », rétorqua Miette. « C'est une pierre de couleur, elle est aux Rouennais », trancha Anne-Louise. Miette l'interrogea du regard. Elle n'exprima rien, le laissant libre de sa décision. Il laissa pourtant partir le joyau. « C'est à toi, Cadet. » Il se fiait à Anne-Louise.

Le silence dans la pièce n'était interrompu que par les estimations murmurées par Anne-Louise et le léger bruit des vitrines qu'on crochetait. Ils opéraient avec calme et tranquillité, ignorant le danger auquel ils s'exposaient. Et si les gardes se réveillaient et venaient voir ce qui se passait ? se disait Anne-Louise, mais non, personne ne vint.

Lorsque les vitrines eurent été vidées de leur précieux contenu, Miette donna l'ordre du départ. Les voleurs refermèrent soigneusement les volets, les fenêtres, afin que, de la place, on ne remarquât rien de suspect. Ils utilisèrent le même chemin pour redescendre. En bas, ils retrouvèrent les guetteurs postés par Miette, puis ils se dispersèrent. Il était alors deux heures du matin, l'opération avait pris exactement trois heures. Cadet Guyot s'approcha de Miette : « Adieu, j'espère que nous aurons d'autres occasions de travailler ensemble.

— Tu quittes Paris ?

— J'ai assez. Nous partons immédiatement, mes hommes et moi, pour Rouen, puis nous disparaîtrons. » Anne-Louise se laissa raccompagner par Paul Miette mais la tension l'avait trop épuisée, elle ne lui proposa pas de monter chez elle. Elle avait été totalement éblouie par le professionnalisme et l'autorité de ce dernier, mais elle était assaillie de questions.

Le lendemain soir, comme en avait décidé Miette, toute la bande se retrouva chez le sieur Retour, rue des Fossés Saint-Germain l'Auxerrois. Il commença par partager le butin entre ses hommes, ceux qui avaient participé au cambriolage, ceux qui étaient restés à faire le guet et ceux qui, travestis en gardes nationaux, avaient formé la patrouille chargée de détourner l'attention des véritables gardes. Le résultat, surtout en diamants montés, épées, montres, boucles de chaussures, boutons, et avec, de surcroît, quelques pierres de couleur, était considérable, mais les voleurs n'étaient pas satisfaits : ils avaient vu la plus grande part du butin constitué de pierres de couleur partir chez les Rouennais. « Je vous promets que je vous donnerai suffisamment pour subvenir à vos besoins jusqu'à votre mort, assura Miette.
— Pourquoi n'y être pas retourné ce soir ? demanda l'un d'entre eux.
— J'ai voulu laisser passer une nuit sans agir afin d'être sûr que personne n'a rien remarqué et que nous n'avons pas été découverts. » Quelque peu calmés, ils examinèrent chacun leur butin et commencèrent à boire.
Anne-Louise en profita pour s'adresser à Miette sans être entendue des autres : « Ils ont raison. Pourquoi as-tu laissé les pierres de couleur ?
— Je me réserve pour le gros du trésor, c'est-à-dire les diamants.
— Comment es-tu si sûr que le vol n'a pas été découvert ?

LE VOL DU RÉGENT

— Le vol ne sera découvert que lorsque je le voudrai !

— Mais toi-même, pourquoi tu as donné une estimation si haute des pierres de couleur de la Toison d'Or ?

— Je voulais que Cadet Guyot, attiré par ce chiffre, la prenne, et non pas toi.

— Effectivement, tu lui as donné raison contre moi, constata Miette.

— Le "Diamant Bleu" enchâssé dans ce joyau est sans conteste une des plus belles pierres du monde. Par sa taille, par sa pureté, par sa couleur, il n'a pas de rival. Bien sûr, il me fait envie, mais en même temps il me fait peur. Déjà, lors de notre visite au Garde-Meuble, j'avais frémi en le voyant pour la première fois. Je le regardais hier soir à nouveau, et comme toutes les pierres, il me parlait, et ce que j'entendais était terrifiant. C'est pour cette raison que je n'ai pas voulu que ni toi ni moi n'y touchions, et que j'ai laissé Cadet Guyot le mettre dans sa poche. »

« C'est "mon soir" », murmura Paul Miette, et il pensait aux diamants qu'il allait voler. « C'est "mon soir" », répéta doucement Anne-Louise, et elle pensait à la liste des espions anglais du Roi Louis XVI dont elle allait s'emparer. Elle ignorait cependant si le document se trouvait toujours, comme l'avait déclaré Thierry de la Ville d'Avray, dans une des boîtes contenant les diamants non taillés. Cette nuit constituait sa seule occasion de s'en rendre compte et de mettre la main sur cette fameuse liste, but de sa participation au cambriolage. Tous deux suivirent le même chemin que l'avant-veille. Ils évitèrent la rue Saint-Florentin pour ne pas passer devant le poste de garde du Garde-Meuble ainsi que la rue Royale, pour ne pas être vus des sentinelles qui veillaient à la porte du ministère de la Marine. De nouveau, ils empruntèrent la rue des Champs-Élysées pour arriver à la place de la Révolution. Ils y retrouvèrent « les amis » de Paul Miette. Cette fois-ci point de Rouennais. Cadet Guyot et sa bande étaient retournés, comme ils l'avaient annoncé, à Rouen et de là ils s'étaient évanouis dans la nature. Pas non plus de fausse patrouille de gardes nationaux. « Il n'est pas nécessaire d'occuper les gardes, expliqua Miette, de toute façon, ils ne font attention à rien, ils sont repliés à l'intérieur du bâtiment et dorment à moitié.

— Tu te trompes, citoyen, voilà tes amis déguisés comme la dernière fois. » Anne-Louise désigna une patrouille qui se dirigeait droit vers eux. « Ce sont des vrais ! » murmura Miette. Anne-Louise frémit. « N'aie pas peur, tout va bien se passer », la rassura Miette. Il laissa les gardes nationaux s'approcher. Ceux-ci pointèrent leurs fusils vers le groupe. « Le mot de passe, citoyen, ordonna leur commandant.

— Schutt, répondit Miette d'une voix ferme.

— C'est bon, citoyen, vous pouvez circuler », et la patrouille s'éloigna. Anne-Louise s'émerveilla : « Comment ? tu as réussi même à apprendre leur mot de passe ? Tu ne laisses rien au hasard...

— C'est le secret du succès. »

De nouveau, ils utilisèrent la corde de la lanterne suspendue au coin de la galerie ouverte, la vitre cassée puis le trou percé dans le volet. Toujours pas de barre de fer. En quelques minutes, ils se retrouvèrent dans la pièce qui abritait les diamants de la Couronne. Ils vérifièrent que les portes donnant sur l'intérieur du Garde-Meuble étaient bien fermées et qu'aucun bruit ne parvenait du rez-de-chaussée. Ils posèrent sur chacune d'elles des crochets afin de leur donner le temps de fuir si, par hasard, les gardes les entendaient et venaient faire une inspection. Trois hommes avaient été laissés sur la place pour faire le guet, deux autres tenaient des bougies, les trois derniers entouraient Paul Miette et Anne-Louise. Ils crochetèrent la commode aux diamants. Ils eurent un peu de mal car l'intérieur des tiroirs avait été blindé de plaques de métal, mais aucune serrure ne résistait longtemps à ces professionnels. Ils sortirent les huit grosses boîtes contenant les diamants non montés et les posèrent l'une après l'autre sur une table en bois doré, au plateau en pierres dures, qui se trouvait au centre de la pièce. Les boîtes n'étaient fermées que par un crochet. Miette fit glisser la glace qui leur tenait lieu de couvercle. Dès l'ouverture de la première boîte, ce fut un éblouissement. Malgré la faiblesse de la lumière répandue par les deux bougies tenues par les voleurs, les pierres scintillaient. Elles attiraient, elles envoûtaient, mais paralysaient aussi, car pas un des hommes n'osait mettre la main sur elles. Paul Miette en personne les sortit de leurs boîtes et les étala sur le marbre de la table, constituant neuf tas, un pour chacun de ses complices et un pour Anne-Louise. Quant à sa propre part, il glissait directement les pierres dans un sac de velours. Puisqu'on était « entre soi », il avait décidé que le partage se ferait sur place. Voler n'était pas du goût d'Anne-Louise, cependant refuser sa part l'eût rendue suspecte, et puis, elle ne pouvait résister à l'appel de ces diamants.

Elle vit passer dans les mains de Miette les pierres les plus célèbres du Trésor qu'elle reconnut instantanément : le Régent, le Sancy, le Miroir du Portugal, le Guise, le diamant rose à cinq pans, une dizaine de

Mazarin. Paul Miette n'en garda pas un seul pour lui ni n'en donna à Anne-Louise. Toutes les pierres les plus grosses, les plus historiques allèrent à ses complices. Anne-Louise en comprit la raison, en se rappelant son diagnostic : ces pierres étaient trop célèbres pour pouvoir être facilement écoulées telles quelles, et les retaillerait-on qu'elles perdraient une grande partie de leur valeur. Tout en paraissant les avantager, Paul Miette, comptant sur leur cupidité, dupait ses complices. Il se réservait les pierres de moyenne taille ou de petite taille, facilement écoulables. Il ne voulait garder que les plus belles, celles qui avaient le plus d'éclat et c'est par centaines qu'elles disparaissaient dans son sac.

Ce fut à l'ouverture de la sixième boîte que se présenta le moment attendu anxieusement par Anne-Louise. Paul Miette fit glisser la glace du couvercle, et aussitôt s'échappa un petit papier plié en deux qui tomba par terre. En un éclair, elle s'était penchée, l'avait ramassé et mis dans sa poche. Personne n'avait rien remarqué, sauf Paul Miette qui, tout en commençant à sortir les diamants de la boîte, posa un regard lourd de signification sur elle. Elle ne put s'empêcher de rougir. Paul Miette, sans rien dire, donna à nouveau toute son attention aux diamants. Il y en avait tant qu'ils mirent du temps à les évaluer et à les partager. La dernière boîte contenait de fort belles perles, non montées elles aussi, dont ils s'emparèrent. Il était presque quatre heures du matin lorsqu'ils refermèrent, redescendirent et se dispersèrent. Les complices se réjouissaient d'avoir pu mettre la main sur des diamants d'une valeur fabuleuse. Seule Anne-Louise savait que Paul Miette s'était réservé la part du lion.

Miette, qui l'avait raccompagnée, entra à sa suite dans *La Perle rare*. « Chacun de nous a ses secrets, n'est-ce pas, Anne-Louise ? », commença-t-il, et du regard il indiqua la poche où elle avait glissé la liste. Tout de suite, elle le défia du regard. « Ne t'en fais pas, ajouta-t-il, je garde mes secrets, comme toi tu gardes les tiens. » Puis il posa sur la table le sac où il avait glissé les centaines de diamants qu'il s'était réservés. « Il me faudrait attendre des semaines et prendre de gros risques pour les vendre. Grâce à tes réseaux, tu as tous les moyens de les écouler. Je te les vends pour huit millions de livres, bien entendu pas en assignats, tu en tireras facilement le double.
— Tu les auras, répondit calmement Anne-Louise.
— Je veux l'argent demain matin.
— Nous sommes d'accord. » Miette ne put cacher son étonnement. Il ne doutait pas qu'Anne-Louise disait vrai, mais se demandait où elle trouverait une somme pareille d'ici le lendemain. « Et surtout, tâche de ne pas me doubler, car alors, je deviendrais ton pire ennemi.
— Ne t'inquiète pas », lui répliqua Anne-Louise d'un ton protecteur qui l'agaça prodigieusement. Mais il se contenta de sourire ironiquement : « À demain donc, citoyenne. »
La porte de la boutique fermée à clef, Anne-Louise ouvrit le sac qui contenait la part de diamants que lui avait réservée Miette. Les pierres n'étaient ni très nombreuses ni très grandes, mais elles étaient merveilleuses, chacune. Leur éclat, leur taille les rendaient parfaites. Anne-Louise s'aperçut que Miette les avait choisies, une à une, avec le plus grand soin. La femme, la joaillière, connut un moment de joie intense à l'idée de posséder ce trésor si illicitement

acquis. Elle le cacha avec le lot confié par Miette sous une lame de parquet. Puis, précautionneusement, elle sortit la liste de sa poche. Elle hésita longuement avant de la déplier et la lire enfin. Lemoine Crécy avait bien eu raison en lui annonçant qu'elle serait stupéfaite de ce qu'elle y découvrirait. Ces espions de tous inconnus qui, depuis l'Angleterre, avaient si fidèlement servi Louis XVI, qui étaient-ils ? Des citoyens français, résidant la plupart à Londres, des artisans, perruquiers, modistes, pâtissiers, ils étaient modestes, mais chez eux se réunissait la classe dirigeante, ils entendaient beaucoup et ils étaient fidèles à leur pays d'origine. Il y avait dans la liste plusieurs directeurs de cabinets, plusieurs secrétaires de ministres prêts à se laisser corrompre, imagina Anne-Louise, il suffisait de les pensionner et Louis XVI était connu pour sa générosité. Mais pourquoi des banquiers acceptaient-ils de renseigner le Roi de France ? Rendus internationaux par leur profession, ils n'appartenaient à aucun pays et ils servaient là où ils entrevoyaient de juteuses affaires, probablement Louis XVI leur ouvrait-il des possibilités. Pourquoi aussi des aristocrates de grandes familles bien en Cour allaient-il jusqu'à trahir leur pays ? Beaucoup étaient endettés, d'autres se montraient indiscrets sans le vouloir, avec une maîtresse ou un ami trop proche. De toute façon, ces personnages étaient devenus inutiles. Le Roi réduit à l'impuissance ne pouvait plus les utiliser, et il fallait éviter à tout prix que la liste ne tombe aux mains des révolutionnaires. En revanche, dès que cette liste parviendrait à Londres via Adam Carrington, tous ceux dont les noms y étaient inscrits seraient disgraciés, emprisonnés, jugés, exécutés. Elle repensa au cambriolage. La révolution s'était laissé prendre le Trésor accumulé par les rois de France. Danton ne pouvait plus mettre en gage les diamants de la Couronne afin de lever une armée capable d'arrêter l'ennemi. La France avait perdu. Anne-Louise, elle, avait gagné sur les deux tableaux : elle possédait la liste, et les diamants n'étaient plus au Garde-Meuble. Bientôt, enfin, elle retrouverait Alexandre.

Il n'y avait pas une minute à perdre. Toujours dans sa tenue de sans-culotte, elle ressortit dans les rues encore désertes, excepté quelques charrettes qui s'en allaient lentement. Elle sonna la cloche de la petite porte du jardin d'Adam Carrington. Le concierge, elle le savait, veillait toute la nuit car tardives étaient « les occupations » du maître de maison. La porte s'ouvrit, le concierge, comme d'habitude, la laissa passer et ne s'occupa plus d'elle. Elle monta directement dans la chambre d'Adam qu'elle connaissait trop bien, pour y avoir naguère passé tant de nuits enfiévrées. Elle le trouva au lit avec une femme. Celle-ci manifesta si peu de surprise devant son interruption et quitta le lit, nue, avec tant de dignité qu'Anne-Louise la jugea soit grande dame, soit courtisane, penchant plutôt pour la seconde hypothèse. La femme disparut dans le cabinet d'atours. Adam se leva à son tour. Il ne prit même pas soin de se vêtir d'une robe de chambre, il aimait se montrer dans le plus simple appareil. « Cette tenue vous sied à merveille, ma chère Lady Carrington, dit-il avec un petit rire ironique, vous me feriez presque aimer les garçons...

— J'ai la liste, commença-t-elle.

— Donnez-la-moi ! et il tendit la main.

— Dans ma précipitation, je ne l'ai pas prise avec moi.

— Il me la faut au plus vite !

— Il y a plus pressé, Adam. » Elle lui raconta le vol des diamants et la proposition de Paul Miette. Elle lui énonça le chiffre prodigieux de huit millions de livres qu'il demandait. Adam, toujours entièrement nu, marchait en long et en large. Il prit peu de temps à comprendre la signification de la proposition de Paul Miette. « Vous aurez la somme dans quelques heures », lâcha-t-il froidement. Anne-Louise n'avait jamais douté de l'immensité des moyens du gouvernement anglais ni de l'importance qu'il attribuait à tout ce qui touchait à la France. Adam Carrington disposait donc de fonds quasi illimités.

Anne-Louise n'avait pas dormi de la nuit, elle s'était lavée, changée. Paul Miette se présenta sur les midi. « Où est l'argent, citoyenne ? » Anne-Louise n'avait pas encore la somme, mais elle vit, par la vitre de sa devanture, deux serviteurs d'Adam Carrington qui apportaient une lourde caisse. « Le voici, citoyen. » Les serviteurs déposèrent la caisse. « Je n'ai pas besoin de compter, citoyenne, je te sais femme de parole. » Sur un signe de lui, deux de ses « amis » qui devaient attendre dans la rue se matérialisèrent qui emportèrent la caisse. « Voilà le moment venu de nous séparer », remarqua Anne-Louise avec une nuance de regret. « Pas encore, répliqua-t-il soudain soucieux. Sur tes conseils, pour effacer notre piste, j'ai étoffé nos troupes. Demain soir, et peut-être s'il le faut après-demain, sont réservés aux petits voleurs que j'ai invités à partager notre gâteau. On ne peut pas les laisser sans surveillance, ils pourraient faire des bêtises. » Sans savoir pourquoi, Anne-Louise éprouva un mauvais pressentiment mais elle ne put qu'acquiescer. Sa présence faisait partie de leur accord.

Dans l'après-midi, Anne-Louise se rendit tout près de chez elle, rue Beaubourg, à l'auberge des Cinq Diamants, le rendez-vous de la communauté juive du quartier. Elle comptait encore peu de clients à cette heure, il était trop tôt. Elle trouva la femme du patron, Laye, une Suissesse d'une quarantaine d'années. « Je voudrais parler à ton mari », lui dit-elle en allemand. Elle la mena à l'entresol dans une petite pièce qui servait de bureau à l'aubergiste, Lyon Rouef. Anne-Louise qui n'y avait jamais pénétré s'étonna d'y trouver de nombreux livres entassés sur des rayonnages, politique, Histoire, religion, matières qui détonnaient avec sa profession. Musclé, un port impérieux, blond, avec à peine quelques cheveux blancs malgré la cinquantaine passée, les yeux bleus perçants, le nez aquilin, il correspondait plus à l'image qu'on se fait d'un grand seigneur que d'un aubergiste. Anne-Louise savait surtout que c'était le plus grand trafiquant de pierreries en France. Il possédait des accointances un peu partout et il était fort puissant. Il n'était doté d'aucune des qualités qu'on espère trouver chez les aubergistes, la politesse, la rondeur, la chaleur de l'accueil. Il était abrupt et grossier. Sans ambages, il demanda à Anne-Louise ce qu'elle lui voulait. Elle sortit le sac des pierreries de Paul Miette, l'ouvrit et étala les diamants sur son bureau. Il ne manifesta aucune surprise, ne posa aucune question. « Je pourrais t'en obtenir un bon prix si jamais tu désires les vendre mais il faudra les écouler petit à petit.

— Je les vendrai moi-même et beaucoup mieux à Londres. » Elle avait choisi de s'entretenir en allemand avec cet Alsacien. « Alors qu'attends-tu de moi ?

— Tu feras sortir ces diamants de France par les canaux que tu contrôles, tu les enverras à Amsterdam pour les retailler. » Lyon Rouef feignit l'ignorance. « Les retailler, mais pourquoi ?

— Tu sais très bien que les pierres sont inventoriées selon leur poids. Comme celles-ci ne sont ni célèbres ni trop grosses, il suffit de leur enlever quelques carats dessus ou dessous pour leur faire changer d'identité. Tu les enverras à Amsterdam chez Lefevre. J'ai déjà travaillé avec lui, il est sérieux. Lorsqu'il les aura retaillées, tu te débrouilleras pour que les pierres partent chez Wildman et Sharp à Londres. Tu leur donneras instruction de les vendre.

— Tu es sûre d'eux ?

— Ce sont mes cousins, et je ne veux apparaître nulle part dans cette opération. Lorsqu'ils auront réalisé le lot entier, je te dirai où leur demander de verser la somme. J'en veux quatorze millions de livres. Ils les obtiendront sans difficultés.

— Et quelle sera ma récompense ?

— 500 000 livres pour toi, 500 pour le re-tailleur Lefevre et 500 pour mes cousins pour écouler les pierres. »

Anne-Louise n'ajouta pas que le gouvernement britannique, qui avançait la somme via Adam Carrington, ferait, de ce fait, 4 500 000 livres de bénéfice. En plus d'avoir rempli ses objectifs, voilà qu'elle lui rapportait de l'argent. Tout pour satisfaire. « Nous sommes d'accord », conclut Lyon Rouef qui ramassa soigneusement les diamants, les remit dans le sac de velours et glissa négligemment celui-ci dans le tiroir de son bureau. Anne-Louise se leva pour partir. « Attends, il faut que je te prévienne. Tu n'es pas la seule à soudain être en possession d'un trésor et à chercher à les écouler. On croirait qu'une manne s'est déversée soudainement et mystérieusement sur notre communauté. Toutes nos connaissances, Salmon, Moïse Trenel, Aaron Homberge, Israël de Rouen, se trouvent, du jour au lendemain, en possession de joyaux d'une exceptionnelle qualité, sur l'origine de laquelle je ne veux pas m'interroger. Ils achètent, ils vendent à tours de bras. J'aimerais, pour l'honneur de notre profession, qu'ils restent un peu plus calmes et discrets. Je pense surtout à ton ami, le jeune Louis Lyre, celui que tu as connu il y a des années à Londres. Lui aussi exhibe soudain des pierreries dont il n'aurait jamais pu rêver. Seulement, il parle trop. Dis-le-lui à l'occasion car il nous met tous en danger. »

Mais Anne-Louise n'en fit rien.

Miette avait donc étoffé ses troupes afin de confondre les futurs enquêteurs et égarer les recherches. Recruter des malfaiteurs était facile quant au nombre mais pas quant à la qualité. Aussi, avait-il évité de donner à ces nouveaux fantassins rendez-vous directement sur la place de la Révolution. Il voulait d'abord leur donner ses instructions, redoutant l'indiscipline. Ils se retrouvèrent donc, le 16 septembre, chez le sieur Retour, rue des Fossés Saint-Germain l'Auxerrois, dans ce bouge qu'Anne-Louise détestait. Il était assez tôt, à peine huit heures du soir. Le chef, Depeyron, le grand maigre au nez en bec d'aigle, lui lança une œillade incendiaire. Anne-Louise reconnut Douligni et Chambon, inséparables, à peine vingt-cinq ans chacun. Il y avait aussi Barabelle, le lieutenant de Depeyron, un cordonnier de vingt-deux ans, et Picard, ancien valet de chambre, un petit jeunet venu avec sa bonne amie, Anne Leclerc, une lingère. Anne-Louise aima la bouille de Pierre Gallois, dit « le matelot », sans profession, vingt-cinq ans lui aussi. Elle eut un mouvement de recul en revoyant Cottet, qu'elle continuait à trouver sournois et faux. Il se vantait à qui voulait l'entendre d'avoir généreusement cambriolé les Tuileries le 10 août. Il s'était pourtant montré moins fier lorsque Yvon Rébus lui avait mis la main au collet. Il y en avait encore une dizaine d'autres. Paul Miette avait eu raison, ils n'étaient pas disciplinés. Déjà, deux d'entre eux étaient en retard. « Les jeunets de notre bande, Maugé et le Petit Cardinal, ne sont pas là, c'est pas grave, ils nous rejoindront sur place.

— C'est grave, reprit Paul Miette, car j'avais donné rendez-vous à huit heures précises. » Il leur communiqua ses ordres : se diriger vers le Garde-Meuble le plus discrètement possible, ne pas se faire remarquer, ne pas faire de bruit, choisir les zones d'ombre. Ils mirent une demi-heure à rejoindre la place de la Révolution sans encombre. Ils grimpèrent à la corde, ouvrirent la fenêtre puis le volet et pénétrèrent dans la salle des diamants. Paul Miette leur fit mettre des crochets aux portes comme les nuits précédentes. Il eut du mal à les retenir : déjà, les voleurs se ruaient sur les vitrines et la commode vidée auparavant par les Rouennais et Paul Miette. Le Trésor royal contenait tant de pierres qu'ils n'avaient pu tout emporter : il restait des diamants, des rubis, des saphirs, des émeraudes sur lesquels se ruèrent les hommes de Depeyron. Paul Miette éprouva de la difficulté à garder un peu d'ordre chez eux et surtout à les empêcher de faire du bruit, il murmurait un ordre, donnait une bourrade ici, une claque là, un coup de poing sur un voleur trop pressé. Anne-Louise avait commencé par se tenir près d'eux et fournissait des estimations, mais ils n'y prêtaient aucune attention, se jetaient sur ce qu'il y avait de plus gros, ce qui brillait le plus sans chercher à connaître la valeur. Elle se retira dans un coin de la pièce et contempla, impuissante, le pillage. Son attention se portait sur Cottet. Malgré ses vantardises, ce n'était pas un professionnel, et ça se voyait : il ne réussissait qu'à prendre de petites pierres et son attention souvent détournée, il jetait les yeux autour de lui, le décor, les meubles. Son regard se fixa plusieurs fois sur Anne-Louise, un regard inquisiteur, soupçonneux, qui la mit mal à l'aise.

« Tiens, v'là nos retardataires ! », s'exclama soudain un des voleurs. Deux nouveaux venus entraient par la fenêtre, ayant de toute évidence suivi le même chemin que les autres. Le premier n'était qu'un adolescent, le second paraissait encore plus jeune, à peine quinze ans, et soudain Anne-Louise sentit son cœur bondir : elle n'en croyait pas ses yeux. Elle s'approcha de lui, posa ses mains sur ses épaules, et le regarda. Le gamin, d'abord étonné, examina ce jeune sans-culotte qui le fixait les yeux écarquillés, et très vite son regard se durcit. D'un geste brusque, il s'écarta d'elle et rejoignit les autres voleurs. C'était Alexandre, c'était son fils disparu trois ans auparavant ! Elle avait reconnu les grands yeux gris-vert, les cheveux bouclés, le nez légèrement busqué, mais l'enfant aimable et affectionné était, elle le sentait, devenu un rebelle. Son expression, ses gestes ne le disaient que trop. Il était extraordinairement pâle, le visage marqué de petites cicatrices. Elle restait là, affolée, bouleversée, désemparée, les yeux exorbités ; devant elle se tenait cet enfant qui lui avait si cruellement manqué, auquel elle avait pensé chaque jour imaginant leurs retrouvailles. Sortant de son engourdissement, elle fit le geste d'aller vers lui. Une main lui agrippa le bras et l'arrêta. C'était Paul Miette. « Pas tout de suite, lui glissa-t-il, pour l'instant ne bouge pas, ne fais rien, ne dis rien. » Il avait tout remarqué, mais qu'avait-il compris ?

Les voleurs achevaient de vider les vitrines et la commode déjà délestée par leurs prédécesseurs. Les plus pressés crochetaient les armoires qui contenaient les objets précieux, les cadeaux du roi du Siam, de l'impératrice Catherine de Russie, du sultan de Mysore. Plusieurs s'étaient répandus dans le long couloir voisin, ils ouvraient les placards qui contenaient les vases en cristal de roche et en pierres semi précieuses montées en or et en émail. Anne-Louise ne détachait pas ses yeux de son fils. Serré contre les autres voleurs, il saisissait avidement les pierreries et les glissait dans sa poche. Sournoisement, il observait ses voisins et s'emparait de ce qu'ils allaient prendre avant qu'ils aient eu le temps de s'en rendre compte. L'un ou l'autre le prenait sur le fait, l'insultait. Il les insultait de plus belle. L'adolescent qui était arrivé avec lui ne le quittait pas d'un pas, volant comme les autres mais imperceptiblement, et semblait surveiller ou plutôt protéger Alexandre. Les voleurs avaient ouvert la porte de communication avec le grand salon où était entassé le mobilier de la Couronne. Il n'y avait rien à voler là, mais, à tout hasard, ils ouvrirent tout de même les tiroirs. Paul

LE VOL DU RÉGENT

Miette s'en inquiéta : « Allons, ça suffit pour ce soir, vous avez assez pris, partons... nous reviendrons.
— D'accord, citoyen, mais pas avant d'avoir fêté ça », et aussitôt les voleurs produisirent des bouteilles de vin, du pain, du cervelas, du saucisson. À la lueur de quelques bougies qu'ils avaient fixées dans les immenses chandeliers en argent de la Couronne, sous les merveilleuses tapisseries tissées à fil d'or deux siècles plus tôt et entourées des armures damasquinées d'or et d'argent des rois, ils pique-niquèrent joyeusement. Alexandre était le plus animé de tous, mangeant, buvant à satiété. « Allons, le Petit Cardinal, danse-nous quelque chose », et Alexandre commença à se déhancher lascivement, comme une courtisane d'un cabaret mal famé. Anne-Louise se figea en statue de pierre. Elle eut soudain l'impression que, si son fils se donnait en spectacle, c'était à son intention, pour la provoquer, pour l'humilier. Paul Miette, qui s'inquiétait de plus en plus de cette beuverie qu'il ne parvenait plus à contrôler, l'interrompit avec autorité, et jeta les voleurs sur la galerie ouverte, avant de refermer lui-même le volet et la fenêtre.

À peine se trouvèrent-ils sur la place de la Révolution qu'ils se disputèrent sur leur butin. À tout instant, une patrouille pouvait survenir. Une fois de plus, Paul Miette intervint et leur donna rendez-vous chez le sieur Retour. Dans l'estaminet de la rue des Fossés Saint-Germain l'Auxerrois ils pourraient se disputer autant qu'ils voudraient à l'abri des oreilles indiscrètes. « Rentre chez toi, glissa-t-il à Anne-Louise, ne viens pas avec nous, il risque d'y avoir du grabuge. Celui qui t'intéresse, c'est Alexandre, dit le Petit Cardinal, et l'autre, son compagnon, c'est Maugé.

— Trouve-moi où ils habitent ! » murmura Anne-Louise dans un souffle. Elle s'éloigna lentement, pesamment. Elle était triste à mourir et se posait mille questions, l'une plus douloureuse que l'autre. Elle ne dormit pas de la nuit.

On était le 16 septembre, il était encore tôt, ce matin-là, lorsqu'on frappa à la porte de *La Perle rare*. Épuisée, traînant le pas, Anne-Louise alla ouvrir. C'était un gamin. « Pour l'adresse que tu as demandée, il te fait dire que c'est rue de la Boucherie.
— Qui, il ?
— Ben le patron. Tu trouveras facilement, y paraît que c'est la maison la plus petite, la plus vieille, la plus sale », et là-dessus il disparut.

Anne-Louise s'y rendit, à la fois impatiente et terrifiée de ce qu'elle pourrait découvrir. Elle atteignit le quartier du Châtelet et dénicha tout de suite la maison, d'après la description du gamin. Les volets étaient fermés, les lieux semblaient abandonnés. Elle frappa, personne ne lui répondit. La porte n'était pas fermée à clef, elle tourna la poignée et entra. D'un coup d'œil, elle enregistra la scène. Le compagnon d'Alexandre – elle le reconnut aussitôt – se tenait debout, l'air farouche. Les autres, c'était sa famille, le père attablé devant une bouteille d'alcool largement entamée, la mère fixant d'un air accablé un panier de provisions vide, une jeune fille – certainement la sœur – tenant une bouteille encore cachetée qu'elle avait apportée. Ces personnages et ce décor, c'était l'image même de la misère, de la déchéance, de l'alcoolisme. De son fils, aucune trace. François Maugé, son compagnon, s'approcha d'elle, la mine

antipathique, presque menaçante. Il lui demanda d'un ton de rogue ce qu'elle voulait.
« Je voudrais voir Alexandre.
— Que lui veux-tu ? » Elle se pencha pour ne pas être entendue des autres. « Je suis sa mère. J'étais là hier soir. » La stupéfaction se peignit sur les traits de François Maugé. Il n'avait pas reconnu dans la belle juive, vêtue d'une robe élégante mais un peu trop voyante, le jeune sans-culotte croisé la veille dans la salle aux diamants et auquel il n'avait prêté aucune attention. Il hésitait, ne sachant que faire. Anne-Louise remarqua alors le visage plutôt large, les yeux sombres et étirés comme ceux d'un Oriental, le nez très droit. Il n'était pas grand mais bien découplé. Un garçon farouche et décidé d'après son expression, beaucoup trop mûr pour son âge. « Viens avec moi », finit-il par lui dire.

Ils marchèrent assez longtemps, depuis le quartier du Châtelet jusqu'à la rue Saint-Dominique. Pendant tout le trajet, ils n'échangèrent pas un mot. François Maugé, la mine concentrée et sombre, les sourcils froncés, Anne-Louise éperdue, tremblante, ayant baissé toute sa garde. Ils s'arrêtèrent devant un immeuble lépreux, empruntèrent un escalier étroit aux marches dont les tomettes se descellaient. Au dernier étage, François Maugé la fit entrer dans une chambre de bonne. Sale, en désordre, un vasistas couvert de poussière l'éclairant mal, elle était en grande partie encombrée par des ballots. « Je suis brocanteur », crut-il devoir lui dire. Dans un coin, Alexandre était attablé avec un voleur qu'elle reconnut pour être Gallois. Sur la table s'étalaient un beau collier de diamants et plusieurs pierreries non montées, plutôt de petite taille, qui faisaient partie du butin de la veille. Une curieuse lueur traversa le regard d'Alexandre lorsqu'il reconnut Anne-Louise. « Que viens-tu faire ici, citoyenne ? » lui demanda-t-il durement. Elle s'approcha de lui, lui tendit les bras, capable seulement de murmurer son prénom « Alexandre ». Celui-ci regarda d'un air gêné Maugé, Gallois, puis, encore plus durement, rétorqua : « Je ne te connais pas. » Elle se retenait de toutes ses forces de pleurer, mais ce fut la voix chargée de sanglots qu'elle bredouilla « Mon petit garçon...

— Ton petit garçon est un prostitué mâle. Ça te plaît, citoyenne ? » Assommée, elle se laissa tomber sur une chaise de paille branlante. Gallois et Maugé semblaient au comble de l'embarras. La tête penchée, comme écrasée par un poids immense, Anne-Louise murmura : « Que s'est-il passé, mon enfant ? Je croyais que Marcel et Manon te soignaient et t'aimaient.

— Ils me soignaient et m'aimaient si bien qu'après avoir attaqué le château, ils m'ont enlevé pour me vendre comme un esclave, comme un animal.

— Ils t'ont vendu ! s'écria Anne-Louise.

— Mais ils n'ont pas tiré de moi beaucoup d'argent. Les temps étaient durs. Ils m'ont refilé à une bande de voleurs qui cherchaient des vide-goussets dont l'innocence permettait de mieux gruger les pigeons. J'étais très doué. J'ai vite appris. Je savais prendre la mine d'un enfant sage pour mieux couper une bourse ou voler une montre. Puis, comme ils me trouvaient aussi mignon, ils m'ont mis sur le trottoir. Au début, je n'aimais pas mais je me suis habitué. J'ai couché avec toutes sortes d'hommes, des vieux, des laids, des difformes. Peu m'importait, pourvu qu'ils aient des espèces sonnantes et trébuchantes. Mais je travaillais

beaucoup et je gagnais peu. Un jour, j'ai quitté la bande, je me suis engagé dans celle de Depeyron. Là au moins, mes mérites étaient reconnus et on me laissait la plus grosse part de ce que je gagnais. » Anne-Louise était tellement accablée par les images horribles qui se succédaient dans son esprit qu'elle pouvait à peine réagir. « Mais pourquoi ne m'as-tu pas cherchée ?
— Parce que tout est arrivé de ta faute ! Pourquoi m'as-tu mis en pension ? Pourquoi as-tu choisi Marcel et Manon ? Pourquoi ne m'as-tu jamais parlé de mon père ? Vit-il ? Où est-il ? Qui est-il ? Est-ce que je lui ressemble ? » Anne-Louise regardait son fils. Physiquement, il avait beaucoup pris d'Adam, mais dans ce qu'elle percevait de sa personnalité, de son caractère, il était bien différent. Un rebelle fou d'indépendance, un lutteur qui supportait tout, qui survivait à tout. Anne-Louise put articuler enfin la question qui l'obsédait : « Et maintenant... tu continues à te prostituer ? » Son assurance agressive, pour la première fois, manqua à Alexandre, il courba la tête et murmura : « J'ai dû arrêter. » Anne-Louise n'osa l'interroger plus avant. « Viens habiter chez moi, mon petit.
— Jamais. Je n'ai pas de père, je n'ai plus de mère, mais j'ai mon ami François. Lui m'aime bien, lui s'occupe de moi. » Anne-Louise se sentait de plus en plus désorientée. La souffrance l'étreignait, surtout à cause de ce qu'elle sentait chez son fils, celui-ci était une boule de nerfs, de douleur, de désarroi. Elle ne savait comment le prendre, quoi lui dire. Elle regarda les joyaux étalés sur la table et s'adressa aux trois. « Si vous le voulez, je peux les vendre pour vous et en obtenir un bon prix. » Elle sentit que François Maugé et le troisième, le nommé Gallois, étaient

prêts à accepter. Mais son fils s'écria : « Pas question que tu te fasses de l'argent sur notre dos ! D'ailleurs nous avons nos propres courtiers. » C'était plus qu'elle ne pouvait en supporter. Elle se leva et elle quitta la pièce. Elle descendit très lentement l'escalier – elle pouvait à peine avancer.

6

En fin de matinée, ce même 16 septembre 1792, le commissaire Le Tellier observait avec intérêt les deux hommes assis en face de lui. La révolution avait opéré une réforme profonde dans l'Administration. Ses membres, tels les policiers, n'étaient plus nommés par l'État mais élus par les habitants du quartier. Ainsi, un artisan ou un artiste se retrouvait à diriger la police d'un coin de Paris, avec une efficacité et des résultats variables. Le Tellier, lui, avait été élu comme les autres, mais c'était un policier de carrière. Né dans le quartier, il était connu de tous. On appréciait son efficacité, sa discrétion et sa modestie. Aussi, les nouveaux élus n'avaient-ils pas hésité à choisir un fonctionnaire qui avait servi l'ancien régime : si besoin était, il pouvait réquisitionner la Garde Nationale. En fait, assisté d'un secrétaire greffier, il était seul pour maintenir l'ordre dans le quartier du Pont Neuf. Il occupait un modeste bureau rue de la Mairie, entre le pont Saint-Michel et la rue de la Barillerie. Une table de bois blanc à tiroirs, quatre mauvaises chaises de paille, plusieurs planches sur lesquelles s'entassaient des dossiers poussiéreux en constituaient tout le mobilier. Sur le mur étaient placardés lois, décrets et affiches ainsi que des extraits de mariage, des états des locataires de maisons de la section. D'une voix douce, il s'adressa à ses vis-à-vis : « Vous dites vous appeler Le Blond et Le Leu. Auriez-vous l'amabilité de me répéter votre récit, car je crains de ne pas avoir tout noté. Greffier, écrivez. » Ce fut le citoyen Le Blond qui parla en son nom et en celui du citoyen Le Leu.

La veille au soir, vers onze heures, tous deux s'en retournaient chez eux. Passant par la place de la Révolution, ils longeaient les berges de la Seine. Ils virent plusieurs hommes accroupis derrière un tas de pierres, quatre exactement qui semblaient fort occupés. Curieux, Le Blond et Le Leu s'approchèrent. Les hommes se partageaient des pierreries qu'ils extrayaient de plusieurs petites boîtes. Les voleurs, car ils appartenaient certainement à cette engeance, remarquèrent les deux citoyens, et leur proposèrent carrément d'acheter leur butin. Les deux hommes avaient peu d'argent sur eux. Cependant pour la modique somme de cinq livres Le Blond acquit un diamant blanc, deux diamants jaunes et sept grosses perles. Les voleurs allaient leur proposer d'autres marchés mais les deux autres préférèrent s'éloigner : les voleurs risquaient de changer d'avis et leur faire subir un mauvais sort. En s'éloignant, Le Blond ramassa par terre quelques perles d'assez belle eau. À moitié en plaisantant, il proposa à Le Leu de les acheter pour six livres. « Il vaut mieux, avant, les montrer à Vitard », répondit Le Leu. Vitard, c'était un orfèvre de leur connaissance dont la boutique se situait à côté du pont Saint-Michel. Il saurait donner le véritable prix des pierreries et des perles.

De bon matin, ils se rendirent donc chez Vitard. Celui-ci examina soigneusement les diamants et les perles, il leur déclara qu'il ne toucherait jamais à une telle marchandise, et les engagea fortement à aller faire une déclaration au Comité du quartier. Tous deux se rendirent directement de chez Vitard à la mairie. Ils demandèrent à être reçus par le chef du Comité. Celui-ci fit répondre qu'il n'en avait pas le temps. « Cela ne m'étonne pas », grommela Le Tellier. Pour en avoir le cœur net, ils avaient donc décidé de rendre visite à la police, c'est-à-dire au commissaire Le Tellier. Celui-ci, non seulement n'avait pas hésité à les recevoir, mais avait réussi à les mettre tout de suite en confiance. C'était un homme pâle et plutôt chétif, au poil très noir. Il avait à peine atteint la quarantaine, âge requis pour être élu à ses fonctions, dont il portait à l'épaule le seul insigne, un chaperon d'étoffe tricolore. Il avait une façon engageante, des manières chaleureuses, mais le regard perçant disait l'intelligence et les lèvres minces annonçaient une détermination que rien ne parvenait à entamer. Le récit des deux citoyens le confirmait dans ce qu'il avait tout de suite compris : les marchandises avaient été volées, et, d'après la qualité des pierres, il ne s'agissait pas de n'importe quel vol. Il félicita tout d'abord les deux hommes pour leur honnêteté, et leur annonça qu'il était obligé de mettre les pierres sous scellés. Puis il leur demanda de le mener, incontinent, sur les lieux exacts de leur rencontre avec les voleurs. Le Blond et Le Leu s'empressèrent de le satisfaire. Ils trouvèrent un fiacre qui les mena jusqu'à la place de la Révolution, où ils montrèrent à Le Tellier le tas de pierres. En examinant le sol, ils trouvèrent deux rubis que Le Tellier ramassa et garda. Aidé des deux hommes, il ramassa une grosse portion de sable qu'il enfourna dans un sac dont il s'était muni au préalable : il le ferait passer au tamis, afin de voir si on ne retrouvait pas d'autres pierreries. Le lieu du partage l'intriguait. Pourquoi les berges de la Seine à la hauteur de la place de la Révolution ? Il regarda autour de lui, vit la façade du Garde-Meuble. Une idée lui vint, tellement fantastique, qu'il voulut vérifier sur l'heure.

Toujours accompagné des deux citoyens, il se rendit au portail de la rue Saint-Florentin. Il fut reçu par l'adjoint du commandant de la garde du Garde-Meuble, le sieur Courlesvaux. Celui-ci n'avait rien enregistré de particulier ou d'inquiétant. À la requête de Le Tellier, l'adjoint les mena au premier étage. Les portes du Garde-Meuble portaient toujours intacts les scellés de la nation. Elles n'avaient donc pas été forcées et personne n'avait pu y pénétrer. Le Tellier n'était cependant pas satisfait. Il renvoya à leurs foyers les citoyens Le Blond et Le Leu, les remerciant à nouveau de leur diligence, puis il se rendit à l'Hôtel de Ville livrer son rapport.

À son instigation, on dépêcha un employé de la mairie de Paris au Garde-Meuble. Il rencontra l'adjoint du commissaire Restout, le sieur Pellerin, qui déclara « que les scellés étaient intacts sur les portes du Garde-Meuble, que la Garde Nationale y avait des postes jour et nuit, et qu'il était impossible que ce dépôt public pût être volé ». Peut-être les bijoux apportés par Le Blond et Le Leu provenaient-ils des vols commis au Palais des Tuileries pendant la journée du 10 août ? Mais Le Tellier, avec son instinct de limier, n'en était pas convaincu. Aussi prit-il l'initiative de faire imprimer une affiche qu'il fit coller dans tout Paris. Il y était dit que le commissaire de la section du Pont Neuf prévenait les orfèvres et joailliers qu'il soupçonnait un vol au château des Tuileries, ou... au Garde-Meuble, de pierres fines, de diamants et de pierres de grande valeur. Les joailliers qui se verraient offrir de tels joyaux étaient priés de les garder et de prévenir au plus vite le commissaire du Pont Neuf.

En milieu d'après-midi, il se rendit au Palais Royal chez la veuve Corbin. À cette heure, le centre des plaisirs parisiens n'était pas encore très fréquenté. Il sonna à une porte élégante, un judas grinça, un œil l'examina puis le reconnut. La porte s'ouvrit. Il connaissait le chemin, aussi monta-t-il à l'étage et pénétra-t-il dans le salon où se trouvait la maîtresse de maison. Marie-Thérèse Lucidor, veuve Corbin, était une métisse des Caraïbes au corps magnifique. Avec ses yeux en amande, son nez droit, ses lèvres voluptueuses, sa peau à peine foncée, ses cheveux frisés plus que crépus, elle était très belle et le savait. Elle en avait usé avec intelligence et calcul, égayant la couche de nombreux messieurs, tous riches ou importants, avant de devenir « la femme du monde » la plus connue du Palais Royal, c'est-à-dire la courtisane la plus courue des lieux.

Elle recevait chaque soir des clients triés sur le volet, offrait les banquets les plus gastronomiques, les vins les mieux choisis. Chez elle, on causait, on faisait de la musique, on dansait, et l'âge venant, elle s'était entourée de très jeunes et ravissantes filles qui la plupart du temps la remplaçaient au travail. Par ailleurs, elle s'était constitué, au fil des ans, un réseau quasi unique d'amis, de connaissances, d'appuis, surtout dans les milieux politiques. Elle était toujours admirablement informée, et c'est ce qui intéressait Le Tellier. Elle l'accueillit comme une vieille connaissance, lui offrit du vin qu'il accepta et fut toute amabilité : elle s'en méfiait, et donc le ménageait. Elle le renseignait volontiers, et lui fermait les yeux sur de fructueux trafics auxquels elle se livrait. Il savait que si quelqu'un avait entendu parler du cambriolage, ce serait elle. Il lui demanda donc si des bruits lui étaient récemment parvenus sur un vol énorme de bijoux encore recouvert d'un épais silence de la part des autorités. « Première nouvelle ! » lui répondit la veuve Corbin. Aucune rumeur, aucune information ne lui étaient parvenus, mais elle remerciait Le Tellier de la prévenir. Elle tendrait l'oreille, et apprendrait-elle quelque chose qu'elle le préviendrait aussitôt. Le Tellier se retira, de plus en plus intrigué. Si même la veuve Corbin ne savait rien, c'est que le mystère atteignait des profondeurs insondables.

À peine seule, la veuve Corbin griffonna un billet qu'elle fit porter. Une heure plus tard, elle recevait la visite... de Paul Miette. Elle l'accueillit avec la tendresse mélancolique d'une vieille maîtresse. S'étant obligée si souvent à coucher avec des hommes puissants qui, malgré leur malhonnêteté et leur corruption, représentaient la respectabilité, elle prenait de temps en temps son plaisir avec des jeunes malandrins qui avaient ouvertement divorcé de la loi, dont son perruquier qui était aussi un petit voleur. Elle n'avait jamais oublié les heures brûlantes qu'elle avait vécues avec Paul Miette. Elle lui raconta la visite de Le Tellier. Paul Miette la remercia de ses confidences. « Tu es bien généreuse de me prévenir, tu aurais pu me dénoncer à ce Le Tellier, ça aurait pu te servir...

— C'est toi qui as été généreux avec moi. Tu m'as offert un joli paquet de diamants pour mon aide, et puis, tu sais bien que je t'aime encore. » Elle le mit en garde contre Le Tellier : « Une fois que ce cabot a mordu sa proie, il ne la lâche jamais. » La veuve Corbin affirma qu'une fois son enquête entreprise, Le Tellier la mènerait jusqu'à mettre en lumière toute la vérité. « Eh bien, nous n'avons qu'à la lui fournir, cette vérité », répliqua Miette. La seule solution, selon lui, était d'égarer le commissaire sur des fausses pistes. « Pour cela, il faut des mouchards, des voleurs, un butin », ajouta-t-il.

« J'ai une idée, dit la veuve Corbin, après avoir longuement réfléchi. Mon amant du moment pourrait servir. »

Il badina : « Comment, tu me trompes, Marie-Thérèse ?

— C'est toi qui m'as abandonnée, Paul, mais tu sais qu'il n'y a que toi qui comptes et compteras... Donc, cet amant, nommé Lamy Evette, mon perruquier, a été condamné pour fabrication de faux assignats. Il a été libéré, dieu sait comment, lors des massacres dans les prisons il y a une semaine, mais depuis il tremble d'être de nouveau arrêté. Nous en ferons ce que nous voulons.

— Un seul ne suffira pas.

— Il a un ami qui conviendrait parfaitement, un certain Cottet.

— Celui-là, je le connais. Tu as raison, il n'a pas son pareil en fausseté et en sournoiserie.

— Ces deux-là formeront une équipe parfaite.

— Pour qu'ils réussissent, ajouta Miette, il faut que tu obtiennes l'appui de ceux qui, grâce à toi, ont fermé les yeux sur mon cambriolage. Il faut donc que tu retrouves au plus vite...
— Pas de noms, c'est inutile. Je sais à qui m'adresser.
— Et bien entendu, il y aura encore quelques jolis petits diamants pour toi.
— Je préférerais une récompense en chair et en os... » Miette s'attarda, il sut combler la veuve Corbin et se félicita de faire l'économie de plusieurs diamants.

Le jour tombait. Anne-Louise revenue chez elle resta prostrée, assommée par l'insupportable et effroyable vérité concernant son fils. On frappa discrètement à la porte. Par habitude, elle alla ouvrir. C'était Adam Carrington, mais cette fois-ci, pas de tenue voyante ni de voiture somptueuse. Enveloppé dans une sombre houppelande, il semblait se fondre dans la grisaille environnante. Il entra, ferma la porte à double tour. Leur dialogue fut bref. « La liste », demanda-t-il. « Vous ne l'aurez jamais.
— Et pourquoi donc ?
— Savez-vous ce que notre fils est devenu à cause de vous ? Un voleur et un prostitué ! » Adam Carrington ne cilla pas. « Cette liste, ce n'est pas à moi que vous la remettez mais à l'Angleterre.
— Aussi la remettrai-je à l'Angleterre, sans pour autant que vous en tiriez gloriole.
— Votre pension ne vous sera plus servie.
— Bien malgré moi, Milord, je suis devenue assez riche pour me passer de cette pension. À propos, auriez-vous la bonté de satisfaire ma curiosité ? Si je

LE VOL DU RÉGENT

n'avais pas retrouvé par hasard Alexandre, que se serait-il passé lorsque le délai, par vous fixé, serait expiré et que vous n'auriez, évidemment, pas pu me rendre mon fils ?

— Vous m'aviez, vous-même, donné les dates du cambriolage. Le délai par moi fixé les couvrait. Vous m'auriez donné la liste... et je ne vous aurais pas rendu Alexandre, et pour cause.

— Vous calculez bien, Adam, mais parfois vous commettez des erreurs. Vous êtes si habitué à vous servir de tous et de toutes que vous ne concevez pas tomber sur un os. Le gouvernement britannique sera fort mécontent de vous lorsque vous ne serez pas en mesure de lui remettre la liste que vous lui avez promise.

— Ne vous mettez pas en travers de mon chemin, car vous le regretteriez. » À la rage qu'il essayait de dissimuler, Anne-Louise comprit qu'il avait peur. Pour la première fois, elle l'avait mis en échec. Il partit aussi discrètement qu'il était venu.

Anne-Louise ne se sentait pas le courage de rejoindre la bande pour la quatrième nuit de cambriolage. Elle aurait voulu rester seule, enfermée avec son chagrin, avec ses doutes, son inquiétude, son désespoir. D'un autre côté, elle savait qu'Alexandre participerait à ce vol et elle ne voulait pas manquer cette occasion de le voir, d'être près de lui. Au début, les cambriolages avec Paul Miette l'avaient excitée, amusée, le défi l'avait stimulée. Ce soir-là, ce fut le cœur lourd qu'elle se rendit au lieu du rendez-vous, toujours chez le sieur Retour. Depeyron était là avec toute sa bande. Pas un ne manquait, le Douligni, le Chambon, le Barabelle, le Picard avec son égérie Anne Leclerc, le Gallois qu'elle avait vu chez son fils en train de se partager les diamants du collier, le Cottet qu'elle ne pouvait sentir, et même le Grand Con, en vérité le sieur Meyran, à peine vingt ans, marchand forain qu'elle n'avait pas remarqué la nuit précédente, bien qu'il fût présent. Cette-fois-ci, Alexandre et Maugé n'étaient pas en retard. Elle fit semblant de ne pas les reconnaître. Entre-temps, la bande s'était étoffée. Les nouvelles couraient vite dans les estaminets les plus louches de la capitale, et on y avait appris qu'il y avait une manne quasi inépuisable à recueillir. Ils s'étaient présentés, ces nouveaux venus, sans y être invités. Ils avaient même amené leur femme ou leur maîtresse. Il y en avait une bonne cinquantaine. « On n'est tout de même pas à une kermesse ici... » grommela Paul Miette. Puis, il s'approcha d'Anne-Louise : « Tu as une mine de l'autre monde, tu n'as pas besoin de venir ce soir.

— Merci, mais je viendrai. »

Ils se mirent en route. Paul Miette accompagnait Anne-Louise et, pour la distraire, il lui raconta que, la veille au soir, en sortant de chez le sieur Retour, une bagarre violente avait éclaté, comme il l'avait prévu, entre Depeyron et ses complices pour le partage des pierreries. Il avait dû intervenir avec ses poings pour séparer les belligérants. Il riait en décrivant la scène, mais son anxiété était grande : « On ne peut pas leur faire confiance... ils vont finir par nous attirer des ennuis. »

Plusieurs des complices de Depeyron avaient endossé des tenues de gardes nationaux et l'arme à l'épaule patrouillaient sur la place de la Révolution. Heureusement, ils ne croisèrent personne, car bien que par les temps qui couraient on engageât n'importe qui dans la Garde Nationale, ces faces de brigands n'auraient pas tenu la moindre vérification. Celui qui faisait le plus de simagrées, c'était Cottet, dont se méfiait instinctivement Anne-Louise. Déguisé lui aussi en garde national, il faisait des moulinets avec un grand sabre. Elle le vit distribuer des pistolets, à Gallois, à Maugé, et même à son fils Alexandre. Ils se connaissaient donc, et cela ne lui plut pas. De nouveau, elle éprouva une peur irraisonnée.

D'autres « amis » de Depeyron jouant les ivrognes – peut-être d'ailleurs n'avaient-ils pas besoin de jouer – beuglaient la carmagnole en passant et repassant rue Saint-Florentin devant l'entrée du Garde-Meuble. Il n'y avait qu'une sentinelle. À la fin, l'homme en eut assez de porter un lourd fusil, de frissonner de froid, d'écouter les patriotes lui casser les oreilles, aussi se retira-t-il à l'intérieur du bâtiment : la rue Saint-Florentin n'était plus gardée.

Les autres avaient déjà pénétré à l'intérieur du Garde-Meuble. Il y avait encore beaucoup à prendre. Les tiroirs n'avaient pas été vidés, ni les armoires complètement inspectées, les rayons situés trop haut n'avaient pas été visités, encore remplis de diamants, de pierres non montées, de perles, de bijoux, de vases précieux, d'objets en or massif. Anne-Louise observait ces jeunes gens : aucun n'avait atteint la trentaine, des artisans ruinés par la révolution, des domestiques jetés sur le pavé par l'émigration de leurs maîtres. Il y avait chez eux du ressentiment, de la violence, de l'avidité, mais aussi une excitation joyeuse, et une sorte de qualité bon enfant. Anne-Louise se força à ne pas rester passive. Personne ne lui demandait rien et pourtant elle donnait son avis, sous forme d'estimations : « Six mille livres pour cette broche, peut-être sept mille »... « pour cette croix, invendable, trop reconnaissable »... « le vase en cristal, quatre mille livres, mais trop fragile et trop grand ». Elle s'exprimait avec compétence en vraie professionnelle. Les voleurs finirent par l'écouter. Même Maugé s'approcha d'elle pour lui demander son avis sur des chatons enchâssés de diamants. Alexandre, quant à lui, se tenait le plus éloigné et lui tournait le dos, mais il avait perdu sa gouaille de la veille. Il prenait sa part, volait celle des autres, insultait, se faisait insulter mais sans grande conviction. Elle eut l'impression qu'un ressort s'était cassé en lui. Les hommes, tout en travaillant, parlaient haut, plaisantaient, s'esclaffaient, se disputaient, les femmes s'en mêlaient, leur donnaient à boire, riant encore plus fort qu'eux. Les bouteilles, les victuailles circulaient. Un homme se mit à chanter, les autres reprirent en chœur. Une femme commença à danser, les autres l'imitèrent. « Danse, Petit Cardinal, danse ma belle », lança l'une d'entre elles. Un horrible juron lui répondit. Un couple s'embrassait, un autre se caressait. Bientôt, ce sera l'orgie, se dit Paul Miette qui n'arrivait plus à remettre de l'ordre.

Ce tapage finit par réveiller le commissaire Restout. Il dormait dans la chambre de Thierry de la Ville d'Avray qu'il avait remplacé. Les nuits précédentes, il n'avait rien entendu, mais, en cette quatrième nuit de vol, une sorte de rumeur confuse le tira du sommeil du juste. Sa chambre n'était séparée du Garde-Meuble que par le palier du grand escalier et par deux portes portant les sceaux de la nation. Il perçut des cris, des rires, des chants. Il n'appela pas la garde, il ne donna pas l'alerte, il se retourna de l'autre côté et se rendormit. Sur son bureau s'empilaient les copies des nombreuses lettres écrites au commandant de la Garde Nationale, au ministre de l'Intérieur pour réclamer des effectifs plus nombreux afin de mieux protéger le Garde-Meuble. Il avait envoyé à peu près une lettre par jour depuis le début septembre, la dernière datait de l'avant-veille. Il n'en avait reçu aucune réponse.

Même s'il était assuré que Restout ne bougerait pas, Paul Miette n'était pas tranquille. Comme la veille, les « amis » de Depeyron échappaient à tout contrôle. S'emparant d'objets trop grands pour être enfournés dans leurs poches, ils les jetaient par la galerie ouverte sur la place de la Révolution. Paul Miette vit ainsi voler la Nef de Louis XIV, des vases en pierres dures, des chandeliers en or et pierres précieuses du cardinal de Richelieu. En bas, les hommes laissés pour surveiller la voie se disputaient ces trésors qui tombaient du ciel. Ils criaient et commençaient à se taper dessus. Depeyron dut intervenir. Il descendit par la corde, tâcha de s'interposer, avec pour seul résultat que ceux-ci s'en prirent à lui, l'insultant, le critiquant, exigeant un nouveau partage. Leurs jurons résonnaient dans le silence de la place déserte. « Partons tout de suite », glissa Paul Miette à Anne-Louise. Celle-ci ne voulait pas bouger tant qu'Alexandre restait dans la salle au Trésor. Ce fut lui qui, les poches pleines, partit le premier. Avec François Maugé, ils descendirent sur la place. Paul Miette et Anne-Louise les imitèrent. La dispute continuait de plus en plus violente. Alexandre et François Maugé, sans demander leur reste, sans un geste, sans un regard pour Anne-Louise, disparurent dans l'obscurité. Elle resta les bras ballants, ne sachant trop quoi faire, broyée par la tristesse et l'inquiétude, l'esprit obsédé par Alexandre. Paul Miette la secoua.

Il était impossible de calmer les « amis » de Depeyron. Il fallait partir tout de suite, ils risquaient à tout moment d'être surpris par une patrouille. Elle se laissa entraîner par lui, marchant comme un automate. Il la raccompagna jusqu'à chez elle. « J'ai eu ce que je voulais, mais ça sent le roussi. Je vais disparaître. Tu devrais venir avec moi, citoyenne... » L'invitation pouvait avoir beaucoup de significations, l'une plus agréable que l'autre, mais Anne-Louise secoua la tête. Paul Miette comprit. « C'est le petit, n'est-ce pas ? » Anne-Louise n'eut pas à répondre. « Tu ne me reverras pas, mais si tu as besoin de moi, je ne serai pas trop loin. » Elle ne tenta pas de le retenir. Quant au Garde-Meuble, il ne restait plus dans la salle au Trésor que deux voleurs occupés à grappiller des fonds de tiroirs, pendant que leurs compagnons continuaient à se disputer sur la place de la Révolution.

À peu près à la même heure où Anne-Louise se retrouvait seule avec sa douleur, le citoyen Camus descendait la rue Saint-Florentin à la tête de sa patrouille de gardes nationaux. Il venait de quitter le poste des Feuillants sis rue Saint-Honoré près de l'église de l'Assomption. Archiviste de métier, Camus avait donc des Lettres, mais aussi de l'intelligence et de la personnalité. S'étant engagé dans la Garde Nationale, il avait tout naturellement gagné de l'autorité sur les hommes de son détachement. Il s'était vite aperçu qu'en ces temps de désordre et de désarroi, on suivait celui qui prenait des initiatives. Et de l'initiative, le citoyen Camus en avait à revendre. Il venait de dépasser l'entrée du Garde-Meuble lorsqu'il entendit, venus de la place de la Révolution, des bruits d'une dispute. Aussitôt en alerte, il fit presser le pas à ses hommes. Ils débouchèrent sur la place. Un coup de sifflet partit, des hommes groupés au bas du bâtiment s'enfuirent dans toutes les directions. Sur l'ordre de Camus, les gardes nationaux, fusil au poing, se lancèrent à la poursuite des inconnus, mais ceux-ci étaient trop rapides et en quelques secondes ils eurent disparu vers les Champs Élysées ou les berges de la Seine. Mais que diable faisaient-ils à cette heure – il était près de minuit – dans ce lieu désert ? Pressentant quelque chose d'anormal, Camus divisa sa patrouille en deux groupes, l'un longera le bâtiment du Garde-Meuble vers la droite et la rue Saint-Florentin, l'autre, dont il prit la tête, se dirigera à gauche vers le pavillon qui faisait l'angle de la place de la Révolution et de la rue Royale.

Le nez au sol, cherchant des traces de pas, il entra dans la zone de lumière fournie par la lanterne accrochée au coin de la galerie ouverte. Celle-ci projetait son ombre par terre. Or voici que cette ombre bougeait ! Étonné, Camus leva les yeux, et aperçut un homme assis à califourchon sur la potence de fer qui tenait la lanterne. Camus lui ordonna de descendre et pour l'en mieux persuader, ses gardes le mirent en joue. L'homme s'exécuta. Camus l'interrogea : il déclara s'appeler Chabert. À ce moment même, patatras, un autre homme, ayant sauté de la galerie ouverte du Garde-Meuble, s'écrasa à terre. On le releva mal en point, geignant, boitant. Peut-être en faisait-il un peu trop. Camus l'interrogea un peu rudement. Il ne fit aucune difficulté pour répondre qu'il s'appelait Douligni. Camus arrêta les deux et, prenant la tête de son bataillon, les conduisit au poste de garde du Garde-Meuble, à l'entrée de la rue

Saint-Florentin. Il pénétra dans le bâtiment et trouva les sentinelles endormies. Il les réveilla et leur confia les deux hommes qu'il venait d'arrêter.

Camus fit le rapprochement entre tout ce qui venait de se passer et les trésors qu'il savait enfermés dans le Garde-Meuble. Il proposa aux gardes de monter à l'étage vérifier s'il y avait eu effraction. Ils empruntèrent le grand degré et parvinrent sur le palier. Les scellés de la nation étaient encore posés ; les gardes se sentirent rassurés. Camus, quant à lui, ne l'était pas. « Je vous le dis, il y a eu cambriolage ! Ces deux-là que nous venons d'arrêter et les autres qui se sont enfuis sont des bandits. » Un garde protesta : « Ils ne sont pas entrés par les portes, nous venons de le constater.

— C'est donc qu'ils sont entrés par les fenêtres.

— Impossible ! se récrièrent les gardes.

— Amenez des échelles, nous allons bien voir. »

Pendant que plusieurs d'entre eux partaient les chercher, Camus, suivi des autres, revint sur la place de la Révolution et se plaça à l'endroit exact où il avait surpris le dénommé Chabert. Ce dernier était descendu en utilisant la corde de la lanterne. Le citoyen Camus l'imita, mais cette fois-ci pour monter jusqu'à la galerie ouverte. Quelques gardes nationaux, après hésitation, le suivirent. Tout de suite, Camus comprit qu'il ne s'était pas trompé, car il trouva sur la corniche de la galerie un vase en or massif. Il ignorait que la Ville de Paris l'avait offert à Louis XV lors de la naissance du dauphin, mais la valeur de l'objet et son emplacement le renseignèrent suffisamment. Il trouva la vitre brisée, le volet percé et pénétra dans la salle au Trésor. À la lueur de quelques bougies qu'allumèrent les gardes nationaux, il découvrit le parquet jonché de diamants oubliés par les voleurs. Il trouva aussi une énorme perle dans une boîte en ivoire. De nombreux instruments professionnels avaient été abandonnés par leurs propriétaires, pinces, vilebrequins, ciseaux, une scie à main, des crochets de fer, des couteaux, des pierres à fusil. Non seulement les voleurs étaient bien outillés, mais ils avaient dû être fort nombreux. Camus ne put que constater que les armoires et vitrines avaient été crochetées et vidées.

En repassant sur la galerie couverte, il remarqua à côté du vase en or ce qu'il n'avait pas vu à l'aller, une petite couronne en or enchâssée de rubis et de diamants, et à côté un hochet d'enfant, en or lui aussi, couvert de diamants avec un bout en corail. Ce jouet avait été envoyé par l'impératrice de toutes les Russies, Catherine II, à Louis XVI lors de la naissance d'un de ses fils, et dans l'inventaire dressé l'année précédente, il avait été estimé vingt-quatre mille livres.

Revenu au corps de garde de la rue Saint-Florentin, Camus se livra à un interrogatoire un peu plus détaillé et un peu plus musclé des deux voleurs arrêtés. Ledit Chabert ne tarda pas à reconnaître que son vrai nom était Chambon. En le fouillant, on trouva sur lui trois joyaux de facture indienne, les cadeaux du sultan de Mysore Tipoo Sahib à Louis XVI, ainsi qu'un ravissant objet, un Bacchus en or à cheval sur un tonneau en agate, et une croix d'or enchâssée d'émeraudes et de topazes. Quant à Douligni, sa fouille rapporta une pierre à fusil, un rat de cave, un vilebrequin, un marteau de vitrier. L'homme était armé d'un couteau de chasse et d'un poignard. Enfin, d'une de ses poches tomba une cas-

LE VOL DU RÉGENT

cades de petits diamants. Camus comprit qu'il était tombé sur une affaire énorme. Il fit réveiller le commissaire Restout et envoya chercher le juge d'instruction le plus proche.

Les deux autorités arrivèrent très vite. Le magistrat appelé Fantin s'affaira. Restout, parfaitement habillé, parfaitement composé, parut fort mécontent d'avoir été dérangé dans son sommeil. Camus leur expliqua ce qu'il venait de découvrir, c'est-à-dire le cambriolage des diamants de la Couronne. Le juge Fantin, installé dans un petit bureau du rez-de-chaussée, entreprit l'interrogatoire des deux suspects, et Restout annonça qu'il partait à la minute prévenir le ministre de l'Intérieur Roland. Camus se chargea d'aller fouiller le logis d'un des suspects, Douligni, qui avait donné comme adresse le 191 de la rue Saint-Denis. Il prit deux gardes nationaux avec lui et, en marchant vite, y arriva en un temps record. Il fit chou blanc car le numéro 191 de la rue Saint-Denis n'existait pas.

Furieux d'avoir été joué, Camus revint au plus vite au Garde-Meuble. Il aurait volontiers battu Douligni pour l'avoir fait courir tout Paris inutilement. Le juge d'instruction l'en retint. Douligni lui-même s'excusa : « Je suis depuis peu à Paris et j'ai pu me tromper dans la rue et le numéro que je t'ai donnés, citoyen. » Le toupet de cette réponse était à la mesure des explications fournies par les deux voleurs au juge Fantin. Donc, Douligni s'était par hasard trouvé sur la place de la Révolution lorsqu'il avait rencontré deux inconnus, lesquels l'avaient prié de les accompagner. Ils étaient montés à la corde de la lanterne du Garde-Meuble. Douligni croyait trouver là-haut des filles. Il n'avait pas suivi à l'intérieur les deux inconnus, il était resté sur la galerie ouverte, assis sur la balustrade, les pieds ballants sur le vide. Il attendait toujours les filles, lorsque les deux inconnus étaient revenus et, de force, lui avaient enfoncé dans la poche des objets dont il ignorait la nature. Il était dans un état trop avancé d'ébriété pour vérifier. Là-dessus, les deux inconnus avaient disparu.

Quant à Chambon, il était au coin de la rue Royale et de la place de la Révolution, lorsqu'il s'était soudain trouvé entouré d'une vingtaine de bandits armés jusqu'aux dents, qui avaient voulu lui faire sauter la cervelle. Au dernier moment, il avait été sauvé par l'un d'entre eux qui, au lieu de l'expédier dans un monde meilleur, avait décidé de se servir de lui. Il l'avait forcé, sous peine d'être tué, à aller chercher en bas du Garde-Meuble des objets qui se trouvaient sur le sol et à les ramener. Il avait eu tellement peur de recevoir un coup, que sans en demander le reste il s'était exécuté. Il était en train de ramasser tranquillement ces objets lorsque les gardes nationaux étaient apparus et que les bandits avaient disparu. Bref, plus innocents que Douligni et Chambon ne pouvait s'inventer.

Le juge Fantin et son greffier, suivis de Chambon et Douligni, entourés de gardes nationaux, montèrent à l'étage. Il brisa lui-même les sceaux de l'État apposés sur les portes, visita le Garde-Meuble, constata la disparition du Trésor ainsi que les signes d'effraction sur la fenêtre et le volet. Camus, qui était monté avec le juge, lui fournit des détails sur ses propres recherches et lui communiqua ses déductions. Le juge Fantin, qui ne s'était jamais trouvé devant une affaire aussi importante et délicate, s'affola. Camus lui prodigua encouragements et conseils : il fallait à tout prix pousser l'interrogatoire des deux suspects afin de connaître leurs complices, avant que ceux-ci n'aient eu le temps de disparaître, et remonter ainsi la filière.

Le juge allait obtempérer lorsque le commissaire Restout réapparut. Il sortait du ministère de l'Intérieur. Roland, le ministre, donnait expressément l'ordre de cesser l'instruction jusqu'à ce que l'Assemblée Nationale soit informée et qu'elle ait pris ses décisions. Réduit à l'impuissance par l'ordre de son supérieur, le juge n'eut plus qu'à abandonner le terrain. Quant à Camus, profondément déçu, il prit ses gardes nationaux et s'en revint au poste des Feuillants.

Il n'était pas encore six heures du matin.

Hormis Chambon et Douligni, les hommes de Depeyron étaient sains et saufs. Le coup de sifflet qui les avait avertis de l'approche de la patrouille de Camus les avait fait s'égailler dans toutes les directions, et ils couraient si vite que les gardes nationaux n'avaient pu les rattraper. Ils s'étaient retrouvés derrière des tas de pierres entassées à l'entrée des Champs-Élysées. La patrouille de Camus avait abandonné les recherches pour revenir vers le Garde-Meuble. Alors, les hommes de Depeyron avaient recommencé à se disputer, à tel point que leur chef avait menacé de jeter leur butin à la Seine. Ils étaient descendus sur la berge pour recommencer une nouvelle fois le partage. Deux fois ils avaient été dérangés, d'abord par un individu porteur d'une lanterne, ensuite par une vieille femme. Depeyron avait jugé trop dangereux de s'attarder. Il ordonna donc à ses hommes de se disperser mais leur donna rendez-vous, à neuf heures du matin, chez un limonadier des Halles, le sieur Leconte. Son lieutenant Baradelle fut le dernier à partir. La bande avait laissé pas mal de bijoux sur les berges, en particulier des perles que Baradelle cacha sous des cailloux. Puis, il revint chez lui rue de la Mortellerie, à côté de l'hôtel de Sens. Il retrouva, dans la chambre qu'il louait, son associé Gallois dit « le matelot », ami d'Alexandre et de Maugé. Ils examinèrent leur butin. Il y avait beaucoup de pièces d'orfèvrerie cassées. Celles qui étaient intactes, ils les brisèrent à leur tour à coups de marteau. C'est ainsi qu'ils anéantirent les chefs-d'œuvre d'orfèvreries qui faisaient partie de « la chapelle » du cardinal de Richelieu pour en séparer l'or des pierres précieuses.

Anne-Louise était lasse à mourir. Pourtant, elle ouvrit *La Perle rare*, non pas qu'elle attendît de la clientèle mais pour éviter de sombrer dans la folie. Elle voulait aussi donner le change, comme si de rien n'était. Des heures durant, personne ne se présenta. Puis la porte s'ouvrit enfin sur Yvon Rébus. Avant qu'elle n'ait pu dire un mot, il s'écria : « Le Garde-Meuble a été cambriolé, les diamants de la Couronne ont disparu ! » Depuis qu'il était parti en claquant la porte d'Anne-Louise, il n'avait cessé de le regretter, mais sa vanité masculine lui interdisait de faire amende honorable, et il craignait d'être mal reçu sinon chassé. Il avait donc saisi le prétexte de cette nouvelle sensationnelle, sachant qu'elle intéresserait Anne-Louise, pour réapparaître. Celle-ci, pour toute réponse, n'eut qu'un pauvre sourire. Il crut qu'elle lui en voulait encore. En réalité, elle était à ce point désemparée que l'arrivée d'Yvon était bienvenue. Elle avait besoin de cette présence humaine, chaleureuse. Elle lui fit donc bon accueil mais elle se garda bien de lui parler d'Alexandre. Ce drame était trop intime. Elle parvint à manifester de l'intérêt pour ce que lui racontait Yvon.

Lorsqu'il était arrivé, quelques heures plus tôt, pour prendre son travail, il avait trouvé le ministère sens dessus dessous et son ministre Roland aux cent coups. Restout était venu l'informer du cambriolage. Plus tard, étaient parvenus les premiers résultats de l'enquête menée par le juge Fantin. Roland avait demandé à Yvon de l'accompagner à l'Assemblée Nationale qui siégeait dans la salle du Manège. Le ministre était monté à la tribune et, dans un silence total, avait annoncé : « Le Garde-Meuble vient d'être forcé et pillé. Deux voleurs ont été arrêtés. La force publique a été requise mais... les diamants ont disparu. » Les questions fusèrent, surtout sur la valeur de ce qui avait été emporté. « Il y en avait pour trente millions de livres, il n'y en a plus que pour cinq cent mille », conclut, d'un air piteux, Roland. Comprenant alors l'énormité du vol, les députés furent saisis d'indignation et de curiosité. Comment une chose pareille avait-elle pu arriver ? Ils convoquèrent sur l'heure le « général » Santerre, chef de la Garde Nationale parisienne. C'était un jean-foutre tout en rodomontades, grossier et inefficace. Lorsqu'on lui demanda comment un tel vol avait pu se produire alors qu'il était en charge de la sécurité de la capitale, il répondit que les mesures nécessaires avaient été prises pour empêcher tout attentat contre le gouvernement. À peine avait-il appris la nouvelle qu'il avait fait fermer les barrières de Paris. Puis, selon son habitude, il termina par une fanfaronnade : « Je vais doubler la force publique... c'est un reste d'aristocratie qui expire, ne craignez rien, elle ne pourra jamais se relever ! » L'Assemblée décida que les deux autorités les plus concernées, c'est-à-dire le ministre de l'Intérieur Roland et le maire de Paris, Pétion, seraient chargées de l'enquête.

Yvon reprit les soupçons de Santerrre : « C'est sûr, c'est un coup des aristocrates. Ils veulent salir la révolution et financer une armée contre-révolutionnaire. » Anne-Louise affecta d'en douter. « Peut-être, après tout, n'y a-t-il dans cette affaire que l'appât du gain. Des voleurs ont pu agir sans arrière-pensée politique. » Yvon protesta : « C'est trop énorme pour de simples brigands ! Il y a certainement complot derrière !

— Alors, tu as raison, ce sont les aristocrates. Qui d'autre aurait intérêt à porter un coup pareil à la révolution ? » La découverte si rapide du vol la dérangeait profondément. Paul Miette avait eu raison : c'était une erreur de s'adjoindre les amateurs de la bande de Depeyron. Elle trembla en pensant à Alexandre. Se pourrait-il que les enquêteurs remontent jusqu'à lui ? Sans qu'elle le veuille, l'image de Paul Miette se présenta à elle : elle espérait que lui, au moins, était en sécurité. Elle semblait si vulnérable qu'Yvon la prit dans ses bras et l'embrassa fougueusement. Elle le laissa faire et même répondit à ses baisers. Il voulut aller plus loin, elle refusa. Il n'insista pas, il était heureux de l'avoir retrouvée. De son côté, elle se sentait protégée par cet homme qui l'aimait. Ainsi restèrent-ils, sans bouger, sans parler, dans les bras l'un de l'autre.

Cependant, Paris entier ne parlait que du cambriolage. Les rumeurs naissaient et s'enflaient, et des soupçons se portaient dans toutes les directions. Tout le monde accusait tout le monde. La clique de Marat, l'aigre ténor de la révolution, lâcha des insinuations contre la probité de Roland, puisque celui-ci était responsable du Garde-Meuble. L'épouse du ministre, la célèbre Manon Roland, entra dans l'arène pour défendre son mari. Elle accusa, presque ouvertement, Fabre d'Églantine, ignorant visiblement ses liens avec Roland, et par là, son maître, le tout-puissant Danton. Puis, on en vint à soupçonner la Reine elle-même, pourtant retenue prisonnière au Temple. La majorité imaginait, comme Yvon Rébus, un complot royaliste. Personne ne croyait à un simple cambriolage.

7

Le commissaire Le Tellier n'écoutait pas les bruits qui couraient ; seuls l'intéressaient les faits. Depuis qu'il avait fait apposer des affiches invitant les joailliers de la capitale, s'ils se voyaient offrir une marchandise douteuse, à l'en avertir, il attendait patiemment dans son modeste bureau de la rue de la Mairie.

Il laissa la journée du 17 septembre s'écouler sans que personne ne se présentât.

La matinée du 18 se passa de même, et maintenant l'après-midi s'étirait. Malgré son sang-froid et son endurance, il commençait à perdre espoir, lorsqu'un homme entra. « Je m'appelle Gerbu, joaillier rue du Harlay. » Encore un, se dit le commissaire, qui passe sans hésiter de l'honnêteté au côté de la malhonnêteté. Souriant et impénétrable, ses yeux perçants posés sur le dénommé Gerbu, Le Tellier attendit. « Voilà, commença le joaillier d'un air embarrassé et plutôt hésitant, cet après-midi j'ai reçu une visite, un certain Cottet, une vague accointance. Il m'a proposé un paquet de vingt-trois gros brillants, trente brillants plus petits et un grand nombre de très petites pierres que nous appelons dans le métier de la grenaille. Il demandait quinze mille livres, un prix bien au-dessous de la valeur des pierres. C'est ce qui m'a alerté, d'autant plus que j'avais lu l'affiche que vous avez fait apposer. » L'excitation s'empara de Le Tellier, qu'il se garda soigneusement de montrer. Depuis que les citoyens Le Blond et Le Leu étaient venus le trouver quelques jours plus tôt, il était convaincu qu'un énorme coup était en train. Il se repentit, lorsqu'il avait vérifié que les scellés étaient toujours posés sur les portes du Garde-Meuble, de n'avoir pas poussé plus loin ses investigations. Là-dessus, il avait, comme tout le monde, appris le cambriolage, le confirmant dans son instinct initial. Les milieux officiels semblaient sens dessus dessous et la confusion la plus totale régnait. Lui seul gardait son calme, bien que frustré de ne pas avoir été chargé de l'enquête.

Or, voilà que le hasard amenait dans ses filets un poisson d'importance. « Et qu'avez-vous fait, citoyen, lorsque le dénommé Cottet vous a proposé les diamants ? » Le Tellier n'employait pas le tutoiement révolutionnaire qu'il détestait et personne ne s'avisait de le lui reprocher. « Je lui ai tendu un piège. Je lui ai donné un acompte de cinq mille livres, et je lui ai demandé de revenir demain pour toucher le reste de la somme et aussi m'amener d'autres diamants s'il en avait à vendre. » Décidément, le Gerbu était malin, il devait s'y connaître en recel, achat de pierres volées et revente de marchandises louches. Le Tellier le félicita chaudement de son initiative. « Je serai là demain dans votre boutique. Ne vous préoccupez de rien, ne parlez à personne de cette affaire, et lorsqu'il viendra, soyez le plus naturel possible... À propos, était-il seul ?

— Non, il était avec un homme que je l'ai entendu appeler Brière, un inconnu qui semblait simplement l'accompagner.
— C'est tout ?
— Il y avait un troisième homme. Celui-là n'a pas voulu entrer dans ma boutique, il se méfiait probablement. Je l'ai vu par la vitrine. Il semblait extrêmement jeune.
— Avez-vous entendu son nom ?
— Les deux autres parlaient de lui en l'appelant Maugé. » Le Tellier nota soigneusement les noms. « À demain, donc, citoyen, rendez-vous rue du Harlay. »

Dès le lendemain matin, 19 septembre, Le Tellier faisait le guet autour du magasin de Gerbu. Son métier l'avait accoutumé à cette activité. Il aimait passer inaperçu, se fondre parmi les passants. Il avait enlevé le chaperon tricolore, insigne de ses fonctions, et, en civil, il ressemblait à un bourgeois sans grands moyens. Il ne quittait pas des yeux la boutique de Gerbu tout en ayant l'air d'être occupé à autre chose. À l'heure du déjeuner, deux hommes se présentèrent. Le Tellier comprit que c'étaient Cottet et Brière. D'adolescent point, Maugé n'était donc pas venu. À travers la vitrine du joaillier, il vit les trois hommes s'attabler au fond de la boutique. Gerbu avait prévu tout un repas. Le Tellier les laissa boire et manger et n'intervint qu'à la fin. Il entra tranquillement dans la boutique, et, sans se presser, s'avança jusqu'à l'arrière-boutique. Les trois hommes le regardèrent, deux avec surprise, Gerbu avec énervement. Il vit sur la table un collier de diamants, objet d'une négociation. S'adressant à Cottet et à Brière, d'une voix posée, il annonça : « Citoyens, je vous arrête. » L'un des deux hommes ne sembla pas du tout impressionné, l'autre fit mine de jeter quelque chose par terre. Gerbu ne put s'empêcher de lui faire remarquer : « Voilà un mouvement, monsieur, qui m'est suspect. » L'homme expliqua qu'il sortait de sa poche un petit couteau qu'il posait sur la table afin de ne pas être accusé de dissimuler des armes. Interrogés par Le Tellier, les hommes s'identifièrent. Brière semblait le plus calme, Cottet le plus agité. Quant à Gerbu, sans être vu des deux autres, il essayait d'appeler son attention. Le Tellier se dit qu'il y avait quelque chose d'assez bizarre dans cette scène. Gerbu persistait à lui faire des signes comme s'il voulait lui parler.

Il laissa les deux suspects dans l'arrière-boutique dont ils ne pouvaient s'échapper, et prenant Gerbu, le mena là où ils ne seraient pas entendus. « Que me voulez-vous ? » lui demanda-t-il plutôt rudement. « Il y a du nouveau, citoyen commissaire. Hier, après vous avoir quitté, je suis rentré à la boutique. Aussitôt, le nommé Brière est venu me trouver pour me prier de le suivre chez le ministre de l'Intérieur... » Gerbu crut que l'autre se moquait de lui. Quel lien pouvait avoir un petit voleur avec le puissant Roland ? se demanda-t-il. Par ailleurs, cette invitation ne lui plaisait pas tellement. Il avait assez commis « d'indiscrétions » pour ne pas avoir très envie de rencontrer le ministre de l'Intérieur. L'appareil qui entourait celui-ci l'impressionnait, les gardes à la porte du ministère, les beaux salons dorés, les vastes bureaux pleins de commis affairés. L'abord de Roland l'avait rassuré. C'était celui d'un homme simple et sans prétention qui s'adressait à lui d'égal à égal. « Le ministre m'a confié que Brière travaillait pour lui, qu'il l'a chargé de s'infiltrer parmi les voleurs afin de récupérer les diamants volés. » Le Tellier, furieux, l'interrompit : « Pourquoi n'êtes-vous pas venu me raconter tout cela en sortant du ministère ? » Gerbu prit une mine piteuse. « Il était trop tard, citoyen commissaire, je n'osais pas vous déranger. » Le Tellier ne crut pas un mot de cette excuse. Gerbu poursuivit : « Le ministre m'a donné, contre reçu, quinze mille livres, pour me rembourser de l'avance faite à Cottet et pour payer le reste.

— Justement, qu'en est-il de Cottet ? Est-il lui aussi un mouton du ministre ? » Gerbu n'en savait rien. Le Tellier se demanda s'il n'inventait pas toute cette histoire. « Si Cottet est un authentique voleur, pourquoi Brière ne l'a-t-il pas fait arrêter, puisque c'est son travail ? » De nouveau, Gerbu eut un geste d'ignorance. Le Tellier se demandait ce qu'il devait faire. Il ne pouvait pas arrêter les deux hommes si Brière travaillait pour le ministre et il ne pouvait pas les relâcher si Cottet avait participé au cambriolage du Garde-Meuble.

Ils revinrent dans l'arrière-boutique où les deux suspects les attendaient patiemment. Le commissaire saisit machinalement le collier de diamants laissé sur la table. C'était une pièce magnifique, d'une très haute provenance. Gerbu n'oubliait pas d'être marchand. « Ils en demandent trente mille livres, c'est tout de même une grosse somme...

— C'est Maugé, protesta ledit Cottet, le collier est à lui, il nous a dit de ne pas le lâcher pour moins que ça.

— Et où est donc votre ami Maugé ?

— Nous avons rendez-vous avec lui chez un traiteur, au bout du Pont au Change.

— Alors, allons-y. »
Les trois hommes s'y rendirent aussitôt. Ils commandèrent du vin, ils attendirent plus d'une heure. Maugé ne se présenta pas. L'adolescent s'était méfié une fois de plus, se gardant d'apparaître. « Dommage, remarqua Cottet, car il a beaucoup de très beaux diamants à vendre. » En attendant, les trois hommes levaient le coude sans hésiter. Le commissaire remplissait constamment les verres. Il avait ce côté engageant, ce sourire sympathique qui désarmaient les méfiances et déliaient les langues. Cottet était un dur à cuire, mais Brière, lui, n'hésita pas à raconter son histoire. « Je suis perruquier, mais je n'ai pas toujours été dans le droit chemin, tout comme mon nom n'est pas Brière mais Lamy Evette. Je fabriquais des faux assignats. J'ai été arrêté, condamné, jeté en prison à la Conciergerie. Pendant les journées de septembre, j'ai été libéré... – c'est-à-dire, traduisit Le Tellier, que, pendant les massacres, il avait réussi à s'enfuir. Depuis, je vis dans la terreur d'être repris, car je n'ai pas achevé ma condamnation. Sur ces entrefaites, j'ai appris le vol du Garde-Meuble. Dans notre milieu, les nouvelles vont vite. Je me suis dit que c'était l'occasion ou jamais de recouvrer l'honnêteté. Grâce à mes accointances dans le milieu des voleurs, j'aiderais à retrouver les bijoux volés, en contrepartie je demanderais à être gracié et ainsi pourrais-je enfin mener l'existence d'un honnête homme. J'en ai parlé à mon amie, la veuve Corbin. Elle a abondé dans mon sens et elle m'a proposé de m'aider, car elle connaît bien le citoyen maire de Paris. Elle m'a dit de m'habiller en garde national et elle m'a mené le rencontrer en personne. J'avais encore peur à cause de mon passé,

aussi me suis-je présenté à lui sous le nom de Brière. Pétion a accepté le marché que je lui proposais : ma grâce contre mon aide pour récupérer les joyaux de la Couronne. Il m'a donné un mot d'introduction auprès du ministre de l'Intérieur. Le soir même, avec ma maîtresse, la veuve Corbin, nous avons été le trouver. (À ces mots, les yeux de Le Tellier lancèrent des éclairs en apprenant que la veuve Corbin l'avait abusé.) Il nous a reçus aussi aimablement que le maire et il m'a remis un ordre de mission. »

Lamy Evette, puisqu'il faut lui donner son vrai nom, sortit alors de sa poche un papier sur lequel Le Tellier put lire : « Je donne pouvoir au sieur Brière, porteur de cet écrit, de faire arrêter toute personne qu'il trouvera saisie de quelque bijou ou diamant de ceux volés ou saisis au Garde-Meuble. Le ministre de l'Intérieur Roland, Paris le 18 septembre de l'An IV. » Le Tellier parut suffisamment édifié par la signature du ministre et par le récit que venait de lui faire Lamy Evette. D'une voix très douce, il demanda : « Quand et où avez-vous rencontré le citoyen Cottet ?

— Hier, j'avais rendez-vous rue de la Tixeranderie avec un ami, le chapelier Boutet. Celui-ci m'a présenté Cottet, un de ses amis qui se trouvait avec lui. Je le connaissais de réputation. Tout son milieu sait en effet qu'il a volé des objets précieux aux Tuileries le 10 août. » Cottet ne sembla nullement gêné de voir ainsi étalée sa réputation. Lamy Evette poursuivit : « Nous avons bavardé, Cottet et moi, du cambriolage du Garde-Meuble, dont tout le monde, s'entretenait. Le citoyen Cottet me fit comprendre qu'il y avait participé, ou tout au moins qu'il possédait des pierres en provenance du Garde-Meuble et qu'il était disposé à les vendre. Je lui ai proposé de l'emmener, le lendemain, chez Gerbu dont je vantais la bonne réputation (Le Tellier traduisit : dont je connaissais la discrétion et l'efficacité en ce qui concerne les bijoux volés)... Nous nous sommes donc rendus dans sa boutique. L'affaire a été conclue, puis Gerbu est venu vous prévenir. »

Il paraissait invraisemblable à Le Tellier que Cottet se fût si facilement laissé avoir. Même s'il n'avait pas ouvert la bouche, il paraissait trop intelligent, trop sournois pour ne pas être particulièrement méfiant. Le commissaire se tourna vers lui : « Et vous, citoyen, pas un instant vous ne vous êtes douté que Lamy Evette vous emmenait dans un piège ?

— Citoyen commissaire, j'en connais suffisamment sur le cambriolage du Garde-Meuble pour me sortir de tous les pièges et de toutes les prisons. »

Le Tellier ne comprenait rien au sens de ces paroles énigmatiques. La seule chose dont il était certain c'était que les deux hommes, Lamy Evette et Cottet, étaient des menteurs invétérés. Cependant, même les menteurs parviennent à dire la vérité. Où se nichait-elle dans leurs assertions ? Lamy Evette sentit que le policier ne savait trop que faire. Aussi insinua-t-il : « Citoyen commissaire, pourquoi ne nous rendrions-nous pas tous les trois chez le maire de Paris et le ministre de l'Intérieur ? Vous pourriez vérifier mes dires, au cas où mon ordre de mission ne vous suffirait pas. » Le Tellier voulait en avoir le cœur net, il accepta, mais, auparavant, il fallait en passer par une petite formalité. Après tout, les deux suspects, il les avait bel et bien arrêtés. Ils passèrent d'abord au commissariat de la rue de la Mairie. Dans son bureau, Le Tellier signa l'ordre d'emprisonnement des deux suspects, et il remit à son épaule le chaperon tricolore, insigne de sa fonction. Puis, tous trois se rendirent chez Pétion, tout près de là. La Commune, signe de sa puissance, siégeait à l'Hôtel de Ville, tandis que le maire avait ses bureaux au Palais de Justice.

Le Tellier n'avait jamais rencontré de près le maire Pétion. Un pur, un dur, disait-on de lui. Dur, certainement, mais pur ? Très intelligent sans aucun doute, mais tout aussi fourbe. Brillant, enjôleur, on ne devait jamais savoir sur quel pied danser avec lui. Il les reçut le mieux du monde. Non seulement il confirma avoir engagé Lamy Evette au service de la nation mais, devant Le Tellier, il fit la même proposition à Cottet. Celui-ci aiderait à mettre la main sur les voleurs et les bijoux volés, en contrepartie il serait innocenté de tout ce qu'il avait pu commettre dans le passé. Cottet accepta avec empressement et promit de mettre son zèle au service de la nation. Le Tellier ne fit aucun commentaire.

De là, les trois hommes se rendirent au ministère de l'Intérieur, rue Neuve des Petits Champs, derrière le Palais Royal. Roland tint exactement le même discours que Pétion – à croire que les deux hommes s'étaient entendus d'avance. Lamy Evette travaillait pour lui, il proposa à Cottet d'en faire autant. Ce dernier, pour la seconde fois, accepta sur-le-champ et Roland rédigea un ordre de mission semblable. Désormais, Cottet pouvait faire arrêter tous les voleurs du Garde-Meuble qu'il voudrait. De plus, le ministre rédigea un autre document au bénéfice du voleur : « Si le citoyen Claude Cottet peut faire découvrir les gros diamants nommés le Régent et le Sancy volés au Garde-Meuble, il recevra le prix de ses soins. » Ainsi, Lamy Evette et Cottet jouissaient d'une immunité totale. Le Tellier, qui remarquait tout, n'avait pas été sans noter la présence, dans le bureau du ministre, d'un jeune homme, assez beau, aux yeux bleus scintillants, à la carrure athlétique. C'était le secrétaire de Roland, Yvon Rébus.

Il était une heure du matin lorsque Le Tellier et ses deux « prisonniers » sortirent du bureau du ministre. Yvon Rébus les raccompagna. En chemin, Le Tellier lui demanda : « Cela arrive souvent à votre patron de retourner comme ça des voleurs ? Il faut du talent.

— Je ne l'ai jamais vu agir ainsi. Le citoyen ministre est profondément honnête. Il déteste les voleurs et évite d'avoir affaire à eux. »

Les trois hommes se rendirent rue de Jérusalem chez un marchand de vin que connaissait Lamy Evette. Ils fêtèrent, tournée après tournée, leur toute nouvelle association. Pendant que les deux « prisonniers » s'enivraient, les pensées les plus folles traversaient l'esprit de Le Tellier. Des soupçons, des hypothèses s'entrechoquaient en lui. Il refusait de se laisser entraîner par son imagination, et pourtant celle-ci l'emmenait irrésistiblement vers des pistes les plus improbables. Tout ce qu'il avait vu, tout ce qu'il avait entendu ces deux derniers jours semblait parfaitement explicable, et pourtant, il lui semblait que tous n'avaient fait que lui jouer une sorte de charade. « On ne sera jamais de trop pour arrêter les voleurs et retrouver les joyaux », annonça-t-il jovialement alors que, le souper fini, les trois hommes se levaient. « Cependant, citoyens, n'oubliez pas que vous êtes mes prisonniers, aussi passerez-vous avec moi la nuit au poste. Je ferai tout pour qu'elle ne vous soit pas trop inconfortable. »

Le lendemain matin, les trois compères se mirent en chasse. Où trouver des voleurs, sinon dans les cafés, les débits de vin, les estaminets où ils se réunissaient ? Ainsi en visitèrent-ils bon nombre. Cottet et Lamy Evette additionnèrent les consommations. Le Tellier prétendait boire autant qu'eux, en fait il touchait à peine à l'alcool. Il plaisantait, riait avec ses deux compagnons. Ceux-ci, de plus en plus gagnés par sa jovialité, ne remarquaient pas sa pâleur, l'éclat inquiétant de ses yeux sombres, les lèvres qui n'étaient plus qu'un fil. Heureusement, ils ne pouvaient deviner ses sentiments. Les voleurs, il ne les méprisait pas, il les pourchassait, mais ces traîtres, ces vendus prêts à trahir leurs compagnons le dégoûtaient. Cependant, cette enquête le passionnait tellement qu'il dissimulait fort bien son mépris.

La matinée se passa ainsi en errances fort arrosées et parfaitement inutiles. On ne rencontra aucune connaissance de Lamy Evette ou de Cottet, et on ne recueillit aucune rumeur indicatrice. Le Tellier commença à s'impatienter. « Et ce Maugé, alors, vous en parlez tout le temps, vous me promettez de le rencontrer, il n'est jamais là au rendez-vous, alors pourquoi n'irions-nous pas lui rendre visite ? Savez-vous où il habite ? » Cottet comprit alors qu'on ne pouvait pas mener indéfiniment Le Tellier en bateau. Il savait où habitait Maugé et il se proposa de les y emmener.

Il les conduisit à l'immeuble de la rue Saint-Dominique où quelques jours plus tôt Anne-Louise était venue trouver son fils. Ils montèrent le plus silencieusement possible l'escalier aux tomettes descellées.

Arrivés devant la porte, Le Tellier frappa doucement. Aucune réponse, aucun bruit. Il frappa de nouveau. Même résultat. « Ils sont ici, je les sens », murmura-t-il. D'un geste, il ordonna à ses deux compagnons de l'aider à enfoncer la porte. Elle était assez vermoulue pour peu résister. Elle tomba avec fracas et ils firent irruption dans la petite chambre. Deux hommes s'étaient reculés dans le coin le plus éloigné et les regardaient, terrifiés. L'un devait avoir à peine dépassé la vingtaine, l'autre était encore un enfant. C'était – Cottet le renseigna – Pierre Gallois, dit « le petit matelot » et Alexandre dit « le petit cardinal ». « Citoyens, déclara solennellement Le Tellier car il aimait conserver les formes, je vous arrête pour vol et complicité de vol. » Ils ne protestèrent pas, ni ne réagirent. Ils semblaient assommés par ce qui leur arrivait. Les preuves de l'accusation étaient évidentes : sur la table étaient étalés des pierres non montées et des débris d'objets en or. « Gardez l'œil sur eux », ordonna Le Tellier à Lamy Evette et à Cottet.

Ils sortaient dans la rue lorsque Cottet s'écria : « Voilà Maugé ! » Celui-ci s'en revenait tranquillement chez lui, et fut si surpris qu'il ne songea pas à s'enfuir. Le Tellier lui mit la main au collet et l'arrêta comme ses deux compagnons. Les trois voleurs, encadrés par les deux donneurs, se mirent en route précédés par Le Tellier. Celui-ci ne les mena pas rue de la Mairie – il se trouvait en effet en dehors de sa juridiction – mais au commissariat de la section des Quatre Nations où les fit incarcérer le commissaire Leconte. Leconte et Le Tellier se connaissaient pour avoir collaboré plusieurs fois. Ils ne s'estimaient pas. Leconte en effet jalousait Le Tellier. Alors que ce dernier lui faisait le récit de l'arrestation, Leconte lui reprocha de ne pas avoir été fouiller le logis de la famille de Maugé et interroger ses parents. « Je suis sûr que l'accusé a dû cacher chez sa famille le produit de son vol. C'est une erreur grave de ne pas y être allé tout de suite. Ne perdez pas de temps. Allez rue de la Boucherie. » Cottet, en effet, avait fourni l'adresse des parents de Maugé. Le Tellier se rebiffa : « Commissaire Leconte, il est quatre heures de l'après-midi, nous n'avons pas déjeuné. Le service de la Nation attendra que nous nous soyons rempli l'estomac afin de poursuivre. »

En début d'après-midi, surgit à *La Perle rare* le même gamin envoyé par Paul Miette qui, quelques jours plus tôt, était venu lui donner l'adresse des Maugé. Tout d'un trait, il lâcha : « Le patron te fait savoir que Petit Cardinal et ses deux amis ont été arrêtés. Il te recommande de n'aller sous aucun prétexte dans leur chambre de la rue Saint-Dominique car la police doit la surveiller. » Puis il disparut.

Anne-Louise sortit dans la rue et courut, comme une folle, chez les parents Maugé pour savoir ce qui s'était passé. Elle arriva haletante devant la pauvre maison de la rue de la Boucherie. Hermétiquement close, elle semblait déserte. Elle frappa à coups redoublés, personne ne lui ouvrit. Elle se rappela que la sœur de Maugé travaillait tout près de là, chez le sieur Damour, marchand de vin à « La petite Pologne ». Elle s'y précipita. La jeune fille connaissait déjà l'arrestation de son frère et elle était dans tous ses états. « Si c'est pas malheureux, s'écria le sieur Damour, cette petite, je l'ai prise à mon service par pitié. Le moins elle restera chez ses parents, le mieux c'est. Ce sont des mauvaises gens, elle ne peut en recevoir que des mauvais conseils. » Le regard de la petite Maugé en dit long sur ses sentiments envers son patron. Anne-Louise lui demanda comment ses parents et elle avaient appris la nouvelle. « Un homme jeune est venu nous l'annoncer. Je l'ai déjà vu plusieurs fois avec mon frère. » Elle ignorait son nom. « Mon père était dans un état terrible. Il bredouillait des menaces "Si c'est comme ça, ils ne s'en relèveront pas des révélations que je ferai au procès". Il a commencé à tout casser et à battre ma mère. Je me suis enfuie ici.

— As-tu une clef de la maison de tes parents ? » Oui, la petite en possédait une. « Il faut que tu retournes avec moi chez eux. Je veux savoir. » La petite avait peur, mais Anne-Louise parvint finalement à la convaincre.

Elles revinrent le plus vite possible rue de la Boucherie. La petite tourna la clef, elles entrèrent et explorèrent la maison. Tout était froid, sombre, silencieux. Soudain, Anne-Louise poussa un cri. Elle était entrée dans la chambre des parents. La femme Maugé se trouvait étendue sur son lit, morte, la gorge tranchée, le sang inondant ses draps. Alertée par le cri, la fille accourut. Elle avait dû tellement en voir qu'elle ne fut pas autrement émue. « C'est mon père, c'est lui qui a fait ça ! », hurla-t-elle. Avec un bruit de tonnerre, elle escalada les étroites marches qui menaient à la soupente servant de grenier. Puis, Anne-Louise, restée dans la chambre, n'entendit plus rien. Intriguée, ses sens aux aguets, elle se dépêcha de rejoindre la jeune fille. Le père Maugé était étendu sur le sol, lui aussi mort, le teint presque vert. À côté de lui gisait une bouteille renversée et à peu près vide. Anne-Louise la ramassa et la sentit : c'était de l'eau-forte[1]. Les deux femmes tâchèrent de reconstituer les événements. Le père Maugé, enragé par l'arrestation de son fils et rendu encore plus violent par l'alcool, avait tué sa femme puis s'était suicidé. L'horreur de la scène eut raison de la jeune fille. Elle se mit à pleurer bruyamment. Entre deux sanglots, elle expliqua : « Il a toujours été un violent, il ne pouvait pas se contrôler. Mais il aimait tellement mon frère que l'idée qu'il soit incarcéré a dû lui faire perdre la tête. » Elle se remit à pleurer de plus belle : « Que va-t-il devenir mon François ? » Anne-Louise la prit dans ses bras, et l'y serra presque avec violence. « Désormais, je prends ton frère sous ma protection. Je te jure que je le tirerai de là comme je me jure que je sauverai mon fils. »

Elles ne supportèrent pas de rester une seconde de plus dans la maison du malheur, et s'enfuirent presque en courant, ce qui leur évita de tomber sur le commissaire Le Tellier et ses deux acolytes, Lamy Evette et Cottet. Leur déjeuner terminé, ils s'en venaient interroger les parents Maugé. Ils entrèrent et ne purent que constater. Cottet, qui connaissait la famille, reconstitua les événements de la même façon que l'avaient fait les deux femmes. Le père enragé, enivré, avait tué la mère puis avait avalé le poison. Le Tellier eut une moue sceptique : « C'est en effet ce que tout semble vouloir indiquer. Mais justement, est-ce que ce n'est pas ce qu'on veut nous faire croire ? » Il ignorait pourtant que le père Maugé avait menacé de faire de terribles révélations au procès de son fils...

---

1. Acide généralement utilisé dans la gravure – le père Maugé était graveur.

LE VOL DU RÉGENT

Après cette découverte macabre, Le Tellier était décidé à ne rien négliger et, en l'absence de toute autre piste, à se servir de ses deux acolytes, même s'il doutait d'eux. Ils reprirent donc leur tournée des cafés et estaminets à la recherche d'informations. Ils aboutirent ainsi au Café Charles situé à la porte de Paris, le plus fréquenté de tous, par des malfaiteurs de tous acabits. Cottet connaissait le patron qui vint à leur table : « Il paraît qu'y en a un qu'a acheté la cravate d'Henri IV et un bouton en diamants de son chapeau. » La cravate d'Henri IV était en réalité une agrafe incrustée de gros diamants qui n'avait d'ailleurs jamais appartenu au bon roi Henri. « Autre chose ?

— Ben, non... ah oui, y'a le Picard qui est passé avec sa femme. Il paraît qu'ils ont à vendre deux canons incrustés de diamants.

— Allons chez le citoyen Picard ! » proposa Le Tellier avec un entrain un peu forcé. Bien entendu, Cottet connaissait l'adresse des Picard. Lorsqu'ils arrivèrent devant le petit immeuble où demeurait le couple, il était minuit passé. Le Tellier et Lamy Evette restèrent dans la rue. Cottet monta chez eux, pour redescendre dix minutes plus tard, seul. Il s'était fait admettre dans le petit appartement par Mme Picard qui avait entendu les coups frappés à la porte. Mais, impossible de réveiller Picard, il dormait à poings fermés. Cottet avait donc décidé de remettre l'affaire au lendemain. Le Tellier ne dit rien mais n'en pensa pas moins.

Ils retournèrent au Café Charles, se firent servir un souper tardif. Lorsqu'ils furent rassasiés, il n'était plus question de revenir au commissariat du Pont Neuf. Aussi demandèrent-ils à l'aubergiste une chambre garnie qui se trouvait à côté de son café, où ils s'endormirent tous les trois du sommeil du juste.

Le Tellier était un lève-tôt. À sept heures du matin, il était debout, malgré son coucher tardif. Il se fit un plaisir de réveiller plutôt brutalement ses compagnons de chambrée, Lamy Evette et Cottet. À sept heures et demie, ils se trouvaient devant l'immeuble des Picard. Le Tellier décida que Cottet monterait seul. Lui-même et Lamy Evette se rendraient au commissariat de la section réclamer des officiers municipaux en vue d'une arrestation de voleurs. Ils revenaient, accompagnés de trois de ceux-ci, lorsqu'ils virent Cottet agiter son mouchoir par la fenêtre des Picard. C'était le signe. Ils s'engouffrèrent dans l'escalier, montèrent quatre à quatre, firent irruption dans l'appartement. Le Tellier n'eut pas le temps d'empêcher Picard de jeter plusieurs objets par la fenêtre. Il redescendit en trombe l'escalier. À la porte de l'immeuble, il trouva un quidam, qui déclara s'appeler Odans, chandelier de la rue Bourg l'Abbé. Il déclara qu'il avait vu des objets tomber par une fenêtre, celle des Picard, et qu'il les avait ramassés machinalement. Il les remit au commissaire. Il s'agissait d'un petit canon en or garni de diamants et marqué de trois fleurs de lys, de deux roues en or également incrustées de diamants ainsi qu'un petit mortier en or. Le Tellier remonta chez les Picard et jeta le butin sur la table. Que faisaient ces objets précieux chez eux ? Le mari affirma que c'était Cottet lui-même qui les y avait déposés. Les officiers municipaux s'apprêtaient à arrêter celui-ci lorsque Le Tellier intervint pour le libérer. Ils se contentèrent d'emmener les époux Picard au commissariat de la section. Ils emportaient comme pièces à conviction les précieux objets récupérés par Le Tellier.

Cottet proposa de se rendre chez Pétion pour obtenir de lui des pouvoirs plus étendus et faciliter leur tâche. Les trois compères furent reçus par son assistant, Fabre d'Églantine, qui déploya tout son charme et son amabilité. Ce n'est pas un poète, pensa Le Tellier, c'est un acteur. Il a constamment l'air de réciter son texte. Fabre exprima ses profonds regrets, mais le maire se trouvait à la Convention où il leur conseilla de se rendre.

À la Convention, impossible de trouver le maire de Paris. L'Assemblée siégeait à huis clos et Pétion devait y prononcer un discours. « Allons chez Gerbu », proposa Cottet. Soudain, Le Tellier en avait assez de ces allées et venues inutiles : « Je suis fatigué, je vous laisse, je rentre chez moi. » Les deux autres y allèrent de leurs protestations et de leurs invitations : « Venez avec nous, citoyen commissaire, on va faire la fête ! » Sans les écouter, Le Tellier s'était déjà éloigné. Exaspéré, il avait dû se rendre à l'évidence : Cottet et Lamy Evette étaient, depuis le début, de connivence pour l'embarquer sur des fausses pistes et l'éloigner du véritable objectif. Quel son jouait la veuve Corbin dans ce montage ? Le Tellier rageait en se posant la question. Évidemment, ils avaient arrêté cinq voleurs tout à fait authentiques qui avaient participé au cambriolage du Garde-Meuble. Mais quels voleurs ! Des jeunets, deux adolescents, un ménage à la petite semaine. Ce n'était certainement pas ceux-là les véritables responsables, les cerveaux de l'organisation. En le menant de sous-fifre en sous-fifre Cottet et Lamy Evette l'avaient détourné du principal. Ce qui le troublait, c'était la protection évidente dont les deux hommes bénéficiaient de la part du maire de Paris et du ministre de l'Intérieur. Il fallait être vraiment niais – or ni Pétion ni Roland ne l'étaient – pour se fier à de tels hommes. Et pourtant, c'est à eux que les deux autorités avaient délivré des ordres de mission leur attribuant des pouvoirs exorbitants. Que signifiait tout ceci ? Comble d'irritation, Le Tellier ne pouvait s'en prendre à ces deux compères puisqu'ils étaient protégés par le maire et le ministre. Non seulement il avait été induit en erreur, mais il se sentait réduit à l'impuissance. Alors, plutôt que de continuer à courir inutilement Paris dans tous les sens, il préférait abandonner ce petit jeu. Désireux de réfléchir pour mieux aviser, il marchait au hasard.

Paul Miette se rendit le plus rapidement possible à la convocation de la veuve Corbin. Bien que celle-ci sût toujours tout sur tous, qu'elle eût découvert son adresse secrète l'inquiétait, comme le fait qu'elle l'y eût relancé. Il pénétra, sans être vu, dans le voluptueux antre du Palais Royal. La veuve Corbin n'en était plus aux regards mélancoliques et aux attitudes provocantes, elle avait la mine soucieuse : « Mon amant, Lamy Evette, et son complice Cottet sortent d'ici. Le commissaire Le Tellier ne marche plus dans leurs combines. Il a découvert qu'ils le menaient en bateau, ils ont peur de lui.
— Ils ont tort. Tu le sais mieux que moi, ils bénéficient de hautes protections qui les mettent à l'abri de tout. Quant à Le Tellier, il n'a aucune piste, aucune preuve, aucun témoin, et il ne peut rien tout seul.

— C'est un homme tenace, je te l'ai déjà dit, il ne lâchera jamais.

— Il faudra donc mettre d'autres enquêteurs sur d'autres excellentes fausses pistes.

— Ils ont parlé du commissaire des Quatre Nations, un certain Leconte, qui déteste Le Tellier. Ce pourrait être notre homme.

— Préviens ton amant et son complice.

— Ils m'attendent à côté. »

Lorsque Le Tellier rejoignit son bureau du commissariat de la section du Pont Neuf, il trouva sur sa table un pli. C'était une lettre anonyme. « Le commissaire Le Tellier est le seul qui veuille vraiment mettre la main sur les véritables responsables du vol du Garde-Meuble. Il ferait bien de s'intéresser aux commerçants juifs du quartier du Mont de Piété, en particulier la citoyenne Anne-Louise Roth et le citoyen Lyon Rouef. » Le Tellier savait qu'il ne fallait pas négliger les dénonciations anonymes mais il ne leur faisait pas confiance. C'étaient généralement la jalousie, la vengeance, parfois la passion frustrée qui les dictaient. Cependant, il avait été à ce point trompé par Cottet et Lamy Evette qu'il accorda plus de foi au document qu'il avait sous les yeux. Malheureusement, le quartier du Mont de Piété ne relevait pas de sa juridiction.

Il se rendit donc au commissariat de la section des Fédérés dont dépendait le quartier juif, et montra la lettre anonyme au commissaire. Il avait le don de convaincre. Le commissaire se mit à sa disposition. « Commençons par la citoyenne Roth. » Ils frappèrent à la porte de *La Perle rare*. La propriétaire leur ouvrit. Le Tellier vit devant lui une femme, grande et belle, très calme, très digne. Elle avait cependant une expression de tristesse insondable. Il se dit que cette grande dame ne correspondait vraiment pas au physique classique d'une commerçante. Il se sentit à la fois intimidé et séduit, deux sentiments qu'il ignorait jusqu'alors et qui l'agacèrent. Aussi fut-ce d'un ton hautain qu'il lui demanda si on ne lui avait pas récemment proposé des pierreries de provenance douteuse. Elle nia. « Vous n'êtes cependant pas sans savoir, citoyenne, qu'il y a eu cambriolage au Garde-Meuble.

— Effectivement, j'en ai été informée.

— Et vous êtes sûre de ne pas avoir eu entre les mains des joyaux qui pourraient provenir de ce cambriolage ?

— J'en suis certaine. » Cette femme avait un tel empire sur elle-même que Le Tellier était incapable de deviner qu'elle mentait.

Il avait décidé de la pousser dans ses retranchements lorsqu'un homme descendit l'escalier qui menait à la soupente. À sa stupéfaction, il reconnut le secrétaire du ministre de l'Intérieur qu'il avait vu la veille dans le bureau de Roland. « Le citoyen commissaire t'ennuierait-il, citoyenne ? » demanda celui-ci d'un ton menaçant. « C'est une enquête de routine », répliqua Le Tellier, puis il sortit sans saluer suivi des officiers municipaux de la section des Fédérés. Il ne se sentait pas assez fort pour insister. Il aurait presque cru en l'innocence de la joaillière, mais l'apparition du secrétaire de Roland avait fait renaître ses soupçons. En tous cas, si elle était coupable, elle était loin d'une voleuse ordinaire, et cette courte confrontation avec elle l'avait impressionné.

Anne-Louise, quant à elle, faisait barrage à un tir ininterrompu de questions d'Yvon, et mit du temps à se débarrasser de lui. Comme tous les faibles, il était soupçonneux, et elle dut faire acte de patience et d'ingéniosité pour le rassurer.

À peine était-elle parvenue à s'en libérer qu'elle se précipita à l'Auberge des Cinq Diamants voir Lyon Rouef. Celui-ci fut encore plus désagréable que d'habitude. Le Tellier et ses agents municipaux sortaient tout juste de l'auberge. « Ils m'ont longuement interrogé, gronda Lyon Rouef, j'ai tout nié. Ils ont fouillé l'auberge de fond en comble, ils n'ont rien trouvé. Ils m'ont posé beaucoup de questions sur toi. Est-ce que, par hasard, tu aurais été imprudente ? Je croyais pourtant pouvoir compter sur toi. » Anne-Louise s'était déjà posé la même question. Elle était certaine de ne pas avoir commis le moindre faux pas. « Je me demande bien, lui répondit-elle pensive, qui les a mis sur ta piste et la mienne.

— De toute évidence, ils savaient quelque chose sur nous. Je me méfie de ce Le Tellier. Lui, c'est le genre d'homme qui ne lâche jamais... » Il portait le même jugement que la veuve Corbin.

Une mauvaise nouvelle n'arrive jamais seule. « Ils ont arrêté Louis Lyre et sa Manette », cracha Lyon Rouef. Anne-Louise accusa mal le coup : « Tu veux dire que le commissaire Le Tellier a aussi arrêté Louis Lyre ?

— Pas Le Tellier, un certain commissaire Leconte. Il était accompagné du Cottet, tu dois le connaître celui-là... » Loin d'avoir pitié pour Lyre, Rouef lui en voulait. « Je t'avais dit qu'ils n'étaient pas sérieux, répliqua-t-il, ils parlaient trop et ils laissaient des preuves. Figure-toi qu'ils ont trouvé chez ces imbéciles quatre-vingt-dix très belles perles et vingt-quatre pierres non montées, des rubis, des saphirs, des émeraudes. Ils n'avaient même pas pris la précaution de les cacher. Ils venaient de les proposer au vu et au su de tous à Moïse Trenel. Par contre, je ne sais pas pourquoi ils ont aussi arrêté Aaron Homberge. Je suis sûr que Louis Lyre l'a dénoncé. » Anne-Louise protesta. Jamais Louis Lyre n'aurait trahi qui que ce soit. Elle repensa au garçon pour lequel elle éprouvait une réelle tendresse, depuis qu'enfants, ils s'étaient connus à Londres. « Crois-tu qu'il va en prendre pour longtemps ?

— Non, il ne sera même pas accusé de vol mais simplement de recel, quelques mois à peine. » C'est à son fils Alexandre, c'est à Maugé qu'Anne-Louise pensait aussi. Eux risquaient d'être accusés non pas simplement de recel mais de vol. « Et les voleurs, qu'est-ce qu'ils écoperont ?

— Quelques années, pas beaucoup,... la justice en ce moment a d'autres chats à fouetter. »

Anne-Louise s'en revenait chez elle. Les soucis lui serraient le cœur comme un étau. Elle pouvait à peine respirer. Soudain, elle remarqua dans la rue une grande agitation : on courait dans tous les sens en riant, en criant : « Victoire ! victoire ! vive la nation ! vive la nation ! » Elle arrêta un passant. « Que se passe-t-il ?

— Comment ? tu ne le sais pas, citoyenne ! L'armée française a battu l'ennemi ! » Les armées prussiennes et autrichiennes avaient continué à s'avancer vers Paris. « Ce ne sera qu'une promenade militaire », avait annoncé le commandant en chef, le duc de Brunswick. On lui avait annoncé que la nation avait réussi à lever contre lui une nouvelle armée de volontaires. Il avait éclaté de rire. « Cette armée de vagabonds, de tailleurs, de savetiers, nous n'en ferons qu'une bouchée. » Néanmoins, son avance se vit retardée. Il pleuvait sans discontinuer et les paysans refusaient de leur fournir aucune nourriture, à croire que leurs greniers, leurs champs, leurs vergers, leurs étables avaient toujours été vides. Le duc de Brunswick avait plaisanté : « Nous pataugeons et nous avons faim, mais en face de nous, les Français ont encore plus faim et pataugent encore plus... »

Finalement, les deux armées étaient arrivées face à face, dans l'est de la France, au lieudit de Valmy. Les Français avaient attaqué avec une fougue qui avait stupéfié les Prussiens et les Autrichiens. Ils avaient beau être mal armés, mal nourris, mal entraînés, ils étaient jeunes et ardents, ils avaient bousculé l'ennemi et l'avaient forcé à la retraite. « Une armée de fanatiques », avait laissé tomber dédaigneusement le duc de Brunswick, tout en reculant. Il ne pouvait comprendre que les troupes, pleines d'élan, étaient celles de la toute jeune république. Ainsi, contre toute attente, l'ennemi avait été arrêté et même repoussé.

Les pensées les plus amères assaillirent Anne-Louise. Ainsi donc, le vol du Garde-Meuble auquel elle avait participé avec tant d'entrain n'avait servi à rien ! La France et Danton n'avaient pas eu besoin des diamants de la Couronne pour lever une armée victorieuse. Peut-être ce succès serait-il sans lendemain. Mais elle en doutait : son instinct lui disait que le vent avait définitivement tourné. Elle imagina sans peine la rage d'Adam Carrington de voir tous ses calculs déjoués de la façon la plus inattendue. Et pourtant, combien peu lui importait Adam Carrington. Qu'allait-il arriver à Alexandre, à Maugé, à Louis Lyre ? Que lui réservait son propre avenir ? Car elle était convaincue de ne pas en avoir fini avec Le Tellier.

8

23 septembre 1792

Chambon que Camus et ses gardes nationaux avaient trouvé perché sur la lanterne du Garde-Meuble et Douligni, qui était tombé à leurs pieds, passèrent en jugement. Anne-Louise assista à leur procès. Son fils passerait devant le même tribunal criminel, sous la même accusation. Elle tenait absolument à savoir ce qui l'attendait.

Elle se rendit donc au Palais de Justice de Paris et elle trouva sans peine la salle du procès. Le buste de Brutus et un exemplaire de la déclaration des droits de l'homme encadrée l'ornaient. Au fond, trônaient le président et ses assesseurs, en manteaux noirs, cravates blanches et chapeaux à plumes tricolores. Devant eux, sur une estrade, l'accusateur public attendait. À gauche, les jurés ; à droite, l'avocat commis à la défense devant les gradins réservés aux accusés. Une balustrade séparait le tribunal du public. Il était très nombreux. Anne-Louise remarqua une majorité de femmes qui, visiblement, n'avaient rien à faire et trouvaient là un spectacle de choix. Elles bavardaient avec animation entre elles. Plusieurs avaient amené leurs tout jeunes enfants qui se montraient fort turbulents. Anne-Louise regarda les deux accusés et frémit, en se disant que, bientôt, Alexandre prendrait leur place. Ils s'en tinrent au système de défense qu'ils avaient inventé dès leur arrestation : on les avait forcés, sous menace d'être massacrés, à participer à ce cambriolage auquel ils n'avaient rien compris. Ils ne firent aucun aveu, mais donnèrent beaucoup de détails, en particulier sur l'estaminet du sieur Retour, rue des Fossés de Saint-Germain l'Auxerrois. Le tribunal décida de surseoir à la séance pour y opérer une descente.

Ainsi fut fait. On trouva chez le sieur Retour bon nombre de voleurs professionnels et des filles de joie. On déclara que l'estaminet était un lieu de débauche et de prostitution et on embarqua tout ce beau monde.

Lorsque la séance du tribunal reprit, il était tard. Les juges décidèrent une nouvelle suspension de séance pour permettre aux jurés et aux accusés de déjeuner, ce que ces derniers firent avec un appétit et un sang-froid admirables.

Après la pause repas, le tribunal siégea sans discontinuer pendant cinq heures. Les témoins, avec à leur tête le chef de patrouille Camus, déposèrent qui n'apportèrent rien de nouveau. La défense reprit les explications des accusés. L'accusateur public les enfonça facilement. Les jurés hésitaient. De toute façon, les deux accusés n'avaient eu qu'un rôle mineur dans le cambriolage. Ils écoperont à peine de quelques mois, se dit Anne-Louise, selon l'estimation que lui avait faite Lyon Rouef.

L'heure du verdict avait sonné. Le président commença par lire : « Par application des articles 2 et 3 du titre premier de la deuxième section du Code Pénal ainsi conçus : *"Toutes conspirations ou complots tendant à troubler l'État par une guerre civile en armant les citoyens les uns contre les autres ou contre l'exercice de l'autorité légitime seront punis de mort. »* En conséquence, les citoyens Douligni et Chambon sont condamnés à la peine de mort. » Un silence pesant accueillit cette décision : l'ébahissement était total chez tous les assistants. Anne-Louise avait l'impression d'avoir reçu un coup de massue sur la tête. Si de simples complices du vol étaient condamnés à mort, son fils Alexandre risquait la même peine. Mais d'où venait cette accusation de conspiration contre l'État ? Elle n'avait strictement aucun sens ! Les voleurs n'étaient tout de même pas des contre-révolutionnaires... Alors, elle se rappela les soupçons d'Yvon Rébus : il était persuadé que le vol dissimulait une conspiration menée par des agents royalistes. Se pouvait-il que les juges en soient tout aussi convaincus, et cela sans la moindre preuve ? Les deux condamnés réagissaient avec violence et demandaient à faire des révélations pour éviter d'être exécutés. Le président les pria de parler. Ils crièrent presque leur dénonciation : « C'est Depeyron et Baradelle qui ont été les principaux meneurs de l'attaque contre le Garde-Meuble. »

Ordre d'arrêter Depeyron où qu'il se cachât. Quant à Baradelle, il se trouvait déjà sous clef, tout près d'ailleurs, enfermé à la Conciergerie voisine du Palais de Justice. Un certain Clavelot l'y avait amené. Celui-ci fut appelé à la barre, où il déclara que le 17 septembre au matin, peu après la découverte du vol du Garde-Meuble, il se trouvait sur la place de la Révolution lorsqu'il avait remarqué un quidam à l'allure suspecte. Ce dernier tenta de se cacher derrière le piédestal de la statue de Louis XV. Clavelot l'y poursuivit, l'arrêta incontinent et le mena à la

Conciergerie pour y être enfermé. Le suspect déclara s'appeler Baradelle.

Ordre de faire comparaître Baradelle. Celui-ci ne fit aucune difficulté pour se mettre à table : le lendemain du vol, lui et son compère Gallois avaient estimé nécessaire la précaution de cacher leur butin. Ils l'avaient donc emmené aux Champs-Élysées, et là, dans un chemin envahi de buissons appelé « l'Allée des Veuves » et à l'endroit exact situé en face de la Veuve Brûlée, Gallois l'avait enterré pendant que Baradelle faisait le guet.

Le tribunal ordonna d'aller sur l'heure fouiller dans « l'Allée des Veuves ». On creusa l'endroit indiqué par le suspect et on trouva une pièce en vermeil ornée de perles, d'émeraudes, de rubis, celle-là même que le roi Charles V au Moyen Âge avait offerte à la Sainte Chapelle, on déterra aussi une figure d'or ornée d'émaux qui provenait de « la chapelle » de Richelieu, et enfin quatre-vingt-dix chatons de diamants qui, naguère, avaient orné l'habit de Cour de Louis XIV. Devant l'importance de ces découvertes, le tribunal jugea que les condamnés Douligni et Chambon pourraient aider à en faire d'autres. Aussi, par décret, fut-il sursis à leur exécution. Quant à Baradelle, il était ramené en prison.

Dans le désespoir d'Anne-Louise, une minuscule lueur avait été allumée : le sursis dont venaient de bénéficier les condamnés. Peut-être y aurait-il un moyen d'en obtenir un pour Alexandre s'il coopérait, comme venaient de le faire Chambon et Douligni. Mais comment le lui faire savoir ?

Pendant ce temps, les citoyens Lamy Evette et Cottet retournaient au commissariat de la section des Quatre Nations et se faisaient recevoir par le commissaire Leconte. Ils voulaient seulement avoir des nouvelles des voleurs dont ils avaient permis l'arrestation. Le commissaire ne fit aucune difficulté pour leur répondre. Maugé et Gallois étaient toujours détenus à la prison de l'Abbaye. Quant à Alexandre, dit « le Petit Cardinal », on l'avait conservé à la Conciergerie en raison de son état de santé. « Pourquoi, il est malade ?

— Oui, bien malade », répondit évasivement le commissaire. Il avait remarqué que son rival, Le Tellier, avait tendance à mépriser Lamy Evette et Cottet. Cela suffisait pour qu'il les considérât des pions importants sur son propre échiquier. Aussi fut-il l'amabilité même avec eux. Il les félicita pour leur collaboration : « Vous avez un quatrième voleur à votre tableau, Louis Lyre. » Il avait compris que Lamy Evette n'était qu'un intermédiaire et une chiffe molle, que seul Cottet en savait beaucoup et c'était un dur à cuire. Aussi, pour le rendre plus malléable, se fit-il un peu soupçonneux. « Et où donc, citoyen, as-tu connu ces malandrins ?

— Nous nous rencontrions chez un marchand de vin de la rue des Fossés de Saint-Germain l'Auxerrois, parfois aussi dans un café de la rue de Rohan.

— Tu dois cependant avoir eu des liaisons plus approfondies que celles que tu nous avoues avec ces personnages pour en savoir autant sur eux ?

— Je n'ai jamais eu d'autres liaisons avec ceux dont je viens de vous donner les noms que par des rencontres fortuites dans des cafés ou des marchands de vin. » Leconte savait que le marchand de vin de la rue des Fossés de Saint-Germain l'Auxerrois avait fait l'objet d'une descente de la police. Cottet le connaissait-il ? « Je le connais, il s'appelle Letour. Un soir, Alexandre dit "le Petit Cardinal" et un autre m'y ont invité à souper avec eux. Picard m'avait chargé de porter deux pistolets à "Grand Con". Il m'avait indiqué que ce dernier habitait chez Letour... jamais je ne les aurais supposés capables de commettre le vol auquel ils ont pris part. »

Mariant avec adresse le bâton et la caresse, Leconte feignit de croire Cottet. Il le chargea, ainsi que Lamy Evette, de se mettre en chasse pour lui ramener le plus de voleurs possibles.

Le lendemain, les deux hommes se montrèrent d'une activité débordante. Ils firent surveiller une femme Bayon supposée mener les autorités à des voleurs importants. Ils cherchèrent le nommé Cadet, dont on disait qu'il possédait la cravate d'Henri IV, cette agrafe enchâssée de gros diamants qui n'avait jamais appartenu au bon roi Henri. Ils passèrent rendre visite au commissaire Le Tellier, leur ami, pour le mettre au courant de leurs démarches. Ils se rendirent même à l'estaminet de la rue des Fossés Saint-Germain. Depuis la descente de police, il était resté fermé et les deux compères purent lire sur un des volets : « Ici n'est plus le repaire des scélérats. » Ils visitèrent aussi le café de la dame Noël rue de Champfleuri, le café du Chevalier rue de Chartres, le billard de la rue de Rohan à la recherche de voleurs. Ils n'en trouvèrent aucun. Le commissaire Leconte ne parut pas leur en vouloir. D'autant plus qu'à tout bout de champ, Lamy Evette sortait des lettres fort intimes de Pétion et de Roland à sa bonne amie la veuve Corbin. Leconte parut dûment impressionné.

Sans sembler y attacher de l'importance, il ne cessait d'interroger Cottet sur le cambriolage. Ce dernier répondait qu'il n'avait rien à voir avec cet acte abominable, qu'il n'avait jamais eu en main les diamants volés par Maugé. Par contre, il avait entendu parler d'un nouveau projet de vol, cette fois-ci contre le trésor de l'Abbaye de Saint-Denis, et il promettait de faire arrêter les voleurs si on lui en donnait le temps et les moyens ! Leconte l'assura que c'était tout à fait envisageable mais qu'auparavant, il serait bon qu'il donnât quelques garanties. Il prit sa voix la plus mielleuse pour lui suggérer : « Pourquoi, citoyen, ne feriez-vous pas une déclaration en bonne et due forme de tout ce que vous savez sur le vol du Garde-Meuble, ainsi seriez-vous encore mieux vu des autorités et jouiriez-vous d'une bien plus grande autonomie ? » À sa stupéfaction, Cottet acquiesça : « Cette déclaration, mais je l'aurais faite depuis longtemps si le Comité de surveillance de la mairie avait bien voulu la recevoir, mais ils n'ont jamais accepté de m'entendre. » Et sans qu'on lui demandât rien, il lâcha une avalanche de noms, certains connus de Leconte, d'autres inconnus. Tous, selon Cottet, avaient participé au vol du Garde-Meuble.

Leconte avait fait prendre par écrit par son greffier nommé Brulé les accusations de Cottet. Il la lui fit signer, puis il la fit porter au Comité de surveillance de la Convention Nationale. Ce fut le greffier et Cottet lui-même qui s'en chargèrent. Ils furent reçus par le citoyen Merlin qui déclara à Cottet que sa déclaration serait enregistrée, et qu'il le priait de dresser une liste de toutes les personnes qu'il jugeait utile de faire arrêter. Aussitôt un mandat serait lancé contre elles. Et Cottet d'énumérer joyeusement les noms des voleurs qu'il avait déjà communiqués au commissaire Leconte, en y ajoutant de nouveaux.

Les félicitations du Comité de surveillance, de la Convention Nationale, du commissaire Leconte et même de Le Tellier n'avaient pas procuré à Cottet ce qu'il voulait à tout prix obtenir, les pleins pouvoirs. Plus sûr que jamais de son bon droit, et toujours suivi de Lamy Evette, il se rendit au Comité de surveillance des Tuileries. Ils furent reçus par le chef dudit comité, le commissaire Alizar. Cottet commença par vanter ses mérites et se plaindre hautement de l'incurie des autorités. Si seulement on l'avait écouté, bien des voleurs seraient déjà sous les verrous, or plusieurs d'entre eux étaient déjà partis pour l'Angleterre, d'autres pour Bordeaux, tout simplement parce qu'on les avait laissés s'échapper. Qu'on lui donne des pouvoirs plus étendus, et on verrait bien si les voleurs continueraient à détaler. Cottet stigmatisa de plus en plus violemment la négligence inexplicable et coupable des comités. Le commissaire Alizar écouta en silence, puis, lorsque Cottet se tut, il se leva et déclara : « Citoyen Cottet, citoyen Lamy Evette, je vous mets en état d'arrestation », et avant qu'ils fussent revenus de leur surprise ou qu'ils puissent émettre la moindre protestation, il les expédia à la Conciergerie sans explication.

Même en négligé, même sens dessus dessous et non apprêtée, Marie-Thérèse Lucidor, dite la veuve Corbin, restait suprêmement belle. Son déshabillé de mousseline et de dentelle laissait deviner un corps somptueux. La chevelure en désordre seyait à sa beauté sauvage. Les yeux en amande, l'ossature parfaite résistaient à l'absence de maquillage. Paul Miette la contemplait avec admiration. « Il fallait que je te voie, commença-t-elle d'une voix rauque et chaude.

— Lorsque tu m'as convoqué, j'ai deviné que, de nouveau, ça n'allait pas.
— Tu ne t'es pas trompé. C'est le commissaire Leconte. Cette fois-ci, c'est dans l'autre camp, celui des voleurs, que nous avons des ennuis. » Elle commença son récit. Son amant Lamy Evette avait été arrêté avec son complice Cottet. Il avait pu la prévenir avant d'être séparé de ce dernier, et mis comme lui au secret à la Conciergerie.
« Cottet en a trop fait, suggéra Miette.
— Tu as bien deviné. Il s'est agité, il s'est vanté des puissants appuis dont il disposait. Il a exigé, il a presque menacé. Et ses rodomontades sont parvenues aux oreilles de mes amis, ceux qui t'ont assuré de leur indulgence et de leur appui.
— Et de complicité payante », murmura suavement Miette. La veuve Corbin eut un geste semblable à celui qu'on fait pour chasser une mouche : « Ils se sont affolés, ils ont craint que Cottet ne raconte plus qu'il ne devrait en savoir. Ils l'ont fait taire en l'enfermant.
— Tant mieux, ils nous ont débarrassés d'un dangereux intrigant.
— Certes, mais lui hors de circuit, il n'y a plus de fausses pistes à proposer aux enquêteurs...
— Ce n'est pas si grave. Avec les jours qui passent, elles deviennent de moins en moins nécessaires.
— Mais Cottet sera interrogé ! Il pourrait te balancer comme il a balancé les petits malfrats sur lesquels il lui était conseillé d'orienter les enquêteurs.
— Il me reste donc à le circonvenir.
— Mais il est au secret.
— Il n'y a pas de secret qui tienne pour moi, tu devrais le savoir, Marie-Thérèse. » Il la prit dans ses

bras et l'embrassa longuement, sensuellement. Aussitôt embrasée, elle lui rendit son baiser. Ils seraient restés encore plus longtemps enlacés si Miette n'avait été pressé d'agir.

Le commissaire Le Tellier ne fut pas long à apprendre l'arrestation et la mise au secret de Lamy Evette et de Cottet. Il en fut suprêmement intrigué. Comment ces hommes qui bénéficiaient d'appuis si puissants avaient-ils fini au cachot ? Il y avait quelque chose de tellement inexplicable qu'il décida d'en avoir le cœur net. Il se rendit à la Conciergerie. Ce n'était pas Lamy Evette qui l'intéressait mais Cottet. Il demanda à le voir, on lui répondit que personne n'y était autorisé. « Je le sais d'autant mieux, répondit-il au gardien chef, que c'est le ministre Roland qui a pris cette mesure, et qui m'envoie interroger le suspect. » Le gardien chef le connaissait, savait que Le Tellier ne mentait jamais et l'autorisa à passer.

Il s'attendait à trouver Cottet complètement abattu par cet invraisemblable retour de fortune. Lorsqu'il entra dans la cellule, c'est un homme souriant et sûr de lui qui l'accueillit. Le Tellier lui déclara qu'au nom de leur camaraderie, il venait lui proposer de l'aider. À sa surprise, Cottet n'attrapa pas la perche tendue : il ignorait qui en avait donné l'ordre et pour quelle raison. Le Tellier le fit parler – ce qui ne fut pas difficile – lorsque lui-même évoqua le cambriolage du Garde-Meuble. Il s'étendit sur les grands moyens dont disposaient les principaux voleurs : « Pas un qui a en dessous de quarante mille livres. Par exemple, l'un d'entre eux a réussi, il y a quelques années, un vol de cent mille écus. Tous ces hommes sont reliés entre eux et ils ont tellement de ressources, tellement d'accointances qu'il sera impossible de les arrêter sans y mettre tout le paquet. Et je vous le dis, commissaire, je suis le seul qui en soit capable ! » Le Tellier hocha la tête d'un air entendu. Cottet se pencha vers lui : « Je vous le dis, commissaire, les voleurs du Garde-Meuble ont au tribunal criminel des affidés sur lesquels ils peuvent compter en cas d'arrestation. » Le Tellier s'avoua qu'il comprenait pourquoi Cottet avait été enfermé : il en savait beaucoup et ne le cachait pas. Il décida de mettre un marché dans les mains du voleur : « Dites-moi qui est le chef ? Je sais que vous le savez. Dites-moi, si vous le pouvez, où je peux le trouver, et je vous promets que je vous sortirai de prison. » Le petit homme en face de lui le regarda de ses yeux sournois et eut un sourire presque ironique : « Mais je ne sais pas qui est le chef, citoyen commissaire. Peut-être y en a-t-il plusieurs !

— Écoutez-moi bien, Cottet, vous risquez de croupir ici pendant des mois, des années, si on ne vous retrouve pas un beau jour "suicidé" dans votre cellule. Donnez-moi un nom et vous sortez d'ici. » L'homme fluet au grand front ne parut pas du tout impressionné. Il sourit à nouveau, sans répondre. Le Tellier comprit : Cottet avait déjà reçu l'assurance de sortir très vite de prison, précisément s'il ne donnait pas le nom du chef. Qui donc pouvait le lui avoir promis, sinon le chef lui-même ? Le commissaire était courtois et mesuré, mais, dans la rage, cet homme maigre et court sur pattes pouvait devenir impressionnant. Ce paquet de nerfs et de muscles sans une once de graisse semblait prêt à frapper. Ses yeux sombres lançaient des éclairs. « Si vous ne me donnez pas immédiatement le nom que je vous demande, vous passerez demain, après-demain au plus tard, en jugement et je me fais fort d'obtenir votre condamnation à mort. Vous avez vu ce qui est arrivé à Chambon et à Douligni ? Mais là, il n'y aura pas de sursis. » Cette fois-ci, Cottet parut sérieusement ébranlé. « Si je vous donne son nom, citoyen commissaire, jurez-moi que vous ne révélerez jamais à quiconque la source de vos informations. » Le Tellier jura. Cottet se pencha à son oreille.

Anne-Louise vivait repliée sur elle-même. Les vantaux de *La Perle rare* restaient fermés. Elle avait peur de sortir. Non pour elle-même mais pour ce qu'elle risquait d'apprendre, de voir. Adam Carrington, il n'était pas question de l'approcher, elle le connaissait trop, il lui en voulait, il ne ferait rien pour elle, et au contraire l'accablerait autant que possible. Paul Miette, elle aurait bien aimé lui demander au moins conseil sinon aide, mais il avait disparu, elle savait qu'il n'était pas question de le chercher. Yvon Rébus, lui, venait tous les jours la voir. Il se désolait de ne pouvoir l'aider. Elle n'osait cependant s'ouvrir à lui et lui raconter la torture que lui causait la situation de son fils Alexandre. Ces révolutionnaires, elle le savait, restaient des petits bourgeois conventionnels. Lui avouer que son fils était devenu un voleur et un prostitué risquait de déchaîner chez son amant une réaction d'horreur. Cent fois, Yvon lui demanda ce qu'elle avait, cent fois elle mentit. Ils restaient ainsi des heures, des après-midi entières tous les deux dans la soupente au-dessus de *La Perle rare* dans la pénombre des volets fermés. Anne-Louise se laissait toucher, embrasser, mais elle refusait d'aller plus loin, elle était incapable de simuler, malgré toute l'affection qu'elle avait pour Yvon Rébus, le seul, s'avouait-elle, qui ne l'eût pas abandonnée.

Pour la distraire, Yvon lui racontait les nouvelles du jour. Il avait remarqué qu'elle s'intéressait à tout ce qui touchait au vol du Garde-Meuble. Les autorités étaient persuadées que la plus grande partie du trésor volé avait déjà été sortie de France. On savait que les centres internationaux du commerce des pierreries étaient Anvers, Amsterdam et Londres. C'est sur ces trois métropoles que se concentrait l'attention du ministre de l'Intérieur Roland. Selon Yvon, celui-ci était prêt à tout pour récupérer les diamants de la Couronne. La preuve, il avait convoqué Auguste, qui appartenait à une des plus célèbres maisons de joaillerie de l'Ancien Régime, « Auguste et Fils, Place du Carrousel », et qui avait toujours pignon sur rue. Il lui avait demandé de prendre contact avec les grandes maisons hollandaises et anglaises. « Te rappelles-tu les noms de ces maisons, Yvon, car j'en connais la plupart ?

— Je me rappelle fort bien parce que c'est moi qui contrôle la correspondance entre mon ministre et la maison Auguste. Nous avons donc contacté à Anvers Van Ertsborn, à Amsterdam la maison Lefevre, à Londres Green Eward et aussi Wildman et Sharp. » Lefevre à Amsterdam était la maison qu'elle avait désignée à Lyon Rouef pour retailler les diamants volés, et Wildman et Sharp à Londres était l'entreprise possédée par ses cousins chargés d'écouler les diamants retaillés. « Et qu'ont-ils répondu ? demanda-t-elle d'un ton détaché.

— Elles étaient prêtes à collaborer contre le pourcentage habituel. Les Hollandais demandent 20 %,

les Anglais sont plus modestes et se contentent de 10 %.
— Et bien entendu, ton ministre est prêt à payer. » Yvon eut l'air perplexe. « C'est justement là où le bât blesse. Mon ministre hésite à ce qu'il appelle stipendier des voleurs. Il voudrait que ces joailliers étrangers lui remettent sans contrepartie les diamants volés à la nation. Auguste le bombarde de lettres demandant qu'une décision soit prise. Roland élude, il dit qu'il ne peut pas assurer un pourcentage aux joailliers étrangers qui retrouveraient les diamants de la Couronne sans l'autorisation de la Convention. Auguste répond qu'il s'est engagé vis-à-vis de ses correspondants anglais et hollandais. Bref, nous piétinons. » Et pour cause, se dit Anne-Louise, puisque c'est le ministre lui-même qui veut que l'on piétinât...

Les jours se succédaient mornes et tristes. Anne-Louise se nourrissait à peine, elle s'étiolait.
Le 3 octobre, Yvon arriva avec une grande nouvelle et un grand sourire. « Ils ont arrêté le chef des voleurs ! » Le cœur d'Anne-Louise s'arrêta. « Comment s'appelle-t-il ?
— Un certain Paul Miette. » Elle se retourna pour dissimuler son expression. « Où l'a-t-on arrêté ?
— Dans sa toute nouvelle et somptueuse maison de Belleville. Il se cachait à peine.
— Et comment a-t-on trouvé son adresse ?
— Les deux voleurs qu'on a condamnés à mort, Chambon et Douligni, ont donné pas mal d'indications mais la police ne l'aurait jamais trouvé sans l'aide précieuse d'un certain Cottet. Celui-là semble tout savoir sur la bande. On l'a arrêté, je ne sais trop

pourquoi et il continue à donner aux autorités des informations. C'est grâce à lui qu'on a mis la main sur Miette. » Anne-Louise se rappela la méfiance qu'elle avait éprouvée dès le premier instant envers l'homme au grand front et au regard sournois. Avec l'arrestation de Miette, son dernier espoir s'en était allé. Le seul qui aurait pu l'aider se retrouvait sous les verrous... Et Cottet n'avait pas fini de « donner » des noms. Il lui restait à dénoncer le jeune sans-culotte qui, chaque soir du cambriolage, accompagnait le chef. Il ne connaissait pas son nom mais il pouvait le décrire...

Quelques jours plus tard, Anne-Louise rassembla toutes les forces qui lui restaient pour sortir et assister au procès de Louis Lyre. Lyon Rouef l'avait prévenue qu'il aurait lieu et elle devait à son ami d'adolescence d'être présente. Elle retourna donc au Palais de Justice. La première section du tribunal criminel était, comme d'habitude, bondée de curieux et surtout de curieuses excitées et avides de sensations fortes.
Appelé à la barre, Louis Lyre raconta avoir rencontré son co-accusé Aaron Homberge le 21 septembre. Pendant qu'il causait avec lui, deux jeunes gens, deux inconnus, étaient venus leur demander s'ils voulaient acheter des perles et des pierreries. Aaron avait pris cette marchandise, et aussitôt il l'avait portée dans l'intention de la vendre chez Moïse Trenel. Anne-Louise était navrée car le tribunal semblait loin d'être convaincu. Si seulement Lyre avait pu inventer des mensonges un peu plus intelligents, un peu plus crédibles... mais il était si jeune, et, d'une certaine façon, si innocent.

LE VOL DU RÉGENT

Pour Aaron Homberge, son co-accusé, il fallut faire venir un interprète car celui-ci ne parlait que l'allemand. De son interrogatoire, il ressortit qu'un jour, alors que revêtu de blanc, il faisait le cantor[1] à la synagogue, Louis Lyre l'avait remarqué. Le jeudi suivant, ce même Louis Lyre l'abordant, lui proposa d'acheter des perles et des diamants. Il se contenterait, précisa-t-il, de 3 livres pour le paquet. Aaron répliqua qu'il pourrait en effet écouler ces pierreries, à condition, avait-il souligné à Louis Lyre, que la marchandise n'ait pas été volée. Ils s'étaient donné rendez-vous le lendemain pour aller chez Moïse Trenel. Sur leur chemin, deux inconnus accostèrent Louis Lyre et lui parlèrent dans une langue que lui, Homberge, ne comprenait pas. Ils lui remirent un paquet contenant les perles et les pierreries dont il était parlé, afin qu'elles soient vendues à Moïse Trenel.

Nanette Chardin, la compagne de Louis Lyre, avait été arrêtée avec celui-ci. Sur la sellette, elle n'eut aucune difficulté à convaincre les jurés de son innocence.

Le président du tribunal expliqua qu'il y avait eu complot pour piller et voler le Garde-Meuble, et que les voleurs avaient été « excités à ce dessein » par les ennemis de la république et par les contre-révolutionnaires émigrés ou résidant dans l'intérieur de la république. Les jurés confirmèrent qu'il y avait eu complot tendant à spolier à main armée les richesses immenses de l'État pour les apporter aux ennemis de la Nation. En conséquence, le tribunal condamnait Louis Lyre à la peine de mort. Anne-Louise lut

---
1. Chantre.

l'incrédulité, l'horreur, la terreur sur le visage de ce dernier. Elle le revit enfant, puis adolescent, alors qu'ils menaient une vie commune dans le quartier juif de Londres, il était si joyeux, si plein de vie, il attendait tellement de l'avenir. Et voilà qu'à vingt-quatre ans, cet avenir s'arrêterait brutalement.

Le président continuait à lire la sentence : « En conséquence il ordonne que le condamné soit conduit par l'exécuteur des jugements de criminels sur la place de la Révolution vis-à-vis le Garde-Meuble pour y être exécuté. » Pour la première fois, la guillotine serait dressée sur la future place de la Concorde afin que le coupable subisse son châtiment en face du lieu de son crime. Les perles et pierreries seraient remises par le greffier au ministre de l'Intérieur « pour les faire réintégrer où il appartiendra ». Aaron Homberge et Nanette Chardin étaient acquittés.

Anne-Louise était révoltée. Dans ce coin de la tribune du tribunal, perdue au milieu d'inconnus, elle bouillait intérieurement. Soudain, elle entendit une voix près de son oreille. « Vous avez raison, il est innocent. » Elle sursauta : c'était le commissaire Le Tellier qui, sans qu'elle s'en aperçût, s'était assis derrière elle. Il poursuivit : « Bien sûr, il n'est pas tout à fait innocent, il aurait pu écoper de quelques mois de prison pour recel, mais on pourrait en dire autant de pas mal de joailliers du quartier, n'est-ce pas, citoyenne ? » Il la regarda si fixement qu'elle en trembla. Le discours du commissaire l'atteignait de plein fouet. « Ce pauvre garçon n'a participé ni au vol du Garde-Meuble ni à un complot contre la nation. Les vrais coupables, eux, sont toujours en liberté. Mais pas pour longtemps, j'en fais le serment. Vous en êtes témoin, citoyenne. » Elle ferma les yeux pour éviter de croiser son regard. Se doutait-il de quelque chose ? se demanda-t-elle. En tout cas, elle était persuadée qu'il la rangeait parmi les « vrais coupables ». Le Tellier était sincèrement indigné par l'injustice dont était victime Louis Lyre. Quant à elle, elle était brisée. Et la même question se posait que lors du procès de Chambon et Douligni : pourquoi diable condamner à mort, sous de faux prétextes, des petits voleurs, coupables seulement de peccadilles ?

Le lendemain, Anne-Louise se trouvait à l'auberge des Cinq Diamants, en compagnie de tous les joailliers juifs du quartier du Mont de Piété. Ils avaient besoin d'être ensemble, soudés par la religion, par l'amitié, pour supporter la tristesse que leur causait l'exécution de Louis Lyre. Ils parlaient à peine, il leur suffisait de communier dans les mêmes sentiments. Lyon Rouef, le patron, gardait son air rogue, mais Anne-Louise savait que lui aussi avait du chagrin. Cette veillée funèbre, d'autant plus poignante qu'elle n'en était pas officiellement une, fut soudain interrompue par l'entrée brutale de plusieurs hommes en uniformes suivis de gardes nationaux. Ils se présentèrent : Barthellon inspecteur de police de la ville de Paris, Camelot inspecteur de police, L'Allemand gendarme, Le Tellier commissaire de police de la section du Pont Neuf. L'inspecteur Barthellon énonça d'une voix de tonnerre : « Citoyen Lyon Rouef, vous êtes, ainsi que votre femme, en état d'arrestation. »

Anne-Louise, quant à elle, se trouvait à demi dissimulée par l'escalier à vis qui montait à l'entresol où se trouvait le bureau de Lyon Rouef. Les policiers ne l'avaient pas vue. Lyon Rouef resta impassible et, de son air le plus hautain, comme s'il s'adressait à des subalternes, leur demanda la cause de cette arrestation. L'inspecteur Barthellon lui expliqua : « Hier, quelques minutes avant d'être guillotiné, le citoyen Louis Lyre a demandé de quoi écrire. Il lui a été fourni du papier, de l'encre et une plume. Il a rédigé en quelques lignes un testament en hébreu, dans lequel il vous accusait, vous, Lyon Rouef, ainsi que la citoyenne Anne-Louise Roth, d'être ses complices. » Lyon Rouef encaissa le coup : « Nous sommes prêts, ma femme et moi, à vous suivre. » Barthellon ordonna à tous ceux qui se trouvaient dans l'auberge des Cinq Diamants de quitter sur l'heure les lieux car des scellés y seraient apposés.

Anne-Louise n'avait pas attendu. À peine avait-elle entendu la lecture du testament de Louis Lyre qu'elle avait eu un réflexe de sauvegarde : reculant dans l'ombre, elle avait ouvert une porte qui donnait sur un petit couloir, lequel aboutissait à l'arrière de l'auberge sur une minuscule entrée, apparemment réservée aux fournisseurs, en fait permettant à ceux qui avaient maille à partir avec la justice de s'éclipser. Elle n'avait qu'une idée, mettre de la distance entre elle et *La Perle rare*, et tout le quartier juif qui allait sans doute être fouillé de fond en comble pour la trouver.

Ses pas l'amenèrent jusqu'au bord de la Seine où elle commença à reprendre ses esprits et à réfléchir. Elle tourna et retourna toutes les possibilités dans son esprit, pour conclure qu'il n'y avait qu'une solution, laquelle avait nom Yvon Rébus. Elle alla droit au ministère de l'Intérieur, rue Neuve des Petits Champs. Cet ancien hôtel du contrôleur général des Finances de l'Ancien Régime était vaste et splendide. Un imposant portail ouvrait sur une cour au bout de laquelle s'alignait une longue façade aux très hautes fenêtres surmontées de sculptures rococo. Yvon ne voulait pas qu'Anne-Louise soit vue en son lieu de travail, mais il y avait urgence. Au garde en faction au portail, elle déclara qu'elle avait rendez-vous avec le secrétaire du ministre. Parvenue à l'étage, elle demanda à l'huissier d'aller chercher celui-ci. Elle n'eut pas à attendre longtemps. Yvon apparut, s'approcha d'elle, il avait l'air fort mécontent. Lorsqu'il fut sûr de ne pas être entendu par l'huissier, il murmura : « Je t'avais pourtant dit... » Elle l'interrompit : « Tu dois me cacher, sinon la police me jettera en prison. » Yvon ouvrit encore plus grands ses magnifiques yeux bleus. Il entraîna Anne-Louise dans un coin. Tous deux s'assirent sur une banquette de l'antichambre. En chemin, elle avait décidé de renoncer aux mensonges, et de tout lui dire, au moins en ce qui la concernait. « Je suis compromise dans le vol du Garde-Meuble. La police est sur ma trace. Je ne peux plus retourner chez moi. » Elle crut qu'il serait choqué, horrifié, elle le connaissait mal, car elle ne vit dans ses yeux que de la compassion et de l'amour. « Laisse-moi réfléchir à une solution. » Ils restèrent ainsi assis sur la banquette du ministère de l'Intérieur pendant un long moment l'un à côté de l'autre sans rien se dire. « J'ai trouvé. Il s'appelle Sylvain Maréchal. Il est l'auteur de pièces à succès. C'est un de mes plus vieux amis. Il ne nous trahira pas. »

Yvon ne retourna même pas chez le ministre pour lui fournir une excuse, il partit avec Anne-Louise. Ils marchèrent jusqu'à la place des Fédérés[1] dans le quartier du Marais. Les pièces à succès devaient rap-

---

1. Future place des Vosges.

porter, car Sylvain Maréchal habitait un bel appartement haut de plafond, au premier étage de la place à arcades. Il y vivait seul. Il accueillit le mieux du monde ces visiteurs impromptus. Yvon attaqua tout de suite : « Je veux, Sylvain, que tu héberges le plus discrètement possible Anne-Louise. Elle restera ici le temps qu'il faudra. Tu ne devras parler d'elle à personne. Aucun de tes visiteurs ne doit se douter de sa présence dans tes murs. » Rien n'était plus simple, répliqua Sylvain. Il possédait sous les combles une chambre de bonne. Pendant qu'il recevrait ses visites, ou que sa cuisinière opérerait, Anne-Louise s'y retirerait, sinon elle passerait ses journées dans l'appartement. « Je suis ravi de recevoir cette invitée. Je lui lirai mes pièces et elle m'en fera la critique. » Yvon parut infiniment soulagé. « Je n'ai qu'une explication à te fournir, Sylvain : je l'aime. » Et il repartit.

Sylvain ne perdit pas de temps : « Chère amie, laissez-moi vous raconter l'intrigue de ma nouvelle pièce ! Elle se déroule dans une île peuplée de sauvages, lesquels sont imbus des principes de la révolution. On y envoie tous les souverains de l'Europe qui arrivent enchaînés. Ils ont faim, alors on leur jette un morceau de pain et voilà ces rois, naguère puissants, à se battre pour un croûton... Cela va être tout à fait comique. On voit le pape lancer sa tiare à la tête de l'impératrice de Russie, laquelle lui répond par un coup de sceptre qui brise la croix pontificale. Le roi d'Espagne perd son nez de carton. Vous verrez, tout le monde va rire, à commencer par vous... ça s'appellera "Le jugement dernier des rois", comment trouvez-vous le titre ? » Malgré son état de semi hébétude, Anne-Louise en un instant avait jugé la prétention, le manque de talent et le ridicule du sieur

Maréchal, mais elle prétendit trouver la pièce et son titre admirables.

Son hôte se targuait, entre autres choses, de se meubler à la dernière mode : il avait tendu ses murs de toile de Jouy, son poêle avait la forme de la Bastille, ses assiettes reproduisaient la silhouette des conventionnels les plus connus, ses meubles illustraient la sobriété de l'Antiquité que le peintre David avait mise à la mode. Il s'était même fait faire son portrait par Boilly. Il recevait beaucoup le soir, seulement à l'heure où Anne-Louise remontait dans la chambre de bonne. Pendant la journée, il écrivait peu et parlait beaucoup. Il avait enfin trouvé une victime à temps plein, à laquelle il pouvait, des heures durant, lire ses vers insipides. Bientôt, Anne-Louise n'ignora plus rien de « Abbé mis au pas », « À bas la calotte », « La prise de la Bastille », « Héros drames tirés des livres saints ». L'écouter était une épreuve, mais il n'y avait pas d'autre solution.

Yvon venait tous les jours la voir et lui apporter des nouvelles. Il ne cherchait pas à connaître son implication, il lui détaillait simplement les derniers développements du cambriolage. Anne-Louise apprit ainsi l'arrestation de Depeyron. Chambon et Douligni avaient donné son nom, et Cottet révélé l'importance de son rôle. Baradelle, son lieutenant, toujours en prison, indiqua son logement. Tous deux étaient chefs de la troisième bande que Paul Miette avait inclus dans ses projets, sur les conseils d'Anne-Louise. Lorsque Yvon annonça à Anne-Louise que le procès de Depeyron et de Baradelle aurait lieu le lendemain, elle décida d'y assister. Son amant tenta de l'en empêcher, insistant sur les risques. Elle lui répondit qu'elle était passée maître dans l'art du déguisement, ce qui était vrai, et elle lui demanda son aide afin de trouver de quoi la rendre méconnaissable.

En ce 17 octobre apparut donc au tribunal criminel du Palais de Justice un jeune sans-culotte, blond, moustachu. Il se déplaçait avec une démarche chaloupée, et même si, vu son jeune âge, sa voix n'avait pas entièrement mué, il utilisait volontiers un vocabulaire de corps de garde, goûté par les révolutionnaires. Il bouscula tellement les autres spectateurs en les injuriant copieusement qu'il réussit à se faufiler au premier rang du public. Les accusés comparurent. D'après les questions du président du tribunal, il fut tout de suite évident qu'il les soupçonnait d'avoir mis la main sur les deux diamants les plus importants du trésor, le Régent et le Sancy. Le magistrat était convaincu qu'ils savaient où les deux pierres étaient cachées, et, à mots couverts, il leur promettait l'impunité s'ils les rendaient à la nation. Ce n'étaient pas seulement les deux diamants les plus précieux du Trésor mais ceux qui auréolaient le plus grand prestige. La révolution tenait à tout prix à récupérer les pierreries rendues illustrées par la monarchie. Depeyron commença par le prendre de haut. Il déclara être gentilhomme piémontais, neveu de l'évêque de Nice, parent du ministre des Affaires étrangères de Sardaigne. Il était grand et beau. Il avait de l'allure et discourait avec aisance et élégance. Cependant, indifférent à ses grandeurs, le président l'exhorta à avouer son crime et à révéler ce qu'il avait fait du Régent et du Sancy. Depeyron s'entêta dans ses négations. Le président lui lut alors la traduction du testament de Louis Lyre écrit originellement en hébreu, où le condamné à mort accusait au pied de l'échafaud les dénommés Depeyron et Paul Miette d'avoir vendu pour plus d'un million de diamants et de bijoux de la Couronne au sieur Israël. Jusqu'alors, Anne-Louise croyait que le malheureux n'avait dénoncé qu'elle et Lyon Rouef, et d'ailleurs, elle ne pouvait pas lui en vouloir, même s'il l'obligeait à vivre la triste existence d'une proscrite. En fait, Lyre avait mis tout le monde en cause. Il s'était trompé de peu, pensa Anne-Louise. Paul Miette avait effectivement vendu pour beaucoup plus qu'un million de diamants, mais à elle et à Lyon Rouef. Cependant, ce qu'elle croyait être un secret entre eux trois ne l'était plus tout à fait. Comme toujours, des rumeurs avaient couru et couraient encore.

Baradelle, mis sur la sellette, commença par nier avoir participé au cambriolage. Il faisait le guet sur la place de la Révolution, pendant que les cambrioleurs vidaient le Garde-Meuble. Ils l'avaient forcé à accepter une infime part du butin. Le président ne crut pas un instant qu'il fût resté un témoin uniquement passif. Poussé dans ses retranchements, Baradelle avoua finalement être monté lui aussi dans le Garde-Meuble mais il s'était contenté d'éclairer Depeyron avec une chandelle pendant que celui-ci fracturait portes et armoires. Ensuite, ce dernier lui avait mis, malgré ses protestations, des débris d'objets précieux dans sa poche. Depeyron eut beau jeu à souligner les contradictions dans la déposition de son lieutenant.

Le président harangua les accusés et les engagea à mériter la clémence de la Convention Nationale « par un aveu sincère en déclarant ce qu'ils ont fait des diamants, notamment le Régent et le Sancy, pour lesquels la nation fait les recherches les plus pénibles et les plus dispendieuses. Ce sera un jour d'allégresse pour tous les bons citoyens de la république, celui où par un aveu franc et loyal vous lui ferez recouvrer ses précieux bijoux ». « Je n'ai rien à dire » fut la réponse de Depeyron. Baradelle l'exhorta à avouer où il avait caché ces diamants. « Si je savais quelque chose, je n'aurais pas besoin de votre avis », se rebiffa Depeyron.

Commença alors le défilé des témoins. Anne-Louise fut très étonnée de constater que le ministre de l'Intérieur avait été convoqué à la barre en personne. Roland n'hésita pas à reconnaître qu'il avait remis à Lamy Evette et Cottet des pouvoirs pour arrêter les voleurs du Garde-Meuble. Grâce à eux, on avait pu récupérer pour trois cent mille livres de joyaux de la Couronne. Qu'était-ce en comparaison de ce qui avait disparu ! remarqua le président. Suivirent, appelés comme témoins, d'autres accusés.

Anne-Louise sentit son cœur se serrer en voyant entrer dans la salle Paul Miette, les mains liées derrière le dos par une corde qu'on défit pour qu'il puisse prêter serment. Il n'avait pas perdu une once de son charme ni de sa faconde. Il ne resta pas longtemps à la barre, car il nia tout en bloc. Il ne savait rien, il ne connaissait aucun des accusés, il n'avait rien fait. En l'arrêtant, on avait mis sous clef un innocent. Il s'exprima d'une façon si convaincante et pleine d'humour que le public, plusieurs fois, éclata de rire. Paul Miette l'avait mis dans sa poche. Il fut vite renvoyé à sa geôle.

Anne-Louise ne put s'empêcher de trembler en voyant apparaître à la barre son fils. Elle avait tout fait, tout risqué pour être présente au procès parce qu'elle se doutait bien qu'elle y reverrait Alexandre. Il paraissait fiévreux et marchait difficilement, comme s'il avait des douleurs aux articulations. Sa figure était couverte de taches rouges, ainsi que son torse que découvrait sa chemise largement échancrée. Il était plus pâle et plus maigre que d'habitude. Les boucles de ses cheveux, généralement en bataille, étaient aplaties autour de son front. Ses yeux gris-vert semblaient recouverts d'un voile de tristesse. Il affectait de se tenir très droit, mais on le sentait épuisé. Le juge n'eut pas à l'encourager à parler. De lui-même, il accusa tout le monde, Douligni, Baradelle, Chambon, Depeyron, d'avoir été parties dans le cambriolage du Garde-Meuble. Le cœur d'Anne-Louise se serra en entendant son fils charger Paul Miette. C'était lui, affirma-t-il, le patron. Heureusement, elle-même était recherchée pour recel et non pour sa participation au cambriolage. Elle se demanda s'il en viendrait à la dénoncer. Qu'il parte, qu'il se taise... De toutes ses forces, elle pria Dieu de ne plus entendre son fils. Il s'était tu mais on ne le renvoya pas. Le président du tribunal consulta ses assesseurs. Qu'allaient-ils encore inventer pour maltraiter son enfant ? Le président du tribunal imposa le silence et déclara : « J'ordonne qu'Alexandre, dit le Petit Cardinal, attaqué d'une maladie des plus honteuses, soit mis à l'infirmerie de la Conciergerie pour y être soigné par les médecins du tribunal, lesquels seront tenus de lui rendre compte de l'état dudit Alexandre. » Déjà, ils l'emmenaient. « Qu'ont-ils voulu dire ? Qu'est-ce que cela signifie ? » demanda-t-elle à ses voisines, dont les commentaires l'éclaireraient trop bien : « Les taches qu'il a sur le cou, c'est le collier de Vénus[1] »... « Pauvre gamin, il a attrapé la vérole »... « À son âge ! »... « Ben, vous savez, avec le métier qu'il fait »... « Il n'en a plus pour longtemps »... « Malheureux enfant »... « Il n'avait qu'à pas faire ce métier ». Anne-Louise ne put rester un instant de plus. Elle étouffait, elle avait besoin d'air. Elle se leva, culbuta presque ses voisins. L'un d'eux s'étonna : « Comment, citoyen, tu ne restes pas pour entendre la condamnation des accusés ? » Elle parvint, sans trop savoir comment, à retrouver son chemin et à sortir du Palais. Des passants qui la croisèrent furent très étonnés de voir un de ces jeunes sans-culotte généralement pleins de gouaille marchant en pleurant à chaudes larmes, comme s'il avait tout perdu.

---

1. Un des symptômes les plus connus de la syphilis.

9

23 octobre 1792

Chez Sylvain Maréchal, Anne-Louise n'avait même pas le loisir de rester seule. Matin et après-midi, il lui imposait la lecture de ses œuvres. Il achevait son chef-d'œuvre « Le jugement dernier des rois » dont il lui avait détaillé l'intrigue. Il en était à la dernière scène lorsque, au milieu des disputes des souverains détrônés, le volcan fait éruption et engloutit tous les tyrans. Il lisait depuis des heures et Anne-Louise ne pouvait plus tenir. « Qu'en pensez-vous, belle dame ?
— Grotesques inepties », grommela-t-elle, excédée. Tout de suite, elle regretta ce qu'elle venait de dire. L'écrivain de pièces à succès lui lança un regard d'une haine totale. Elle s'excusa, elle était distraite par ses soucis, elle n'avait pas bien écouté la lecture, elle le priait de recommencer, elle jura qu'il était bourré de talent. Avec un sourire mielleux, Maréchal la salua bien bas et se retira.

Lorsque Yvon Rébus vint la voir, elle lui avoua tout sur Alexandre. Que « le Petit Cardinal », voleur, prostitué et syphilitique, était ce fils qui avait disparu en 1790, deux ans plus tôt, enlevé par ses gardiens. De nouveau, Yvon fit preuve de compassion et d'amour. Il promit de veiller sur Alexandre. Il parlerait au médecin du tribunal pour qu'il soigne particulièrement bien l'enfant. Mais Anne-Louise exigeait plus, elle voulait le voir, ce qui semblait impossible. Chagriné de ne pouvoir la satisfaire sur un désir tellement humain, Yvon tâcha, comme d'habitude, de l'occuper par les dernières nouvelles.

Depeyron et Baradelle avaient été condamnés à mort, le deuxième bénéficiant, à cause de ses aveux, d'un sursis. Quant au premier, refusant toujours de parler, il avait été mené sur la place de la Révolution. Au moment où le bourreau allait le faire monter sur la guillotine, il proposa au président du tribunal de lui faire recouvrer une énorme quantité de diamants, si on lui accordait sa grâce. Le juge répondit qu'il n'avait pouvoir que de lui accorder un sursis. Depeyron mena alors magistrat, gardes et policiers en son domicile situé dans le cul-de-sac de Sainte Opportune. Ils grimpèrent jusqu'au sixième étage et entrèrent dans un cabinet d'aisance. Il y avait dans ce réduit une petite lucarne. Depeyron l'ouvrit, passa la moitié de son corps par l'ouverture, fouilla sur la gouttière et ramena deux paquets qu'il remit au juge. Celui-ci les ouvrit et y trouva une poire en diamants de 24 carats, le fameux diamant rose à cinq pans, le septième Mazarin et un nombre considérable de petites pierreries de 15 à 10 carats. Une première estimation évalua la prise à deux cent mille livres. Comme il l'avait promis, le juge ordonna de surseoir à l'exécution de Depeyron.

« Quelles nouvelles ? » demanda quelques jours plus tard Anne-Louise. « Aucune », répondit Yvon. Elle remarqua son air fuyant : « Tu mens. » Il hésita. « Les Picard sont passés en jugement, tu ne les connais même pas.

LE VOL DU RÉGENT

— Je veux savoir. » Lui, Joseph, vingt-neuf ans, valet de chambre ; elle, Anne Leclerc, sa maîtresse, vingt-cinq ans, lingère, des tout petits receleurs que Cottet avait fait arrêter pour montrer son zèle. On produisit les pièces à conviction, les canons, les deux mortiers, le boulet, soi-disant en or et diamants, en fait du vermeil et du verre. Picard s'entêta à répéter que c'était Cottet qui avait déposé ces objets précieux chez lui. Le tribunal les condamna à être guillotinés dans les vingt-quatre heures. « Pourquoi cette cruauté, s'indigna Anne-Louise, envers des comparses sans importance ? Le recel mérite-t-il la guillotine ? Pourquoi les exécuter si rapidement ? Voulait-on les empêcher de parler ? Que pouvaient-ils savoir de si important ? » Complètement affolée, elle s'accrochait à Yvon : « Dis-moi, mais dis-le-moi, que va-t-il se passer quand Alexandre va être jugé ? »

Yvon était parti rejoindre son ministre, laissant Anne-Louise avec ses déchirantes réflexions. Sylvain Maréchal allait apparaître et poursuivre la lecture du « Jugement dernier des rois ». Anne-Louise se dit qu'elle n'aurait pas la force de le supporter, mais que faire ? Elle entendait déjà la voix mélodieuse de l'auteur déclamer avec affectation ses très mauvais vers. Mais pourquoi ce silence ? Sylvain Maréchal était-il sorti ? Elle parcourut l'appartement vide. Voilà qui était parfaitement inhabituel. Toutes les après-midi, Sylvain Maréchal restait chez lui à écrire et surtout, hélas, à lire à haute voix. Qu'est-ce qui pouvait l'avoir attiré dehors à cette heure ? Elle entendit la clef de la porte tourner dans la serrure. Elle se trouvait à ce moment-là dans le vestibule pavé de carreaux blancs et noirs. La porte s'ouvrit. C'était lui, mais il n'était pas seul. Le commissaire Le Tellier entra à sa suite ainsi que plusieurs gardes nationaux. « La voilà, s'écria Sylvain Maréchal, notez bien dans votre procès-verbal, citoyen commissaire, que j'ai fait mon devoir de citoyen en dénonçant une contre-révolutionnaire. » Le Tellier le reprit d'un ton sec : « Ce n'est pas une contre-révolutionnaire, c'est une voleuse. Au nom de la république, citoyenne, je vous arrête. » Elle ne fit aucune difficulté pour suivre le policier. Sylvain Maréchal et ses pièces à succès l'avait à ce point dégoûtée, elle était si lasse de tout, particulièrement de devoir se cacher, qu'elle accueillit son arrestation presque avec soulagement.

Un fiacre les attendait dans la rue. Pendant qu'il roulait, Le Tellier ne put s'empêcher de cracher son amertume : « Louis Lyre, Joseph Picard, Anne Leclerc ont été guillotinés pour rien. Il est temps que les véritables responsables payent.

— Comment l'illustre Sylvain Maréchal vous a-t-il trouvé, commissaire ?

— Grâce à la rumeur publique. On sait désormais dans Paris que je suis déterminé à faire toute la lumière sur le cambriolage du Garde-Meuble. Il vous en veut beaucoup, Sylvain Maréchal. Je me demande bien pourquoi. »

Anne-Louise ne répondit pas, elle venait de comprendre qu'il ne faut jamais se moquer d'un mauvais auteur, car celui-ci ne le pardonne jamais, prêt même à tuer pour se venger. « Où me menez-vous ?

— À la Conciergerie. » Le cœur d'Anne-Louise bondit. C'était là qu'était enfermé son fils. Elle allait se trouver tout près de lui.

Ancien palais des rois, puis palais de justice depuis peu, prison enfin, la Conciergerie était un labyrinthe de bâtiments de toutes les époques. Les cours, les galeries, les ailes s'additionnaient sans aucun ordre apparent. La révolution l'avait transformée en caravansérail le plus peuplé et le plus sinistre de Paris. Bientôt la Conciergerie « hébergerait » jusqu'à mille six cents prisonniers.

La voiture déposa Anne-Louise dans la cour étroite et sombre communiquant avec les quais. Le Tellier l'emmena au rez-de-chaussée de la tour César. Le concierge inscrivit dans un énorme registre nom, prénom, date et lieu de naissance. Sur l'âge, elle ne mentit pas, trente-cinq ans, mais elle donna Paris pour son lieu de naissance au lieu de Londres. Elle ne voulait pas que Le Tellier le sût, car il devait ignorer tout lien entre elle et l'Angleterre. Il l'abandonna aux gardiens, qui l'emmenèrent par la Salle des Gardes à ce qu'on appelait la Rue de Paris, une galerie surélevée donnant sur l'immense Salle des Gens d'Armes. Partout, la foule grouillait. Les juges, les avocats, les gardes, les prisonniers entraient et sortaient, allaient et venaient. C'était une rumeur, un mouvement incessant.

Traversant la galerie des Prisonniers, Anne-Louise entra dans la Cour des Femmes, puis dans le préau où celles-ci étaient enfermées. La lourde grille se referma sur elle avec un grincement. Plus de cinquante femmes étaient incarcérées dans la salle aux voûtes gothiques. Des paillasses renouvelées tous les jours étaient jetées sur le sol. Ici ou là, des chaises branlantes étaient réservées d'office aux plus âgées. Certaines solitaires se laissaient aller à l'abattement ; d'autres chantonnaient en buvant sec ; d'autres enfin faisaient groupes et bavardaient comme si elles se fussent trouvées dans un élégant salon. Il y avait beaucoup de bouteilles vides et des restes de repas qui n'avaient rien à voir avec la pitance des prisons. Les plus riches, en effet, se faisaient amener du traiteur voisin des nourritures délicates. Quant aux bouteilles, des vins les plus capiteux jusqu'aux spiritueux les plus vulgaires, elles pénétraient généreusement dans la salle. Même si beaucoup de femmes affichaient une confiance qui en fait leur manquait, Anne-Louise fut tout de suite sensible au désespoir qui régnait autour d'elle, un désespoir qu'elle partageait totalement. Elle reconnut Laye, la femme de Lyon Rouef, recroquevillée contre une paroi. Elle avait toujours été effacée, maintenant elle semblait hagarde de terreur.

Anne-Louise ne se sentait d'humeur ni à faire salon avec les nobles dames qui peut-être ne l'eussent pas accueillie, ni à pousser le refrain avec les ribaudes. Elle trouva un coin de paillasse et s'y étendit. Elle ferma les yeux, prétendant s'assoupir pour ne pas être dérangée. Il y avait tant de bruit autour d'elle qu'il lui était de toute façon impossible de dormir. Elle pensa à Louis Lyre, grâce à qui elle se trouvait en ce lieu et dans cette situation. Sa fin atroce effaçait le ressentiment qu'elle concevait contre lui. Mais pourquoi cet ami d'enfance l'avait-il dénoncée ? Par envie ? Elle en doutait. Par peur, probablement, pour se blanchir. Elle pensa à Lyon Rouef, à Paul Miette, elle pensa à son fils. Elle pensa à Maugé sur lequel elle avait promis de veiller. Tous les quatre étaient enfermés, ici, dans la Conciergerie, tout près d'elle et pourtant introuvables. Qu'allait-il leur arriver ? Elle avait toute sa vie détesté la promiscuité, mais cette nuit-là, elle en souffrit plus que jamais, dans cette salle du vieux palais des rois, éclairée par quelques torches, dont la lumière avare mêlait les jeunes, les vieilles, les riches, les pauvres, les nobles et les filles du peuple.

Le lendemain matin, Anne-Louise fut tirée point trop brutalement de son demi-sommeil par un garde. « Tu es convoquée au tribunal, citoyenne. » Elle ne voulait pas paraître comme une souillon, et prit quelques minutes pour rafraîchir ses vêtements et se coiffer. Une femme lui prêta son peigne, une autre quelques gouttes de son parfum, une troisième un fichu fraîchement repassé. Le garde la pressait mais sans la houspiller. Lorsqu'elle se jugea présentable, elle le suivit.

Ils empruntèrent un dédale d'escaliers, de couloirs, de courettes jusqu'à une petite salle du palais de justice voisin. Plusieurs hommes se tenaient derrière une table. L'un d'eux se présenta : « Je suis Claude Emmanuel Dobsen, directeur du jury d'accusation près du tribunal criminel. C'est moi qui déciderai si tu passeras en jugement, citoyenne, et voici mes assesseurs. Tout d'abord, tes nom, surnom, âge, qualité, demeure et pays natal.

— Anne-Louise Roth, trente-cinq ans, née à Paris, demeurant à Paris près du Mont de Piété, joaillière à l'enseigne de *La Perle rare*.

— Connaissais-tu le nommé Lyre ?

— Oui, je le connaissais.

— Connais-tu le nommé Homberge ?

— Je le voyais peu, mais je le connais.

— Connais-tu le nommé Paul Miette ?

— Je ne le connais pas.

— Tu ne dis pas la vérité parce qu'il est certain que le particulier que nous venons de te nommer allait fréquemment chez toi et il a eu des relations très intimes avec toi.

— Je ne le connais pas, et je n'ai jamais eu affaire à lui.

— Le 21 septembre dernier, n'as-tu pas été rue Beaubourg et n'as-tu pas causé avec quelqu'un ?

— Je n'en sais rien, je ne peux pas m'en rappeler.

— Tu n'étais pas à causer avec Aaron Homberge et Louis Lyre ?

— Non.

— Je te fais à nouveau observer que c'est en vain que tu t'attaches à cacher la vérité, car il est établi dans l'instruction faite relativement au vol du Garde-Meuble que Homberge qui était avec toi a remis à Louis Lyre quatre-vingt-dix perles et vingt-quatre diamants de différentes couleurs et grosseurs...

— Cela est faux.

— ... Il est encore prouvé que Lyre, Aaron Homberge et toi, vous vous êtes transportés tous les trois chez Moïse Trenel à l'effet de vendre ces diamants et ces perles.

— Je n'y étais pas.

— Le 7 septembre dernier, Paul Miette n'était-il pas porteur d'un gros sac de diamants qu'il a voulu te vendre ?

— Je n'étais pas chez moi, je n'en sais rien.

— Quelle est la personne qui gardait ton magasin et où étais-tu ce jour-là ?

— J'ai été me promener au café de la Renommée rue Saint-Martin, personne ne gardait mon magasin.

— Connais-tu le nommé Lyon Rouef ?

— Oui, je le connais.

— Le 14 septembre dernier, après la visite de Paul Miette à ton magasin, as-tu porté à Lyon Rouef un sac de diamants que tu avais achetés à Paul Miette avec intention de les lui vendre ?

— Je n'ai jamais fait cela.

— Tu mens, citoyenne, car l'instruction établit que la femme de Lyon Rouef était présente ce jour-là et qu'elle t'a vue conclure ce marché avec son mari.

— Cela est faux.

— Où as-tu couché les nuits des 11, 12, 13, 14, 15, 16, 17 septembre dernier ?

— Chez moi.

— À l'une de ces soirées des jours ci indiqués, n'as-tu pas été du côté du Garde-Meuble ?

— Non. » Les questions dans ce langage ampoulé et pédant tantôt effleuraient dangereusement la vérité, tantôt relevaient de la fiction. Anne-Louise comprenait que l'instruction avait été bâclée. Son interrogateur n'en savait pas long, et opérait par sondages dans un magma de données souvent contradictoires. Son dossier contre elle était mince et, pourtant, elle se sentait prise dans un engrenage dont elle ne pouvait se détacher. L'interrogatoire se termina. Le président du jury ne dit plus un mot mais d'un signe indiqua à Anne-Louise qu'elle pouvait se retirer.

À la porte de la salle, elle ne trouva pas le garde qui l'avait amenée mais un inconnu, un homme jeune aux longs cheveux noirs et au sourire engageant, tenant à la main un bâton blanc sur lequel elle lut : *Force de la loi*. « Suis-moi, citoyenne », dit-il d'une voix aimable. Elle repassa par des galeries, des couloirs, des salles bondées d'hommes et de femmes qui allaient, qui venaient, tantôt pressés, tantôt nonchalants. Elle revit la Cour des Femmes mais, au lieu d'être conduite au préau où elle avait passé la nuit, son geôlier la conduisit jusqu'à une longue galerie, sur laquelle s'ouvraient de nombreuses portes. Il en ouvrit une et fit entrer Anne-Louise. C'était une geôle individuelle, exiguë, mais tout de même meublée d'un lit qui semblait convenable, d'une table, d'une chaise. Une minuscule lucarne l'éclairait à peine, mais au moins Anne-Louise se retrouvait seule. Sur la table, à côté d'un broc d'eau, l'attendaient sur un plateau des plats alléchants, ainsi qu'une bouteille de champagne. Elle regarda ce festin avec stupéfaction. « Avec les compliments de M. Miette. Morel, officier de paix, à vos ordres madame. » Ce nom lui rappelait quelque chose. Elle ne fut pas longue à se souvenir : cet officier de paix Morel était celui-là même qui avait « élargi » Paul Miette lors des massacres de septembre. À l'époque, il était posté à la prison de La Force. Son transfert à la Conciergerie, il le devait certainement à une promotion signée Miette. En explorant son nouveau domaine, Anne-Louise trouva même de quoi se laver, se coiffer, se maquiller. On avait même pensé à déposer dans sa cellule du linge frais « compliments de M. Paul Miette ». Malgré sa situation, elle ne put s'empêcher de sourire presque joyeusement.

« M. Miette vous fait dire, madame, que le procès d'Alexandre dit "le Petit Cardinal" aura lieu dans trois jours. » Plus de citoyen ni de citoyenne, l'officier de paix Morel retrouvait les vieilles formules de politesse. Ainsi qu'Anne-Louise l'avait compris, il faisait partie du réseau que s'était constitué Miette en prison et qui lui permettait, même sous les barreaux, de faire à peu près tout ce qu'il voulait, réseau grassement payé, vu la déférence de Morel. « Attendez, il faut que je communique avec M. Miette », mais il s'était incliné et avait refermé la porte de la cellule sur lui.

Elle voulait lui demander quoi faire pour sauver son fils. Lui seul était assez puissant pour tirer Alexandre des griffes de la justice. Alors, pourquoi Morel n'avait-il voulu rien entendre bien qu'il se fût mis à ses ordres ? Elle ne le revit que le soir, lorsqu'il lui apporta son dîner. Elle lui tendit un billet qu'elle avait griffonné, car « on » avait eu l'attention de disposer dans sa cellule de quoi correspondre. Le billet à l'attention de Miette était bref : « Sauvez Alexandre et Maugé. » Il lui fallut attendre le lendemain pour avoir la réponse que Morel lui transmit : « Il dit que ce sera difficile et que l'on n'est pas sûr de réussir. Ça coûtera très cher, et il demande si vous avez les fonds.

— Vous lui répondrez que j'ai ce que lui-même avait mis de côté pour moi », et elle décrivit la cachette sous le parquet de *La Perle rare* où elle avait dissimulé les diamants.

Le soir même, lorsque Morel revint, elle l'interrogea. Le lendemain, elle l'interrogea. Le surlendemain, elle l'interrogea. Il secouait la tête et ne répondait rien. Il s'offrait à exaucer ses moindres désirs en ce qui concernait son confort et ses menus mais il se refusait à répondre à ses questions.

Plusieurs jours s'écoulèrent dans l'incertitude la plus brûlante. Qu'en était-il des tentatives de Miette ? À quelle date était fixé le procès d'Alexandre ? Anne-Louise passait du pessimisme le plus noir à une confiance irraisonnée. Paul Miette ne les abandonnerait jamais, ni elle ni son fils. Les heures s'écoulaient et l'angoisse la reprenait. Elle se demandait si Miette réussirait. Le sort de Louis Lyre et de Picard venait la hanter.

Un soir, à l'heure du dîner, la porte de sa cellule s'ouvrit. Ce ne fut pas Morel qui entra, mais Yvon Rébus. On était le 30 octobre. La surprise cloua Anne-Louise sur place. Son amant se jeta dans ses bras. « Cela fait des jours et des nuits que je te cherche partout. Personne ne savait ce que tu étais devenue. Et je n'osais trop interroger mon ministre. Lui-même, je le sentais ignorer ton sort.

— Comment m'as-tu trouvée ?

— Figure-toi qu'un gamin m'a abordé dans la rue. Il m'a simplement dit "Elle est à la Conciergerie" avant de disparaître. Ensuite, le nom de mon ministre a suffi pour huiler les gonds de ta prison. »

Ainsi donc, se dit-elle, c'est Paul Miette qui lui envoyait Yvon Rébus. « Je sors du procès de ton fils, lui annonça ce dernier.

— Comment ? Il a eu lieu et tu y étais ?

— Tu n'imagines tout de même pas que je me serais désintéressé de lui ?

— Raconte-moi tout. »

Après s'être informé jour après jour des procès en cours, Yvon, le matin même, s'était rendu au Palais de Justice. Le secrétaire du ministre de l'Intérieur avait facilement obtenu une place au premier rang du public. Le premier à passer sur la sellette fut Gallois, vingt-cinq ans, né à Tessé en Normandie. Sa part du cambriolage s'était élevée, raconta-t-il, à quatre colliers en diamants, à un verre plein de diamants non montés, ainsi qu'à deux très beaux diamants qu'il avait encore sur lui lorsqu'il avait été arrêté et jeté en prison. Depuis, ces pierreries lui avaient été volées sans qu'il sache comment et par qui. Le président le fit venir près de lui et lui montra deux diamants. Gallois les reconnut pour ceux qui lui avaient été dérobés. Il apprit qu'ils avaient été retrouvés lors d'une fouille sur Maugé et Alexandre, ses codétenus. Gallois ne sembla pas leur en vouloir. Il déclara qu'il avait vendu les trois colliers pour quatorze mille livres, dont cent quatre-vingt-dix doubles louis d'or et le reste en assignats. Yvon Rébus, qui écoutait valser ces chiffres et qui avait du mal à joindre les deux bouts, constatait, avec une surprise plutôt indignée, qu'en pleine révolution, beaucoup d'argent circulait. Poursuivant sa déposition, Gallois avait confié un des colliers et quelques diamants à Maugé et ce dernier les avait fait vendre à l'orfèvre Gerbu par Cottet. Le président du tribunal s'appelait Charlot, natif d'Abbeville, et semblait un fanatique. Il voulut pousser Gallois dans ses retranchements, le forcer à charger ses codétenus. Gallois soutint résolument que Maugé n'avait absolument rien à voir avec le vol du Garde-Meuble, et que celui-ci ignorait la provenance du collier de diamants qu'il avait vendu à Gerbu par l'intermédiaire de Cottet. « Qu'avez-vous fait de l'argent que vous avez gagné sur la vente des bijoux volés ? » lui demanda le président Charlot. Gallois en avait gardé une partie et en avait distribué le reste parmi ses amis. Il avait offert une somme à Alexandre qui l'avait refusée.

Maugé suivit Gallois à la barre. Il apparut complètement abattu. On lui avait appris la tragique mort de ses parents et il ne s'en remettait pas. Bien qu'il ne leur fût pas attaché et qu'il eût déserté le foyer familial pour échapper à l'atmosphère qui y régnait, cet adolescent sensible, devenu voleur par nécessité, avait de plus en plus de mal à supporter son destin. Le juge commença par lui demander d'où provenaient les 4 400 livres en assignats découvertes chez ses parents sur une planche servant d'étagère. C'était lui qui les avait déposées à leur insu, répondit-il, et elles provenaient de la somme perçue de Cottet pour la vente du collier de diamants à Gerbu. Avait-il participé au cambriolage du Garde-Meuble ? Avait-il eu en sa possession une grande quantité d'or et d'assignats ? Connaissait-il Alexandre dit « le Petit Cardinal » ? À toutes ces questions, Maugé se contentait de hocher négativement la tête. Le président Charlot s'impatienta. Tant de preuves existaient pour démontrer que Maugé mentait effrontément.

Enfin, Alexandre apparut à la barre. Yvon ne le raconta pas à Anne-Louise mais il trouva que l'adolescent avait l'air cadavérique. Maigre, pâle, les yeux brûlant de fièvre, il se tenait debout avec peine. Né à Paris, âgé de quatorze ans et demi, il se disait jockey de profession. Le président Charlot haussa les épaules : « Jockey, jockey, enfin... » Il s'était retrouvé, déclara-t-il, avec Gallois et Maugé dans la nuit du 15 septembre place de la Révolution, avait grimpé la corde, franchi la balustrade, était resté une heure dans la salle du Trésor, avant de redescendre les poches pleines de diamants. Ensuite, il raconta à satiété ses errances. Arrivé à la rue Saint-Denis près des Halles, Gallois et Maugé lui avaient dit d'attendre, ce qu'il avait fait jusqu'à neuf heures du matin, le lendemain. À ce moment, Meyran dit « le Grand

LE VOL DU RÉGENT

Con » était venu le prendre de la part de Gallois et l'avait conduit chez un perruquier de la rue Saint-Martin où il avait retrouvé ce dernier. Les deux amis avaient tâché ensuite de vendre leurs diamants. Maugé et Gallois avaient envoyé Alexandre au billard de la rue de Rohan où il était resté jusqu'à neuf heures du soir. Maugé était venu l'y chercher en lui disant que Gallois les attendait à la place du Palais Royal. Ils s'y étaient rendus et avaient soupé rue du Jour, en face de Saint-Eustache. Pendant le repas, Gallois avait montré beaucoup de louis et d'assignats qu'il déclara provenir de la vente des diamants. Maugé avait, ensuite, mené Gallois et Alexandre rue Saint-Dominique, dans la chambre dont il avait la clef, puis s'était retiré. Gallois avait caché sous le matelas son or et ses assignats. Le lendemain, tous les trois avaient été déjeuner rue de la Boucherie et se promener du côté du Luxembourg. Gallois avait acheté un cerf-volant et, revenus du côté de la Cité, ils étaient montés sur les tours de Notre-Dame où ils avaient fait voler le cerf-volant.

« Un enfant, ce n'est qu'un enfant, s'écria une harengère à côté d'Yvon Rébus, pensez donc, il joue au cerf-volant ! Libérez-le, il a l'air malade, il faut le soigner. » Yvon sentit que le public partageait cette opinion. Alexandre semblait pathétique et attendrissant à la fois, d'autant plus qu'il crânait. Il continua son récit. Après avoir regardé longtemps le cerf-volant voler, ils avaient été dîner au *Petit Châtelet*, puis se promener sur les boulevards. Ils avaient même été à la Comédie chez Nicollet, d'où ils étaient revenus dans la chambre prêtée par Maugé.

Ce fut au tour de l'accusateur public. Il plaignit Alexandre qui avait agi sans discernement : « L'état malheureux où se trouve cet enfant infortuné milite en sa faveur. Ils ont corrompu son âme, les cruels, ils ont corrompu son sang, ils ont altéré les sources de sa vie, ils l'ont enfin livré à la plus honteuse des prostitutions ! Plaignons-le donc au lieu de le condamner et faisons tomber plus lourdement le fer des lois sur les têtes coupables qui ont ajouté à ce crime tant de forfaits. » Ce même accusateur public fut impitoyable avec Maugé et Gallois qu'il accusa d'avoir conspiré contre la République. Le président Charlot partagea ses vues et condamna à mort les deux garçons pour être entrés dans une conjuration de contre-révolutionnaires. Il déclara « que leurs biens seraient confisqués au profit de la république, en particulier la somme de 4 400 livres trouvée chez Maugé père ». Cependant, ajouta le président, il sera sursis à l'exécution « jusqu'à ce qu'il en ait été décidé autrement ».

Alors, Maugé sortit de son apathie, et d'une voix ferme, déclara : « Je me pourvois en cassation. » « Moi aussi », ajouta Gallois. Sensation dans le tribunal : les spectateurs n'avaient pas idée de ce que pouvait être un pourvoi en cassation. Le président du tribunal et l'accusateur public le savaient fort bien : ce recours avait été conçu par les législateurs la semaine précédant le procès. Lorsqu'une condamnation était trouvée injuste, l'accusé pouvait demander un nouveau jugement par une instance supérieure, mais qui porterait une décision définitive contre laquelle il n'y aurait plus aucun recours. « Tout cela, expliqua Yvon, je l'ai appris depuis. Lors du procès, lorsqu'il a été question de pourvoi en cassation, je n'avais jusqu'alors jamais entendu ce mot. Tout, dans cette affaire, demeure inexplicable et mystérieux. Voilà deux voleurs, très jeunes tous les deux, dont l'un est encore un adolescent. Ils sont enfermés en prison et ils apprennent l'existence d'une nouvelle loi créant ce recours. Comment est-ce possible ? Qui les a renseignés ? Qui les a conseillés ? Le président Charlot semblait furieux. Il a voulu savoir si Maugé se moquait de lui. "Et quel sera le motif de votre pourvoi ? – Nous sommes victimes d'une condamnation erronée. Nous reconnaissons le vol par effraction, qui n'entraîne pas la mort, comme vous le savez citoyen président, mais nous nions le complot à main armé contre l'État, ce qui nous vaut la présente condamnation." » Le président Charlot n'en revenait pas, mais fut obligé d'admettre le pourvoi. Il se racla la gorge avant de poursuivre. « En ce qui concerne Alexandre dit "le Petit Cardinal", le tribunal l'acquitte de l'accusation, ordonne qu'il soit conduit dans une maison de santé pour y être traité jusqu'à parfaite guérison, à l'époque de laquelle il sera conduit dans la maison d'éducation qu'indiquera le département pour y être détenu jusqu'à l'âge de vingt ans accomplis. » Le public applaudit. La harengère assise à côté d'Yvon Rébus en pleurait de joie.

Alexandre était sauvé, c'était tout ce qui comptait pour Anne-Louise. Elle eut un sourire merveilleux de joie et de jeunesse qui transporta Yvon. Puis elle ferma les yeux, courba la tête et la mit entre ses mains. Son amant pensa que l'émotion l'enivrait. En fait, elle tâchait de reconstituer ce qui s'était passé. Les sbires de Miette s'étaient donc rendus à *La Perle rare*. Brisant les scellés, ils étaient entrés dans la boutique, avaient trouvé la cachette aux diamants.

Depuis sa cellule, Miette avait appris que ce serait le président Charlot qui jugerait Alexandre. Par qui et comment l'avait-il circonvenu ? Anne-Louise l'ignorait. Mais des hommes sévères, austères, à cheval sur la loi, tels que semblait le président, étaient... les plus chers. Au début, il s'était entêté, voulant condamner Alexandre comme Maugé et Gallois. Un gros lot de diamants avait réussi à l'attendrir. Pour se couvrir, il avait exigé qu'on le laisse condamner Maugé et Gallois. Il avait fallu rudement négocier... et ajouter deux poignées de diamants. C'était le président Charlot, lui-même, qui avait trouvé la solution : il condamna effectivement les deux jeunes gens à mort, mais ceux-ci se pourvoiraient en cassation. Il n'y avait que le président à connaître ce tout nouveau recours. Ce serait probablement la première fois qu'il serait utilisé. Cette jolie pièce de théâtre mise au point, restait à apprendre sa leçon à Maugé. Pour parvenir jusqu'à lui, plusieurs diamants y étaient passés. Au début, l'adolescent n'avait rien voulu entendre. Tout lui était égal, sa vie n'avait plus aucun sens, il s'en moquait pas mal d'être condamné à mort. Si on le guillotinait, cela tuerait Alexandre, avait-on argumenté. Il avait bien fallu lui avouer le rôle d'Anne-Louise qui pourvoyait financièrement à toute l'opération. C'était peut-être cela qui l'avait décidé. Ensuite, il avait fallu lui détailler ce qu'était un pourvoi en cassation, afin qu'il ne fasse pas d'erreur en le réclamant. Plus de la moitié du sac aux diamants d'Anne-Louise était passée dans ces démarches. C'est de l'argent bien placé, se dit-elle.

Elle en était là de ses réflexions lorsque Morel entra, apportant un souper pour deux couverts. « Pour vous, madame, et votre invité. Avec les compliments de M. Paul Miette. » Elle sourit à cette impertinente galanterie. « Il m'a dit de vous dire qu'il se réjouissait de l'issue du procès. » Aussitôt, le souci reprit possession d'Anne-Louise : « Morel, il faut que vous me rendiez un grand service. Je veux aller, cette nuit, à l'infirmerie de la Conciergerie. Je veux y voir un malade qui partira demain pour l'hospice. » Morel se récria. Il avait beaucoup de pouvoir, mais tout de même ses possibilités avaient des limites. Promener nuitamment une femme dans les galeries était quasiment impossible. La prison était surveillée de partout, il serait vite arrêté et interrogé. « Peut-être un homme sera-t-il moins remarqué ? » Morel dut en convenir, ne sachant où Anne-Louise voulait en venir. « Pourquoi pas un médecin ? poursuivit-elle. Il a le droit de se rendre à l'infirmerie à toute heure du jour et de la nuit lorsque ses services sont requis. » Morel acquiesça. Anne-Louise lui demanda de lui apporter la panoplie du parfait praticien, costume noir, tricorne noir, culotte courte, souliers à boucles. Elle lui fit aussi la liste des produits de maquillage dont elle avait besoin.

Restés seuls, Yvon la bombarda de questions. Qui était ce Morel qui faisait ce qu'il voulait à la Conciergerie ? Paul Miette n'était-il pas le chef des voleurs, arrêté et emprisonné il y avait à peine dix jours ? Que venait-il faire dans cette affaire, et pourquoi faisait-il porter ce somptueux souper ? Yvon en revenait constamment au procès auquel il avait assisté. Comment les trois accusés avaient-ils échappé au sort de Louis Lyre et de Picard ? Alexandre, il voulait bien admettre que son état de santé avait apitoyé le tribunal, mais Maugé et Gallois, où avaient-ils été chercher cette histoire de pourvoi en cassation ? Anne-Louise voyait les soupçons d'Yvon prendre forme. Alors, elle l'attira dans ses bras. « Jamais je n'oublierai ce que tu as fait pour Alexandre et pour moi. » Le désir embrasa son amant. Cette fois, elle le laissa faire, cette fois, elle l'accepta. Ils firent l'amour sur le lit étroit mais confortable de la cellule. Puis Yvon, discrètement, s'éclipsa.

Il était très tard lorsque Morel revint avec ce qu'elle lui avait demandé. Il y avait mis le temps mais il avait tout trouvé. Sous ses yeux émerveillés, la belle femme qu'il connaissait se transforma en vieux médecin. Des rides, des cheveux blancs, des besicles, lui donnèrent la soixantaine. Elle s'entraîna à marcher, le dos courbé, à petits pas, appuyée sur sa canne. Elle se recouvrit d'une grande houppelande et prit à la main sa trousse à pharmacie.

Précédé de Morel, le vieux médecin traversa la Cour des Femmes, puis la galerie des Prisonniers, déserte à cette heure. La Grande Salle des Gens d'Armes, avec ses magnifiques et énormes colonnes soutenant sa voûte gothique, était parcourue de gardes, d'officiers, de prisonniers qui arrivaient, d'autres qu'on emmenait dieu sait où. Mouvement et bruit ne s'arrêtaient jamais tout à fait à la Conciergerie. Ils empruntèrent, au bout de la longue salle, à gauche, le couloir qui menait aux cuisines. Une petite porte ouvrait sur l'infirmerie. Elle était minuscule pour cette énorme prison. S'y entassaient vrais ou faux malades, femmes enceintes, suicidées qui s'étaient ratés. Ils étaient deux ou trois par lits, ça geignait, ça grognait, ça ronflait. Alexandre se trouvait au bout de la salle. Il avait un lit pour lui tout seul, un peu moins sale que ceux des autres. Là aussi, l'argent, ou plutôt les diamants avaient agi. Il dormait. Le sommeil avait détendu ses traits émaciés. Anne-Louise ne voulut pas le réveiller. D'ailleurs, que lui aurait-elle dit ? Elle se pencha, détailla les longs cils, les lourds cernes sous les yeux, les narines pincées. À ce moment même, les lèvres sensuelles marquèrent un sourire tendre et innocent. Probablement, faisait-il un rêve agréable. Anne-Louise fut certaine qu'il avait senti sa présence. Morel n'en menait pas large. « Venez, madame, sinon on va nous remarquer. » Anne-Louise ne protesta pas. Elle déposa un baiser léger sur le front de son fils et se laissa emmener.

Anne-Louise était quelque peu rassurée sur le sort de son fils. Le lendemain, il serait transporté à l'Hôpital Saint-Louis, tout près du canal Saint-Martin. Diamants voulant, il serait soigné par les meilleurs médecins, nourri par le meilleur traiteur, entouré de soins multiples, gâté comme aucun malade ne l'était. Tout cela, Morel, de la part de Miette, eut le plaisir de l'apprendre à Anne-Louise, tandis qu'Yvon, devenu un habitué de la Conciergerie, lui apportait les dernières nouvelles.

Le procès de Thomas Laurent Meyran dit « Le Grand Con » lui fit peu d'effet. Elle s'en rappelait à peine. Lorsqu'on lui demanda d'où provenait l'or trouvé sur lui, il répondit que c'était le produit d'une collecte en faveur des veuves et orphelins de la Journée du 10 août. Le président du tribunal éclata de rire, ce qui ne l'empêcha pas de le condamner à mort. En montant sur l'échafaud, « Le Grand Con » montra beaucoup de courage. Il regarda droit la guillotine, puis fit trois grands saluts à la foule. Une minute plus tard, sa tête tombait, il avait vingt ans. « Mais pourquoi tuer tous ces innocents ? » se lamenta Anne-Louise. Personne n'eut à lui fournir la réponse, car elle la connaissait : « Pour éviter de tuer les coupables. »

L'heure sonna pour Cottet de paraître devant ses juges. Il avait donné ses complices, indirectement envoyé à l'échafaud Louis Lyre et Picard et fait arrêter Paul Miette. Tout le monde attendait avec impatience son procès et les supputations allaient bon train. Le commissaire Le Tellier n'excluait pas qu'il échappât à tout châtiment grâce à l'action occulte du chef Paul Miette, à condition que celui-ci ignorât que Cottet l'avait dénoncé. Anne-Louise et Yvon Rébus étaient persuadés qu'arrêté pour la forme, Cottet ne serait jugé que pour la forme. Pour rien au monde, Yvon n'aurait manqué l'audience du 7 novembre. L'accusé déclara être âgé de vingt-sept ans, né à Lyon et exercer la profession de marchand mercier. Il était accusé d'avoir surtout cherché à tromper la justice en se portant dénonciateur de ses complices et en promettant de faire récupérer à la nation la plus grande partie des objets volés, promesse qu'il n'avait pas tenue. Cottet avoua avoir été le premier surpris par son arrestation. Les documents que lui avait remis le ministre de l'Intérieur l'assuraient pourtant de l'impunité. Celui-ci fut aussi convoqué à la barre. Le président, sans l'interroger sur les pouvoirs octroyés à Cottet, lui demanda s'il avait fait dresser les procès-verbaux des pierres qui lui avaient été remises. Roland répondit qu'il s'était contenté de délivrer des reçus, pensant que cela devait suffire. Le président du tribunal se fit sévère : « Par le fait d'avoir négligé cette précaution, on pourrait vous accuser d'avoir remplacé les pierres précieuses par d'autres de même couleur mais bien inférieures en qualité », ce qui équivalait, ni plus ni moins, à soupçonner le ministre de l'Intérieur de malhonnêteté. Roland avala l'insulte sans réagir. Le juge insista : « Dorénavant, vous ferez dresser les procès-verbaux de la remise des diamants qui devront être déposés sur-le-champ au Garde-Meuble », et sur cette rebuffade, il autorisa Roland à se retirer.

Là-dessus, il fit observer aux jurés que Cottet, en effet, avait offert aux autorités de les aider dans les recherches, et qu'il avait dénoncé plusieurs complices, mais on s'était aperçu qu'il les avertissait par des signes ou des mots connus d'eux seuls des perquisitions qu'on allait faire chez eux, afin qu'ils puissent cacher les objets volés. De telle sorte que Cottet avait trompé et le ministre et le maire Pétion. Cottet se défendit comme il pouvait. Il reconnut avoir volé un chandelier aux Tuileries lors du 10 août, avoir vendu à Gerbu un collier et plusieurs diamants, mais il n'avait pas participé au vol du Garde-Meuble. On lui rappela la dénonciation de Picard. Cottet répondit qu'il était victime du ressentiment des accusés qu'il avait fait arrêter : « Il est dur de se trouver en danger après avoir si bien montré mon zèle pour la chose publique. Je n'aurais jamais imaginé que des mouvements aussi purs que les miens puissent me compromettre à ce point. » Cottet était de ces intrigants convaincus d'être toujours et en toutes circonstances les plus malins, qui n'admettaient jamais de commettre des erreurs et ne comprenaient pas qu'ils puissent être battus sur leur propre terrain. Le président lui reprocha de n'avoir en rien aidé à retrouver le Sancy, qu'il était accusé d'avoir eu en main. Du coup, Cottet se rebiffa : « Comme je l'ai déjà dit au Comité de

Surveillance, si l'on n'avait pas agi avec tant de mollesse, le plus grand nombre des voleurs du Garde-Meuble auraient été arrêtés sur mon avis avant de pouvoir quitter la capitale. »

Le jury délibéra. Le président écouta le résultat de leur délibération, il condamna Cottet à la peine de mort. Stupéfaction des initiés, stupéfaction surtout du coupable. Celui-ci insista sur les services qu'il avait rendus à la chose publique et demanda un sursis. « Si vous avez quelque chose à révéler dans l'intérêt public, rétorqua le président, vous jouirez du bénéfice de la loi.

— Je n'ai rien à vous dire et pourtant je vous demande un sursis.

— Malheureux jeune homme, tu demandes à prolonger les jours d'une vie coupable, prépare-toi plutôt à bien finir. Marche à la mort avec courage, et par un sincère repentir emporte avec toi l'estime de tes concitoyens. » Là-dessus, Cottet accusa tout le monde et fournit des noms connus et inconnus. Il incrimina beaucoup plus nettement Lyon Rouef et Anne-Louise Roth comme ayant eu entre les mains un énorme sac de diamants provenant du Trésor de la Nation. « J'en connais d'autres, beaucoup d'autres, qui ont trempé dans le vol du Garde-Meuble, des gens très très haut placés. Si on ne me manifeste pas l'indulgence que je mérite, je les nommerai. D'ailleurs, ce sont ceux-là même qui...

— Taisez-vous, hurla le président, votre sursis a expiré ! Gardes, emmenez l'accusé sur le lieu d'exécution et empêchez-le de proférer des insanités. » Ce fut si rapide que Cottet se laissa emmener. Anne-Louise et Yvon n'en revinrent pas de cette horrible issue. Cottet guillotiné après tous les pouvoirs que lui avaient donnés le ministre de l'Intérieur et le maire de Paris ! Le Tellier, dans ses réflexions, fut beaucoup plus circonspect. C'était justement à cause de ces pouvoirs imprudemment signés par Roland et Pétion que Cottet avait été réduit au silence. Il s'était senti trop sûr de lui, il avait trop parlé, trop exigé, il avait inquiété trop de monde, trop de personnalités qui avaient senti l'intérêt d'arrêter son caquet pour toujours.

10

17 novembre 1792

Quelques jours plus tard, Morel apporta à Anne-Louise un message de Miette. Alexandre n'avait pas quitté l'infirmerie de la Conciergerie. On le gardait pour le faire témoigner dans le procès contre Lyon Rouef et contre elle-même. Un atroce pressentiment la saisit : verrait-elle à la barre son fils la dénoncer, comme elle l'avait vu dénoncer les autres voleurs ? De toute façon, elle ne pouvait rien empêcher. Elle n'avait pas eu besoin de demander l'assistance de Miette. Elle savait qu'il « préparait » sa défense comme il l'avait fait pour son fils.

Anne-Louise était inquiète en entrant dans la chambre criminelle. Une chose était d'assister à un procès parmi les spectateurs, une autre était d'être assis au banc des accusés encadré de gardes nationaux. Elle était jugée conjointement avec Lyon Rouef et sa femme Laye. Le président du jury qui l'avait interrogée, Dobsen, la rassurait plutôt. Son interrogatoire ne s'était pas trop mal déroulé même s'il avait conclu qu'il devait passer en jugement. Ce rondouillard, aux sourcils hérissés et au large sourire, prêtait plutôt à rire et n'avait rien d'inquiétant. Par contre, le président Pépin, maigre, sec et glabre, paraissait impitoyable.

Dobsen commença par lire les conclusions de son enquête : un grand nombre de particuliers s'étaient rendus armés de sabres, de pistolets, de poignards à la place dite de la Révolution les jours suivant le 11 septembre jusqu'au 18 du même mois, Lyon Rouef ainsi qu'Anne-Louise Roth se trouvaient parmi ceux rassemblés sur la place de la Révolution pour commettre le vol et, le délit consommé, tous les complices s'étaient dispersés pour effectuer le partage des diamants, perles fines et autres effets précieux volés dans le Garde-Meuble de la république. Tout aussitôt, dans la cuisine de Lyon Rouef et en présence de sa femme Laye, Anne-Louise Roth lui avait donné à vendre un gros sac de diamants provenant du Garde-Meuble, on avait trouvé chez Laye, la femme de Lyon Rouef, un pot en or massif et des petites pièces de vermeil pesant ensemble 15 onces, provenant de toute évidence du Trésor de la Nation. Quelques jours plus tard, Lyon Rouef avec Anne-Louise Roth s'étaient réunis chez Moïse Trenel afin d'assister à la vente par Louis Lyre audit Moïse Trenel de vingt-quatre pierres et de quatre-vingt-dix perles fines provenant du vol commis au Garde-Meuble.

Aussi, Rouef et Roth étaient accusés d'avoir non seulement participé au vol, mais encore d'être les receleurs d'une grande partie des effets volés. À preuve, le testament rédigé avant son exécution par Louis Lyre daté du 13 octobre dernier, si précis que les dénégations des accusés lors de leur interrogatoire ne pouvaient l'atténuer. Dobsen concluait qu'il y avait bel et bien eu complot contre la République.

Anne-Louise écoutait sans pouvoir bouger. Ce réquisitoire constituait la plus terrible surprise. Si Rouef et elle étaient accusés d'avoir participé au complot contre-révolutionnaire, cela signifiait, immanquablement, qu'ils seraient condamnés à mort. Et même Miette n'y pourrait rien. Elle vit, comme dans un rêve, défiler les témoins. Chambon, Douligni, Gallois, Baradelle, Maugé, chacun restant à peine quelques minutes à la barre. Le président leur demandait s'ils connaissaient les accusés, tous le nièrent. Il demandait aux accusés s'ils connaissaient les témoins. Ceux-ci assurèrent ne les avoir jamais vus. Le dernier témoin à paraître fut Alexandre. Il paraissait pressé d'en finir. « Alexandre dit "le Petit Cardinal", connais-tu l'accusé Lyon Rouef ? » Alexandre regarda Rouef et d'une voix forte déclara : « Je ne le connais point.

— Connais-tu l'accusée Anne-Louise Roth ? »

Alexandre baissa la tête et d'une voix inaudible prononça une courte phrase. « Plus fort, témoin, plus fort, répète ! » D'une voix à peine plus audible, Alexandre murmura : « Je ne l'ai jamais vue.

— Accusée Anne-Louise Roth, connaissez-vous le témoin, Alexandre dit "le Petit Cardinal" ?

— Je ne le connais point », répondit Anne-Louise, avec dans la voix un sanglot que tous, dans la salle, perçurent. « Témoin Alexandre dit "le Petit Cardinal", tu peux te retirer. » Il courut presque hors de la salle du tribunal sans regarder nulle part.

Le président Pépin se leva. Son air était si sévère que tous, dans la salle, furent saisis de crainte. Anne-Louise se demanda ce qui n'avait pas fonctionné dans les manœuvres de Miette car, de toute évidence, d'après le réquisitoire de Dobsen, la sentence ne pouvait être que la condamnation à mort. La guillotine l'attendait. Elle ne voulait pas se laisser aller mais elle ne put s'empêcher de frissonner : la guillotine !

Le président Pépin laissa un long moment de silence passer. La tension montait dans la salle. Enfin, prenant sa moue la plus dédaigneuse, il déclara d'un ton de chroniqueur : « Il est constant qu'il a existé une conspiration tendant à voler le Garde-Meuble de la république. » Anne-Louise ne pouvait réprimer le tremblement qui commençait à l'agiter. « Cependant, poursuivait le président Pépin, Lyon Rouef, sa femme et Anne-Louise Roth ne sont pas convaincus d'avoir été adhérents de cette conjuration, ni d'avoir participé au vol du Garde-Meuble. En conséquence, le tribunal acquitte les dits Lyon Rouef et Laye sa femme ainsi que Anne-Louise Roth, de l'accusation contre eux intentée et ordonne qu'ils soient mis en liberté sur-le-champ. »

Tout le monde, à commencer par les accusés, en resta pantois. Le président du jury Dobsen ne souriait plus. Il bredouillait des paroles incompréhensibles, agitait ses dossiers. Quant au président Pépin, il s'était rassis, imperturbable, glacial, regardant droit devant lui. Anne-Louise ne pouvait pas croire ce qu'elle avait entendu. Le président Pépin se tourna vers les accusés que son regard transperça. « Vous devez reconnaître la justice des Français dans ce jugement qui vous acquitte. Vivez honnêtes gens, et en jouissant des bienfaits d'une nation libre, montrez-vous bons républicains. » Puis, d'un ton sans réplique, il ordonna : « Gardes, élargissez les prévenus. »

Yvon Rébus attendait Anne-Louise à la porte de la Conciergerie où la déposèrent les gardes. Il l'entraîna vers un fiacre. Il exultait alors qu'Anne-Louise restait inerte. Pour fêter sa libération, il l'emmena rue Saint-Honoré à l'hôtel d'Aligre où Rore et Chantoireau

avaient ouvert un temple à la gastronomie. Des colonnes formées d'énormes andouilles et des tapisseries de jambon en signalaient l'entrée. Yvon commanda des pavés de thon frais, une hure cuite de Troyes, des dindes aux truffes, vida verre sur verre de champagne. Il se relâchait dans le soulagement. Anne-Louise but à peine. Ce monde joyeux, après l'univers de tristesse et de terreur qu'elle venait de quitter, ne l'attirait absolument pas. Elle avait enduré trop d'épreuves, elle gardait trop de soucis en tête pour se détendre. Son acquittement était trop invraisemblable pour le chasser de son esprit. Elle avait cru que le jovial Dobsen, le président du jury, se montrerait « accessible ». Son réquisitoire prouvait qu'il était resté incorruptible. En revanche, l'austère président Pépin s'était certainement laissé acheter, et très cher. Elle se dit qu'il ne devait pas lui rester un seul diamant. Pépin avait dû se faire une belle fortune pour acquitter deux accusés si évidemment coupables, car, pour Anne-Louise, il ne faisait pas de doute que Rouef l'avait acheté, lui aussi. Yvon la vit préoccupée : « Tu es libre, Anne-Louise ?
— Libre, peut-être, libérée certainement pas. »
La menace subsistait. Pendant la journée de son procès, elle avait cru entrevoir le commissaire Le Tellier dans la salle. De toute façon, elle était sûre qu'il était présent et qu'il avait suivi les débats avec une attention soutenue. L'acquittement avait dû l'enrager : pour la deuxième fois, Anne-Louise lui échappait. Elle était certaine qu'il n'en démordrait pas jusqu'à ce qu'il l'ait rattrapée.
Elle avait hâte de se retrouver seule chez elle. Yvon l'accompagna jusqu'à la porte de *La Perle rare*. Il comprit qu'elle n'avait pas envie qu'il l'y suive. En

pénétrant dans sa soupente que naguère elle avait pris tant de soin à décorer, elle eut l'impression de l'avoir quittée depuis des siècles. La fatigue eut raison d'elle. Elle tomba comme une masse et s'endormit.

Alexandre, devenu inutile à la justice, fut transporté, le lendemain, à l'hôpital Saint-Louis. Anne-Louise s'y rendit. Dès l'entrée, l'hôpital fit peser sur elle une chape de tristesse. C'était encombré, sale, désordonné, les morts étaient laissés dans leur lit à côté des vivants, les paillasses rarement renouvelées, les draps jamais lavés, et la nourriture infecte empestait les couloirs. Cependant les diamants répandus sur ordre de Miette avaient eu leur effet. Alexandre avait été placé dans une salle plus petite que les autres où il n'y avait qu'une dizaine de malades au plus. Il avait un lit pour lui-même dont les draps étaient propres. Anne-Louise s'approcha de lui :
« Bonjour, Alexandre.

— Bonjour », répondit-il d'un ton froid. Pas un geste, pas un regard. Elle l'interrogea sur sa santé, il lui répondit brièvement, glacialement. Il faisait comme si elle n'existait pas pour lui. Elle n'osa s'asseoir au bord du lit, et partit consulter les médecins. Elle leur avoua qu'elle était la mère d'Alexandre. Ceux-ci restèrent évasifs sur son état. Cependant, elle lui avait trouvé bien meilleur aspect que lors du procès de Depeyron et Baradelle. Elle ignorait que c'était ce qu'on appelle « le mieux avant la mort » de la syphilis. Elle consulta la gardienne du dortoir, qui affecta d'être déjà conquise par Alexandre. Elle adorait le petit, elle ferait tout pour lui. Anne-Louise pria que ce fût vrai, et lui donna, en plus des diamants qu'elle avait déjà reçus, plu-

LE VOL DU RÉGENT

sieurs pièces d'or qu'elle gardait dans sa bourse. La gardienne devint obséquieuse. Anne-Louise se retira, le cœur lourd.

Elle revint quotidiennement, le matin, l'après-midi. Insensiblement, elle rallongeait ses visites. Un jour, elle s'assit au bout du lit. Même s'ils n'échangeaient aucun propos, elle restait là à regarder son fils avec toute sa tendresse. Celui-ci n'en démordait pas de sa froideur, mais il semblait s'accoutumer à la présence d'Anne-Louise. Il ne la rejetait plus, il acceptait ses visites. Toujours distant, il restait extrêmement courtois pour la remercier des gâteries qu'elle lui apportait chaque fois.

Anne-Louise éprouvait une répugnance extrême à retourner à la Conciergerie, mais elle se devait d'assister au procès de Paul Miette, le 30 novembre suivant.

30 novembre 1792

On fit entrer l'accusé, ou plutôt les accusés, car une femme se trouvait à côté de lui. Elle déclina son identité : « Marie-Françoise Brabant, née à Argenteuil, âgée de trente-quatre ans, épouse de Paul Miette. » Comment ! il était marié ! Jamais il n'y avait fait la moindre allusion avec Anne-Louise. C'était bien du Paul Miette. Elle était jolie, l'épouse, délurée, avec de l'aplomb. Quant à lui, il n'avait rien perdu de son entrain, portant beau, l'œil coquin, avec ce sourire irrésistible, les cheveux en bataille. Il avait tellement de personnalité qu'il remplissait le prétoire à lui seul.

Le président du jury rappela que son arrestation avait eu lieu dans la somptueuse villa de Belleville, nommée *La Maison Rouge*, qu'il venait d'acheter. « Avec quel argent ?

— Avec celui de l'honnête métier que j'exerce. Comme je l'ai déclaré, je suis "marchand d'argent". »

Marchand d'argent, personne ne savait très bien en quoi cela consistait, mais ça lui allait comme un gant. Le président expliqua que Paul Miette n'en était pas à son coup d'essai. Il avait été déjà convaincu plusieurs fois de vol. Condamné en 1779 et en 1781, il avait même été banni pendant neuf ans de Paris où sa présence avait été jugée dangereuse. Il avait, de nouveau, été arrêté en janvier 1790 puis en mars 1792. Il se trouvait à la prison de la Force, purgeant une condamnation de quatre mois pour vol, lorsque, profitant des événements du 2 et 3 septembre, il s'était évadé. « Pas du tout, interrompit Paul Miette, j'ai été mis en liberté le 18 août par un décret de l'Assemblée Nationale. On avait enfin reconnu que j'étais innocent. » Personne ne s'avisa de demander où se trouvait ce décret. Il y avait eu, enfin, un vol considérable commis chez un banquier rue du Four Saint-Honoré et dans lequel Paul Miette aurait touché 98 000 livres.

Douligni comparut comme témoin. Il accabla Paul Miette, décrivant en détail, jour après jour, son rôle dans le vol du Garde-Meuble. L'accusé, imperturbable, déclara qu'il ne connaissait pas Douligni et qu'il n'avait jamais été au Garde-Meuble. Pourtant, il était nommément cité dans le fameux testament de Louis Lyre. Réponse de Miette : « Aux morts, on peut faire dire tout ce qu'on veut. » La plaisanterie était douteuse, mais la salle éclata de rire : il tenait son public.

On interrogea sa femme, Marie-Françoise Brabant. Comment, avec son métier de couturière, avait-elle pu gagner les trois mille livres trouvées chez elle ? L'épouse était aussi bonne comédienne que l'époux. Elle se tourna vers le public, la mine tragique : « Faut-il que je m'humilie au point de dire l'état que j'ai fait ? Je n'ai fait tort à personne, j'ai gagné cet argent au prix de mon sang... » De nouveau, personne ne s'avisa de lui demander ce que signifiait cette déclaration.

L'officier de paix Morel apparut alors à la barre. Rien d'étonnant à ce que l'homme qui avait « élargi » Miette et ses amis lors des massacres de septembre, qui avait fait la pluie et le beau temps dans la prison de la Conciergerie, fût cité à comparaître. Morel, qui tenait toujours à la main l'enseigne de ses fonctions, le bâton blanc portant inscrit *Force de la loi*, ne semblait absolument pas intimidé. Ses yeux pétillant de malice se posèrent sur le président du tribunal. Sous la courtoisie, il gardait toute sa gouaille. On lui demanda s'il était vrai que, pour la somme de 50 louis remis par Paul Miette, il avait arraché trois pages du registre d'accusation de la Conciergerie concernant l'accusé. Morel nia. On lui demanda s'il était vrai que pour une vingtaine de louis chaque, il avait fait sortir plusieurs prisonniers de prison. Il nia encore. On lui demanda si, pour trois mille livres, il n'avait pas fait sortir de prison un certain Longchamp arrêté pour vol aux Tuileries lors du 10 août. Il nia toujours. On lui demanda enfin si, contre une tabatière en or et deux doubles louis, il n'avait pas accepté de déclarer au tribunal qu'il s'était trompé en arrêtant ledit Longchamp. Morel nia de nouveau. Le président du tribunal fut assez édifié pour ordonner que Morel, témoin devenu accusé, fût immédiatement arrêté et jeté en prison. Mais que diable venait-il faire dans le procès de Paul Miette ? se demanda Anne-Louise. Pourquoi lui donnait-on tant d'importance ou plutôt pourquoi Miette lui faisait-il donner tant d'importance, car elle ne doutait pas que celui-ci eût orchestré la prestation de son subordonné ? Tout simplement, il faisait diversion. Morel serait condamné et purgerait en prison son « amitié » pour Paul Miette, mais Anne-Louise savait que ce dernier ne laissait jamais tomber ses complices dans le besoin. Très vite, le dénommé Morel bénéficierait d'un non-lieu ou d'un acquittement... Entre-temps, on n'avait fait qu'effleurer les activités de Miette.

Là-dessus, le président du tribunal prononça la sentence : « Marie-Françoise Brabant, épouse Paul Miette, est acquittée. Quant à Paul Miette, il est condamné à mort. » Celui qui avait arraché à la guillotine Anne-Louise, Alexandre et d'autres se laisserait-il exécuter ? Il se leva et déclara d'une voix de stentor : « Je me pourvois en cassation », comme il avait fait faire à Maugé, et à Gallois. Il échappait donc à l'exécution immédiate. Anne-Louise était certaine que son esprit fertile trouverait d'autres moyens d'éviter la condamnation en cassation. L'inventivité de Miette, sa personnalité, le simple fait de le voir de loin, de l'écouter en plein prétoire, avaient pour quelques heures allégé Anne-Louise de ses soucis.

Revenue chez elle, elle y trouva un rabat-joie. Yvon l'attendait, à la fois furieux et désespéré : il venait de perdre sa place. Roland, le ministre de l'Intérieur, l'avait brusquement mis à la porte sans explications. Était-il victime d'intrigues internes ? Se méfiait-il d'un secrétaire trop curieux ? Yvon en savait-il trop sur les manœuvres secrètes de son patron ou celui-ci voulait-il les tenir à l'abri des yeux trop fureteurs de son employé ? Non seulement il perdait sa place mais un bon salaire, et se demandait, en ces temps si difficiles, de quoi il allait vivre. Il en voulait à tous et à tout : aux aristocrates, bien sûr, mais aussi aux révolutionnaires modérés, aux Girondins, parti de Roland, auquel lui aussi appartenait. Il en voulait même à Anne-Louise et lui fit, à mots couverts, une scène de jalousie à cause de Paul Miette. La supériorité de ce dernier l'irritait. Il devinait qu'Anne-Louise éprouvait un sérieux penchant pour le séduisant cambrioleur. Comme il n'avait plus rien à faire, Yvon vint beaucoup plus souvent étaler sa mauvaise humeur à *La Perle rare*.

Entre son fils gravement malade, son amant à bout de nerfs et Paul Miette toujours en prison en attendant son procès en cassation, Anne-Louise passa des semaines de plus en plus chagrines, d'autant que l'amélioration de la santé d'Alexandre n'avait pas duré. Depuis quelques jours, il perdait ses cheveux, des ulcères apparaissaient sur son crâne. La maladie avait repris son emprise sur lui.

La situation extérieure n'était pas pour conforter cette adversaire occulte de la France. Après la bataille de Valmy, qui avait retourné la situation en faveur des Français, ceux-ci avaient remporté une seconde victoire à Jemmapes. Désormais, il n'y avait plus d'ennemis pour les arrêter. Une armée française envahissait la Belgique, une autre les pays rhénans, une troisième Nice et la Savoie. Partout, ils étaient vainqueurs.

Alors, l'Angleterre se réveilla. Elle s'était montrée indulgente envers la France de la révolution tant que celle-ci demeurait faible. Elle confirmait ainsi la conviction de Louis XVI sur la volonté anglaise de détruire une France forte. Or, cette révolution dont elle s'était persuadée qu'elle n'avait rien à craindre, avait rendu la France aussi forte que sous la monarchie détestée. Les victoires françaises créèrent la panique à Londres. Les partis politiques s'unirent derrière le Premier ministre William Pitt, acharné adversaire de la France et de la révolution. Les Anglais maudirent ce qu'ils appelaient les « Sabbats Jacobites », les diableries des Jacobins. Ils avaient jusque-là refusé d'entrer dans les coalitions contre la France. Désormais, ils cherchaient à en faire partie. Anne-Louise se demanda avec inquiétude comment ce changement l'affecterait. Même si personne ne le savait, elle était anglaise. Qu'adviendrait-il d'Adam Carrington dont elle n'avait plus aucune nouvelle depuis qu'elle avait refusé de lui communiquer la liste des espions de Louis XVI en Angleterre ? Elle et lui avaient opéré lorsque les deux pays étaient dans les meilleurs termes. Qu'en serait-il dans une France au bord de la rupture avec l'Angleterre ? Que devait-elle faire ? Ces interrogations la tenaillaient.

L'hiver 1792 arriva très tôt. Fin novembre, on se serait cru deux mois plus tard, au fin fond des grands froids. Avec la pénurie sur les marchés et l'assignat qui ne valait plus rien, Paris, malgré les victoires françaises, s'enfonçait dans la morosité. Tous les jours, Anne-Louise se rendait à l'Hôpital Saint-Louis pour voir Alexandre. Il lui manifestait moins de froideur et, imperceptiblement, se détendait avec elle. Sans qu'il l'exprime, il s'était mis à attendre ses visites.

Un jour, alors qu'il posait la jambe hors du drap, elle remarqua que son genou avait enflé. Elle le caressa doucement. Alexandre resta indifférent. Elle accentua sa pression, il ne réagit pas. « Est-ce que je te fais mal, mon enfant ? » Il secoua la tête. Alors, tous les deux, la mère et le fils, comprirent au même moment que la jambe d'Alexandre était devenue insensible. Il se tourna vers elle et la regarda. Elle vit dans ses yeux la peur et aussi un appel. Pour la première fois depuis qu'elle l'avait revu, elle osa le prendre dans ses bras. Il se laissa faire. « Ne crains rien, mon enfant, ce n'est pas grave, ça passera », mais aucun des deux n'y croyait.

La paralysie des jambes se déclara rapidement. Les médecins qu'Anne-Louise consulta lui déclarèrent tous qu'il n'y avait rien à faire. En son for intérieur, Alexandre le croyait aussi qui se rapprocha de sa mère. Il ne se défendait plus contre les manifestations de sa tendresse, et laissait paraître ses véritables sentiments. Il lui tendait ses bras, la serrait contre lui et sans déclarer son amour pour elle le lui montrait.

Anne-Louise passait de plus en plus de temps à l'hôpital. Elle avait fait dresser autour du lit de son fils, pour l'isoler, pour le protéger, des paravents en toile verte, plissés et encadrés de bois blanc.

Elle n'avait personne vers qui se tourner pour lui apporter ne serait-ce qu'un soutien moral. Yvon Rébus, toujours sans travail, toujours plus amer, était incapable de l'épauler. Ses propos devenaient de plus en plus violents. Il passait ses journées à rédiger des pamphlets révolutionnaires où il étalait sa haine des riches, des puissants, des aristocrates. Anne-Louise ne pouvait s'empêcher de le taquiner, le surnommant « mon petit Marat ».

Paul Miette était en prison. Elle avait pensé un moment aller trouver Adam Carrington pour le prévenir de l'état de son fils, mais elle y renonça, redoutant ses sarcasmes et surtout ne voulant pas se montrer à lui en position de faiblesse. Quant à ses amis du quartier juif, ils étaient déjà accablés par leurs propres soucis et Lyon Rouef était trop dur pour éprouver le moindre sentiment, donc comprendre ceux des autres.

Elle avait pensé chercher du réconfort auprès du rabbin, qu'elle estimait, mais n'aurait pas supporté ses prêches sur la miséricorde divine et ses invitations à se soumettre à Dieu, contre lequel elle était en pleine révolte.

À la paralysie progressive des membres inférieurs succéda une méningite. Alexandre passait de longues heures d'apathie totale où il restait sans bouger, et sans parler. Y succédaient des moments d'une excitation presque violente, où, les yeux enflammés, il remuait les bras avec des gestes spasmodiques. Il délirait, il criait des reproches à sa mère qui l'avait abandonné, il hurlait son amour pour elle. « Je ne veux pas mourir, répétait-il, je ne veux pas mourir, maman, ne me laisse pas mourir... » C'était la première fois qu'il l'appelait ainsi. Elle le prenait dans ses bras, essayait de le calmer, lui glissant à l'oreille des paroles de réconfort et d'amour qu'il n'entendait pas, le caressant, l'embrassant. Elle ne quittait plus l'hôpital. Les jours et les nuits passaient. Anne-Louise avait l'impression de ne plus vivre.

Une nuit, la fatigue l'avait endormie sur sa chaise à côté du lit d'Alexandre. Un bruit la réveilla brusquement. Il était en proie à une crise de delirium tremens. Il se tordait, il essayait de se jeter de son lit ; la bouche grande ouverte, déformée, jetait des sons incompréhensibles. Deux infirmiers tâchaient de le maintenir. Anne-Louise crut qu'ils le brutalisaient. Elle voulut les écarter de son fils. Celui-ci lui donna un coup de coude si rude dans la poitrine qu'elle en eut la respiration coupée. C'est alors qu'elle remarqua, dans l'ombre, une silhouette, debout, à quelques pas du lit. C'était Adam Carrington, impassible, le visage sans expression. Elle revint au lit d'Alexandre. Il se tordait de plus en plus, un rictus déformait son visage, plus aucun son ne sortait de la bouche distendue, un voile s'épaississait sur ses yeux généralement brillants, la sueur collait les boucles de ses cheveux sur son front. Il se souleva avec une force prodigieuse puis retomba inerte sur le lit. Il était mort. Les infirmiers s'écartèrent sans bruit. Anne-Louise se tourna vers Adam Carrington comme pour lui rappeler que ce qu'il avait vu était de sa faute. Une larme, une seule, coulait sur la joue de l'Anglais. Jamais Anne-Louise n'avait perçu chez lui un tel degré d'émotion. Elle se détourna de lui, s'assit à côté de son fils mort et le fixa des yeux. Elle se sentait à ce point glacée qu'elle ne pouvait rien exprimer, rien montrer. Même les larmes ne lui venaient pas. Elle resta ainsi des heures, observant les progrès de la mort sur le visage de son enfant. Elle s'avait qu'Adam Carrington n'était plus là.

L'aube vint, puis le matin, Anne-Louise n'avait pas bougé. Au milieu de la journée, on vint pour enterrer l'adolescent. Elle n'avait songé à prendre aucune disposition, or, au lieu du cercueil en sapin réservé aux indigents, les employés le placèrent dans un cercueil en chêne qui avait dû coûter fort cher. Elle suivit sa dépouille comme si elle était rivée au cercueil. Elle imaginait qu'on l'enterrait dans le petit cimetière de l'hôpital et qu'à peine une croix de bois rappellerait son souvenir. Or, les employés s'en éloignaient. Dehors, deux voitures attendaient, l'une pour le cercueil, l'autre était occupée par Adam Carrington qui invita Anne-Louise à s'asseoir à côté de lui. Pendant le trajet, ils ne se dirent pas un mot, ils évitèrent même de se regarder. Ils arrivèrent ainsi à ce qu'Anne-Louise reconnut être le cimetière des Saints Innocents, le plus « huppé » de Paris. Une bise glaciale soufflait dans les allées. Ils suivirent le cercueil jusqu'à une tombe fraîchement creusée. Les employés le descendirent puis le recouvrirent d'une pierre tombale en marbre, sur laquelle était inscrit : « Alexandre Carrington, 1777-1792 ». Adam l'avait fait graver pendant la nuit. Il avait fallu que son fils, son unique enfant meure pour qu'enfin il le reconnaisse.

11

Janvier 1793

Anne-Louise et Adam se revirent. La mort de leur fils les avait rapprochés, ainsi que la situation. L'hostilité entre la France et l'Angleterre s'intensifiait chaque jour et le statut des Anglais résidant en France risquait d'être remis en cause. Tous les deux étaient suspendus aux nouvelles que leur fournissaient, pour Adam ses espions, pour Anne-Louise son infini réseau d'amis et de connexions. Après avoir été amants, puis complices, ils n'étaient plus qu'associés. Lorsqu'ils se retrouvaient en l'hôtel du faubourg Saint-Germain, la méfiance et le ressentiment étaient sous-jacents entre eux. Anne-Louise ne pardonnait pas à Adam le rôle qu'il avait joué dans la déchéance de leur fils. Adam en voulait à Anne-Louise de ne pas lui avoir remis la fameuse liste des espions anglais du roi Louis XVI. Il ne la lui avait plus demandée, mais elle savait que pas un jour ne se passait sans qu'il y pensât. Il n'y fit qu'une seule allusion. « N'oubliez pas, Anne-Louise, que vous possédez quelque chose qui appartient au gouvernement britannique. »

Pourtant, cette liste avait chaque jour de moins en moins d'importance. Le roi Louis XVI avait perdu son pouvoir, puis la liberté et maintenant, il risquait sa vie. Son procès était annoncé. Il serait jugé par les députés de la Convention. Les rumeurs couraient que Danton avait juré sa mort et ce que Danton voulait, la France le voulait. Il avait beau ne plus être ministre, il tenait fermement dans ses mains les rênes du pays.

Adam Carrington fut bien étonné de recevoir un billet fort aimable de ce même Danton l'invitant à dîner. Pour une fois, cet homme toujours maître de lui fut désarçonné. Il demanda, ou plutôt il exigea, qu'Anne-Louise l'accompagnât. Il voulait, en l'emmenant, avoir près de lui un témoin, un avis, presque une protection – il est plus difficile de faire un mauvais sort à deux personnes qu'à une. Il répondit donc que Lord et Lady Carrington seraient heureux de se rendre à l'invitation du citoyen Danton. Puisqu'on voulait une lady, on aurait une lady, se dit Anne-Louise, et elle s'habilla à la dernière mode de Londres, une ample jupe de soie verte, dentelles aux poignets et au col, un vaste chapeau orné de plumes de même couleur sur une coiffure très haute. Elle s'enveloppa dans une longue cape de velours vert bouteille. Adam s'était, à son habitude, couvert des couleurs les plus voyantes. Ils montèrent dans l'élégante voiture qu'Adam avait fait venir de Londres. Ils serpentèrent dans les ruelles sombres, mal pavées, avant d'arriver Passage du Commerce où habitait Danton.

L'immeuble était vieillot et mal éclairé. L'appartement du premier étage leur parut celui de petits bourgeois de l'Ancien Régime. Les meubles, les tableaux, les bibelots, les horloges, les tentures dataient de la monarchie. Rien ne rappelait la révolution. Il y avait même, dans la chambre à coucher qu'ils visitèrent, un grand crucifix cloué au-dessus du lit. La jeune et fine Mme Danton les reçut avec grâce et courtoisie. Visiblement, elle et son mari étaient amoureux l'un de l'autre, mais elle semblait fragile et épuisée. Les deux fils en bas âge, Antoine et Georges, vinrent saluer puis elle les envoya se coucher. Il n'y avait qu'un seul autre invité, Fabre d'Églantine, le secrétaire de Danton. Le souper fut abondant et succulent. Pendant tout le dîner, la conversation demeura légère et vive, Fabre d'Églantine la menant avec son brio habituel. Il racontait à merveille, il imitait encore mieux, il poussait la chansonnette avec talent. Cet histrion tenait la table, mais Anne-Louise continuait à le trouver insinuant et faux. Carrington y alla de ses anecdotes amusantes. Danton parla politique tout en se cantonnant dans des généralités, et Anne-Louise admira son acuité et la profondeur de ses idées. Elle l'avait déjà vu à la tribune. Une fois de plus, elle fut conquise par son magnétisme. Elle était fascinée par ce mélange de laideur profonde et de séduction totale. Il pouvait convaincre n'importe qui de n'importe quoi. Il ne jouait pas, il était sincère, il était convaincant parce qu'il était convaincu, mais ses convictions variaient. Il avait tellement d'audace qu'il pouvait se permettre le luxe d'être malhonnête sans qu'on pût l'accuser d'être corrompu.

Le dîner fini et la table desservie, on repassa au salon, on s'installa dans de confortables fauteuils, on servit des liqueurs et on en vint au but de ces agapes. « Je voudrais, Milord, commença Danton, que vous transmettiez à votre gouvernement une proposition de ma part. » Carrington réagit par la défensive :

« Certes, citoyen, mais vous avez assez de représentants officiels et officieux en Angleterre que vous utilisez suffisamment pour communiquer avec mon gouvernement sans avoir besoin de moi », et de citer le citoyen Lebrun, les amis de Danton Benoist et Félix Desporte, l'ancien abbé Noël, chef du deuxième bureau, et même le déjà illustre Talleyrand... il énumérait les intermédiaires les plus secrets de Danton. Celui-ci, devant cette provocation, eut un large sourire qui découvrit ses dents mal rangées. « Cependant, Milord, vous êtes le plus proche de votre gouvernement, et aussi le mieux renseigné sur la situation de notre pays, le charme de Lady Carrington vous aidant, je n'en doute pas, à vous tenir informé », ce qui montrait que Danton en savait long sur le couple. Adam s'avoua vaincu : « Et que devrais-je transmettre à mon gouvernement ?

— Que je suis disposé à sauver le roi Louis XVI en lui évitant d'être condamné à mort. » Carrington s'en tira avec une boutade : « Ce n'est pas à moi qu'il faut demander cela, citoyen, je suis républicain.

— Mais l'Angleterre ne l'est pas, Milord.

— Et en contrepartie ? insinua Adam.

— Quarante mille livres sterling. La France est pauvre, elle a besoin d'argent pour acheter les denrées nécessaires... »

« Ce n'est pas cher pour un roi de France », commenta Anne-Louise lorsqu'elle se retrouva dans la voiture d'Adam. « Effectivement, répliqua-t-il, c'est une petite somme pour le gouvernement français, mais c'en est une grosse pour Danton qui, bien entendu, gardera l'argent pour lui. » Anne-Louise ne connaissait pas le ministre anglais dont dépendait la réponse à la proposition de Danton. « Pitt acceptera », hasarda-t-elle. « Il refusera », lui assena Adam qui avait longtemps fréquenté ce dernier. « Vous ne pensez pas que le roi Louis XVI est suffisamment rabaissé ?

— Nous avons tout fait pour encourager la révolution qui l'a détrôné et emprisonné, mais nous voulons plus, nous exigeons sa mort comme celle du pire ennemi de l'Angleterre, et puis qui sait, s'il en réchappe, il pourrait renaître de ses cendres. Or, comme le répétait le vieux Pitt, père de l'actuel : l'Angleterre ne parviendra jamais à la maîtrise des mers, tant que la dynastie des Bourbons existera... donc, exterminons-la.

— Le roi George n'acceptera jamais que soit exécuté un autre monarque !

— Vous vous trompez, ma chère Ann, la monarchie anglaise déteste toutes les autres monarchies en qui elle voit des concurrentes. » Anne-Louise insista : « Pourquoi vous en prendre à ce pauvre Louis XVI, il ne peut plus vous faire de mal.

— Effectivement, mais il nous en a fait. »

Adam Carrington transmit la proposition de Danton à William Pitt. Il n'en reçut aucune réponse : c'était une fin de non-recevoir.

Le roi Louis XVI fut jugé par la Convention et condamné à être guillotiné. Non seulement Danton vota la mort mais il vota contre le sursis qu'avaient réclamé les avocats du roi dans une ultime tentative pour le sauver.

C'était bien dans le goût de la provocation de Danton d'inviter Lord et Lady Carrington à assister à l'exécution du Roi d'une place privilégiée d'où ils ne perdraient aucun détail. Adam accepta et, à sa propre surprise, Anne-Louise aussi. Ses sentiments étaient si confus qu'elle s'était laissé entraîner.

Un secrétaire de Danton vint les chercher dans l'hôtel du faubourg Saint-Germain, le matin du 21 janvier 1793. Il y avait une telle foule rue Saint-Honoré qu'ils durent abandonner leur voiture. Les spectateurs par milliers se pressaient des deux côtés de la rue malaisément contenus par deux rangées de soldats et de gardes nationaux. Bousculés, ils fendirent la foule jusqu'à la place de la Révolution. Mais quelle était donc cette place privilégiée promise par Danton ? La meilleure bien sûr, la galerie couverte du Garde-Meuble. Anne-Louise ne put retenir une exclamation. Elle revenait donc sur ces lieux où elle s'était glissée clandestinement pour cambrioler, mais, cette fois-ci, elle pénétra par le grand portail de la rue Saint-Florentin, monta les larges degrés du somptueux escalier d'honneur, elle traversa le salon dit de la dauphine, et se retrouva sur la galerie couverte. La place de la Révolution était noire de monde. Partout des soldats, des canons pointés sur la foule. À côté du piédestal qui avait supporté la statue de Louis XV se dressait la guillotine qui allait tuer son petit-fils. Celui qui avait été le plus puissant roi du monde serait exécuté en cet endroit à cause de l'humble voleur Louis Lyre qui l'avait inaugurée parce qu'on avait voulu le châtier en face du Garde-Meuble, lieu de son présumé crime. Les spectateurs étaient pleins de curiosité mais silencieux, plus perplexes que gênés, ne sachant trop comment réagir. Anne-Louise regardait la place et la revoyait en cette nuit de septembre, déserte et sombre. Elle grimpait à la corde de la lanterne du coin du Pavillon du Dauphin. Elle traversait la galerie couverte où allaient et venaient les hommes de Paul Miette. Ils disparaissaient à l'intérieur, ils ressortaient les poches pleines de joyaux. Il y en avait tellement qu'ils les laissaient tomber sur le sol de la galerie couverte, puis ils redescendaient et disparaissaient dans la nuit.

Un frémissement de la foule la tira de ses souvenirs. Le fiacre noir où Louis XVI avait pris place à côté de son confesseur, l'abbé Edgeworth, débouchait de la rue de la révolution[1], ce qui n'empêcha pas Carrington de plaisanter avec les commissaires de la Convention qui restaient graves. La voiture s'arrêta au bas de la guillotine. Le roi en sortit. Anne-Louise fut frappée par la haute taille du roi qu'elle n'avait pas remarquée lors de l'ouverture des États Généraux. Il escalada d'un pas ferme les marches étroites de la guillotine. Anne-Louise vit l'abbé l'exhorter puis le roi s'incliner, se laisser lier les mains derrière le dos. Il sembla courir autour de la guillotine, il voulait s'adresser à la foule. Anne-Louise entendit à peine une petite voix, plutôt sourde. Très vite, les roulements de tambour la couvrirent. Le bourreau attacha Louis XVI à la planche, la fit basculer, passa la tête sous la lunette. Les tambours cessèrent, le plus profond silence se fit sur toute la place, même Carrington se tut. Alors, on entendit un cri, un seul, terrible, déchirant, qui fit frémir Anne-Louise. Le couperet tomba. Le sang jaillit, le bourreau ramassa la tête et la brandit devant la foule. Les milliers d'hommes et de femmes regardèrent sans un

---
1. Ancienne et future rue Royale.

mot. Le spectacle était terminé. Bien qu'il ne représentât pour elle qu'une pièce sur un échiquier, le sacrifice de cet homme traîné à l'abattoir l'écœura. À côté d'elle, les commissaires de la Convention rédigeaient le procès-verbal de l'exécution. La bureaucratie reprenait ses droits.

Anne-Louise comme Adam comprirent qu'ils venaient d'assister à un des événements les plus significatifs de l'Histoire. L'Angleterre avait eu le dernier mot. Elle s'était vengée d'un roi qui avait vu en elle la plus mortelle ennemie de la France.

Partout ailleurs, de la Suède à l'Espagne, de la Hollande à la Russie, ce furent des cris d'horreur et des hurlements de rage. Toutes les Cours d'Europe rompirent avec la France et prirent le grand deuil. Nulle part la réaction ne fut plus violente qu'en Angleterre. William Pitt ordonna au ministre de France de quitter l'Angleterre dans les vingt-quatre heures, et déclara à la Chambre des Communes que « l'exécution de Louis XVI avait été le plus laid, le plus atroce méfait que l'histoire du monde ait jamais vu ». Le Royaume-Uni fut le premier à déclarer la guerre à la France, vite suivi par les autres monarchies. L'entière nation anglaise était acquise à l'idée de cette guerre. L'Angleterre agressée par la révolution et provoquée par l'exécution du roi Louis XVI répondait en attaquant. Dès le début, elle joua le rôle moteur de la coalition, houspillant les gouvernements trop timorés et finançant les armées alliées.

Alors, Anne-Louise comprit le calcul effroyablement cynique de William Pitt, d'Adam Carrington et de leurs semblables : ils avaient sciemment refusé de sauver la vie de Louis XVI, afin de pouvoir ensuite s'indigner et s'en prendre à une France devenue dangereuse par le succès de ses armées. La vengeance était un sentiment qu'Anne-Louise pouvait concevoir, même si elle ne le partageait pas, mais ces féroces calculs la dégoûtaient. Adam l'avait trompée en lui cachant ses machinations sordides, elle voulut lui dire son fait. La colère lui donnait des ailes. En un rien de temps elle fut rendue au faubourg Saint-Germain. Elle frappa à la petite porte qui donnait dans l'impasse. Le concierge lui ouvrit, il allait pour lui dire quelque chose mais elle le bouscula. Elle traversa le jardin à grands pas, entra dans l'hôtel, il était vide et silencieux. Anne-Louise monta à l'étage. L'appartement d'Adam portait les traces d'un départ hâtif. Elle contempla ce décor dans lequel elle avait passé tant d'heures. Soudain, elle le trouva sinistre. Cependant, la somptueuse voiture de voyage était toujours dans l'écurie. Lord Carrington, devant l'imminence d'une guerre entre l'Angleterre et la France, craignant d'être pris dans la souricière, s'était évanoui dans la nature. Sa disparition indiquait à Anne-Louise le chemin à suivre. Pourtant, rien ne l'aurait fait quitter Paris, le souvenir d'Alexandre l'y ancrait. D'autres auraient fui pour tâcher d'effacer de leur mémoire ce passé terrible. Mais elle se sentait indéfectiblement liée à tout ce qui pouvait lui rappeler ce fils qu'elle avait si peu connu. Officiellement, elle était française et ainsi, se disait-elle, elle n'avait rien à craindre. Elle resterait donc. Entre-temps, la chasse aux espions anglais était ouverte.

Depuis des semaines, le commissaire Le Tellier vivait dans la frustration, encore et toujours à cause du cambriolage du Garde-Meuble. Seule une infime partie du trésor avait été récupérée. On avait condamné et exécuté des sous-fifres, comme Louis Lyre et Picard, mais les principaux coupables avaient été innocentés ou avaient échappé au châtiment par un recours en cassation comme Paul Miette. Et le Garde-Meuble allait déménager. À l'origine de cette décision, le bien innocent ministère de la Marine, qui occupait une partie des bâtiments, avait décidé de s'étendre au détriment de son voisin. Quant au Garde-Meuble, on l'expédiait à l'hôtel Junot rue Boissy d'Anglas. Ainsi les dernières traces du cambriolage seraient effacées...

Ce déménagement significatif ne passa pas non plus inaperçu à la Convention. L'Assemblée désigna une Commission pour examiner ce qui restait du Trésor de la Nation. Des orfèvres, un juge de paix, furent désignés. Le secrétaire de Danton, Fabre d'Églantine, présidait la commission. Après le cambriolage, on avait laissé les pièces du Garde-Meuble intactes sur lesquelles, de nouveau, avaient été apposés les sceaux de l'État. Ceux-ci furent brisés et Fabre d'Églantine visita les lieux ravagés par les cambrioleurs. On trouva tout de même quatre-vingt-une petites pierreries ainsi que le très important saphir de Louis XIV, oublié par les voleurs ; à quoi il fallait ajouter les bijoux récupérés sur ceux qu'on avait pu arrêter pendant ces derniers mois. En tout, à peine deux millions de livres, sur les trente millions envolés.

Le Tellier, dont la méfiance toujours en alerte ne s'était jamais arrêtée sur Fabre, imagina sa déception et décida de l'exploiter. Il alla le trouver, dans son bureau de la Convention. Fabre, toujours acteur, se drapa dans ses grands principes de révolutionnaire pur et dur, prêt à sacrifier tout pour le bien de la république, à commencer par son temps, son énergie, ses talents. Le Tellier, maigre, brun, souriant, affichait une gentillesse sincère et une honnêteté profonde pour enrober sa subtilité. Il démontra à Fabre que la république lui serait à jamais reconnaissante s'il mettait la main sur les véritables voleurs du Garde-Meuble, même s'il ne parvenait pas à rendre à l'État les trésors volés. Bien sûr, Fabre ne ferait qu'agir par devoir, mais la gloire en rejaillirait sur lui. Fabre mordit à l'hameçon. Le Tellier n'eut plus qu'à lui faire la leçon.

Le 22 avril 1793, le Club des Jacobins se réunit comme il en avait l'habitude. Cependant, le mot s'était donné que quelque chose d'important se passerait ce jour-là. Aussi la salle était-elle comble. Fabre d'Églantine monta à la tribune. Il raconta sa visite au Garde-Meuble et, avec des trémolos dans la voix, décrivit son horreur lorsqu'il découvrit le peu qu'il restait du trésor. Il vilipenda ces ennemis de la république, des voleurs sans foi ni loi. Il leur promit un châtiment exemplaire, et... il dénonça Restout, le commissaire. Comment était-il possible que, quatre nuits de suite, les voleurs aient pénétré à plus de trente dans le Garde-Meuble, et soient restés des heures à casser les vitrines sans que le commissaire qui dormait non loin n'ait rien entendu ? Il y avait là criminelle négligence, sinon plus. Le coupable aurait longtemps joui de son impunité si heureusement son ancien adjoint le citoyen Lemoine Crécy, lui « un très honnête homme », n'avait dénoncé les monumentales erreurs de l'administration de son supérieur qui avaient permis et peut-être encouragé le cambriolage. Fabre suggéra qu'on convoquât sur l'heure Restout qui se trouvait toujours au Garde-Meuble, non loin du Club des Jacobins.

On envoya chercher Restout, on l'amena, on l'interrogea. Serré de près, celui-ci commença par charger Lemoine Crécy : c'est lui qui avait les clefs du Garde-Meuble. Quant aux barres de fer qui fermaient les volets, lui, Restout, avait bien vérifié qu'elles étaient rabattues avant d'apposer les scellés sur les portes. Qui était le seul à avoir pu les enlever, facilitant l'introduction des voleurs, sinon Lemoine Crécy ? Dans le style pédant et ampoulé révolutionnaire, il étala son zèle à servir l'État, les dommages qu'il avait subis justement pour avoir fait son devoir. Or, tous ses efforts, tout son dévouement venaient d'être anéantis par Fabre d'Églantine. Mais qui était-il, son indigne accusateur ? Un homme connu pour ses mauvaises mœurs, qui a mangé en grande partie la fortune de sa femme, qui en quittant la maison familiale avait emporté l'argenterie de ses parents, précipitant leur mort : « ce fait est notoire dans son pays ».

Devant cette avalanche, Fabre d'Églantine mit en cause le ministre de l'Intérieur lui-même. Après tout, n'était-ce pas lui qui avait insisté pour nommer Restout au Garde-Meuble ? L'avait-il fait parce qu'il s'était trompé sur le personnage, ou pour des raisons beaucoup plus obscures ?

Présent aux Jacobins, Roland, appelé à répondre, cita ses innombrables plaintes contre le manque de sécurité du Garde-Meuble, ses demandes réitérées d'un renforcement de la garde. Peut-être, mais pourquoi a-t-il nommé Restout ? Il ne le connaissait pas. C'est son ami Pache qui était allé le chercher, qui l'a amené, qui a déclaré que Restout avait « toutes les qualités de l'esprit et du cœur, les talents, le patriotisme. Je le crus et je le crois encore », ajouta Roland. Effectivement, Restout chargé du Garde-Meuble n'avait cessé de montrer « une imperturbable sollicitude pour la garde du dépôt qui lui était confié et je n'en suis pas moins convaincu de son austère probité », comme il tâcha de convaincre de la sienne les membres du Club des Jacobins.

Perdu dans le public, Le Tellier écoutait avec une extraordinaire concentration. Il enregistrait, il analysait. Depuis longtemps, il soupçonnait, sans grandes preuves, et Roland et Restout d'avoir été complices du cambriolage. Il ne pouvait en être autrement. À son avis, Lemoine Crécy, personnage falot, n'avait joué qu'un rôle secondaire. En revanche, il devenait évident que Fabre d'Églantine était tout autant mêlé à l'affaire. Si le secrétaire de Danton avait si facilement accepté de pourfendre les auteurs du vol, c'était pour mieux se couvrir et paraître innocent. Le Tellier se frotta les mains : plus les complices haut placés s'entredéchiraient, mieux on avancerait vers la vérité.

On en arriva, tout naturellement, à la confrontation de Fabre et de Restout. « Dans un coffre de cuivre, raconta Fabre, était renfermée la totalité des plus beaux diamants, et tout ce qui composait la parure de la Couronne et les ordres de chevalerie. Ce coffre était attaché au plancher par des vis... Après le vol, nommé commissaire pour lever les scellés du Garde-Meuble, je me suis éclairci par mes propres yeux de la manière dont le vol a été commis. » Il décrivit le carreau de la fenêtre brisée, le volet troué par un vilebrequin, la barre de fer levée. « Cependant, ni aucune de nos recherches, ni le procès-verbal du juge de paix, ni l'aveu de ceux qui ont demandé un délai à leur exécution pour tout avouer, ni les dépositions des témoins n'ont pu nous faire découvrir ce qu'était devenu le coffre en cuivre. Il n'existe pas une trace qui puisse nous donner le moindre indice de ce coffre qui contenait pour dix-huit millions de diamants. » Ce fut au tour de Restout : « Je déclare que je n'ai eu aucune connaissance de l'existence du coffre de cuivre. » Et pour cause ! pensa Le Tellier. Le coffre de cuivre n'avait jamais existé. Pourquoi Fabre l'inventait-il ? Pourquoi mentait-il effrontément s'il n'était pas lui aussi compromis dans le cambriolage ?

À la fin des débats, Fabre d'Églantine fit une curieuse déclaration : « Il m'a paru qu'il a été fait deux vols au Garde-Meuble, un grand par lequel les effets les plus précieux ont été soustraits, et un petit par lequel on a cherché à couvrir le premier, en excitant des voleurs subalternes et en les inspirant à voler les restes du grand vol. Ces petits voleurs ont été si bien conduits qu'on les a pris la main dans le sac et qu'on leur a ainsi jeté sur le corps toute la coulpe du double vol. » Cette hypothèse fit beaucoup réfléchir Le Tellier : elle rejoignait ses propres soupçons, et lui prouvait que si Fabre avait dû être complice du vol et toucher sa part, il n'en connaissait pas les détails ni l'organisation.

Restout fut arrêté sur l'heure. Ce n'était pas beaucoup, jugea Le Tellier, mais c'était tout de même un bon début.

Mais trois semaines plus tard, Restout était libéré, sans explications ! Sur ordre de qui ? Le Tellier ne parvint pas à le savoir. Tout en enrageant, il était de

plus en plus assuré de tenir la piste d'un réseau de complicités très haut placé.
Fin mai, il prit la diligence pour Beauvais. C'était la ville désignée par la Cour d'Appel pour juger Paul Miette et François Maugé en cassation. Le Tellier se devait d'assister à ce procès. Arrivé à destination, il se rendit au commissariat de police de la ville, où il fut reçu avec courtoisie et froideur. Les policiers de province détestaient les incursions des policiers de la capitale. Le Tellier les rassura : il n'était venu qu'en spectateur et demandait simplement à être logé.
Puis, il se rendit à la demeure du président du tribunal, le juge Demenil, qu'il trouva à table. Ce dernier fit aussitôt apporter un couvert et le pria de partager son dîner qui avait toute l'abondance de la gastronomie régionale : la pénurie de la capitale n'atteignait pas la province qui vivait encore dans l'abondance de l'Ancien Régime. Demenil était un petit homme, sec, précis, bref et nerveux. Des cheveux gris, coupés courts, des yeux bruns abrités par des besicles, il montait facilement sur ses ergots. Le Tellier engagea la conversation sur le procès du lendemain. François Maugé ? Le juge déclara que sa culpabilité était infime. Il écoperait, bien sûr, d'une peine, car il avait tout de même été convaincu de recel... quelques mois, tout au plus un an de prison.
« Et Miette, citoyen président ?
— Il est évident que s'il y a eu complot contre la nation, il n'en a pas fait partie. Ce n'est qu'un voleur.
— Mais quel voleur ! probablement le plus habile en France !
— Vous ne sauriez trop bien dire, commissaire. Lisez donc le mémoire qu'il a rédigé en prison et qu'il a fait tenir au tribunal. » Et le juge tendit à Le

Tellier un épais volume : « Je l'ai lu plusieurs fois. Quel dommage que cet homme ne soit pas du bon côté de la barrière... Au lieu d'enfreindre la loi, l'eût-il protégée, l'eût-il appliquée qu'il serait monté très haut.

— C'est en effet un rude bonhomme. » Le juge regarda Le Tellier de haut : « Cependant, il n'échappera pas à son juste châtiment. Après tout, accusés et condamnés l'ont tous dénoncé comme étant le chef des voleurs.

— Alors, cette sentence, citoyen président ?

— Dix ans au minimum. »

Le lendemain, le procès débuta tôt. Dehors, il faisait beau et chaud, et la salle était loin d'être pleine. À Beauvais, le cambriolage du Garde-Meuble ne faisait pas recette : quasi personne n'en avait entendu parler. Les accusés furent introduits. Maugé répéta les arguments de sa défense. Il était convaincant parce qu'il croyait à ce qu'il disait. Son rôle avait été mineur. De plus, son jeune âge touchait les jurés.

Paul Miette lui succéda à la barre. Il laissa à peine les juges lui poser des questions, prit la parole et ne la lâcha plus. Il s'adressa au maigre auditoire comme s'il haranguait une immense foule. Sa voix portait beaucoup plus loin que la modeste salle du tribunal de Beauvais. Il pourfendit les témoignages qui l'accablaient, en releva, l'une après l'autre, les contradictions, décrivit la pauvreté intellectuelle et les mensonges des accusés qui l'avaient chargé. Il avait étudié à fond les dossiers de son précédent procès. Le Tellier, qui avait passé une grande partie de la nuit à lire son mémoire, en était convaincu. Bien malgré lui, il dut reconnaître que Miette, qui assumait lui-même sa défense – il avait refusé un avocat –, manifestait une intelligence éblouissante. Sur le fond, il était imbattable. Quant à la forme, ce fut un manipulateur hors pair, un maître qui parla avec charme, humour, avec un naturel et une autorité souverains. N'importe qui aurait été convaincu et séduit. Le Tellier ne put s'empêcher d'éprouver pour le voleur une admiration sans bornes. Il regarda Anne-Louise qui, rivée aux lèvres de Paul Miette, ne l'avait pas remarqué. Son expression témoignait de beaucoup plus que de l'admiration. Il en fut agacé et sentit fondre son appréciation de Miette. Celui-ci avait été l'initiateur, le planificateur et le chef du plus scandaleux cambriolage. Il devait payer sa dette à la société.

Après avoir consulté les jurés, le président Demenil rendit sa sentence : François Maugé était acquitté. Le Tellier ne fut pas tellement surpris, l'accusé avait su émouvoir les jurés, mais il aurait tout de même, pour la forme, souhaité qu'il écopât d'une peine, même légère.

Vint le tour de Paul Miette. Demenil le fixa droit dans les yeux et d'un air sévère déclara : « Vous êtes acquitté. » Le Tellier ne put étouffer un énorme juron. Le juge Demenil le regarda sévèrement. Anne-Louise, qui l'avait entendu, se retourna vers lui, le reconnut, esquissa un petit sourire ironique. Le Tellier n'en pouvait plus et sortit du tribunal. Faisant les cent pas sous les arcades de la place, il gardait les yeux fixés sur la porte du palais de justice, en vit sortir Anne-Louise entre Paul Miette et François Maugé. Ils se donnaient le bras, ils plaisantaient, ils riaient, image du soulagement et de la joie. Le Tellier se jura d'avoir sa revanche.

Anne-Louise et les deux innocentés se rendirent dans l'auberge où elle avait passé la nuit. On mangea beaucoup, on but encore plus. « Le juge Demenil t'a-t-il coûté cher, citoyen Miette ? demanda d'une voix rieuse Anne-Louise.
— Heureusement pas. Les prix en province ne sont pas ceux de Paris.
— Et notre ami Maugé, j'ai tout de même eu peur pour lui. Il a attendri les jurés et ceux-ci l'ont acquitté.
— *Je* l'ai acquitté, citoyenne Roth !
— Comment ? Tu as aussi payé le juge pour Maugé ?
— Je n'allais tout de même pas laisser croupir en prison mon camarade d'infortune. » Le regard chargé de reconnaissance d'Anne-Louise rencontra celui, pétillant d'allégresse, de Paul Miette. Maugé, les yeux humides, leva son verre : « Buvons à celui qui nous manque... à Alexandre. » Anne-Louise regarda fixement devant elle et avala son verre d'un trait. Paul Miette, même s'il ne savait pas tout, parut ému. Ils reposèrent leur verre en silence. Anne-Louise mit sa main sur celle de Maugé : « Tu as perdu tes parents. J'ai perdu mon enfant. Désormais, tu es mon fils. »

Les affaires allaient mal pour une petite boutique de joaillerie comme *La Perle rare*. Néanmoins, Anne-Louise avait engagé un vendeur. Ce n'était autre que François Maugé. De plus, elle lui offrit le gîte dans sa soupente qu'elle partageait avec lui en attendant qu'il trouvât mieux. Ce qui rendait aléatoires ses rendez-vous avec Yvon.

Paul Miette lui rendait souvent visite, à toute heure du jour. Il venait toujours sans sa femme. Absente lors du procès de Beauvais, jamais celle-ci ne franchit le seuil de *La Perle rare* : cette épouse était un fantôme, et Anne-Louise, dont c'était une des grandes qualités, ne posait aucune question. Un soir où Miette s'était attardé, elle s'enhardit jusqu'à l'inviter à dîner. Il accepta joyeusement. Elle le savait fin gastronome, aussi ne se fia-t-elle pas à ses talents de cuisinière. Elle courut à l'auberge des Cinq Diamants où, depuis son acquittement, Lyon Rouef de nouveau régnait, et commanda les meilleurs plats. Un véritable festin lui fut livré. Ils firent ripaille en cette chaude nuit de juin, portes et fenêtres ouvertes. Il y avait si peu de passants qu'ils n'étaient pas dérangés. Stimulée, divertie par la présence de Paul Miette, Anne-Louise bavardait plus animée que jamais avec le spirituel voleur. Soudain, elle sentit une présence et se retourna. Dans l'encadrement de la porte se tenait Yvon Rébus. Anne-Louise lui en avait voulu de n'avoir été d'aucune assistance pendant la maladie finale et la mort d'Alexandre. Yvon devait le sentir, qui n'était plus apparu chez elle. Elle savait qu'il passait par des difficultés, financières parce qu'il avait perdu son travail, et morales. Il en voulait aux politiciens, qui ne représentaient pas l'idéal qu'il s'était forgé. Il en voulait à la révolution, qui n'amenait pas les changements qu'il avait espérés. Et maintenant, il se tenait sur le seuil de la boutique, avec un air traqué. « Entre, Yvon, tu n'es pas de trop », lui dit-elle doucement. Pour toute réponse, il lui tourna le dos et partit. Elle se leva et lui courut après dans la rue déserte et sombre. Elle le supplia de revenir, mais il la repoussa : « Je te laisse avec mon remplaçant !

— Je t'assure, Yvon, qu'il n'y a rien entre Paul et moi », affirma-t-elle avec sincérité et peut-être avec quelque regret. Yvon s'arrêta et d'une voix rageuse lâcha : « Les Girondins ont été arrêtés, Roland est en fuite. "Ils" me cherchent comme son collaborateur, je venais te demander asile. » Cet asile, lui répondit Anne-Louise, elle le lui offrait de grand cœur, il pouvait rester caché chez elle autant qu'il le voudrait et qu'il le faudrait. Yvon eut un pauvre sourire et son expression s'adoucit. « Je préfère me rendre. Peut-être arriverai-je à les convaincre de mon innocence. Je n'ai aucune envie de mener l'existence d'un proscrit. De toutes façons, tous et tout m'ont déçu, à commencer par toi, Anne-Louise. Je ne sais même pas si j'ai encore envie de vivre. » Il effleura les lèvres d'Anne-Louise d'un baiser, puis s'en fut. Triste à mourir, elle rentra chez elle à pas lents. En voyant son expression, Paul Miette se leva : « Il vaut mieux que je te laisse. » Elle lui fut reconnaissante de ne poser aucune question et de s'éclipser.

Ainsi, constatait Anne-Louise avec un certain mépris, les loups de la révolution s'entredévoraient. Depuis longtemps, les Girondins et les extrémistes de la Montagne se disputaient férocement le pouvoir. Les Girondins, un temps, l'avaient emporté de haute main, et maintenant c'était la revanche de la Montagne qui, non seulement, gagnait mais jetait sur le banc des accusés ses rivaux. Anne-Louise assista à leur procès car Yvon Rébus figurait parmi les accusés. Elle avait appris qu'il s'était rendu lui-même aux autorités.

L'accusation était un tissu d'âneries : les Girondins étaient des contre-révolutionnaires qui voulaient ramener la tyrannie, qui méprisaient et exploitaient le peuple, qui trahissaient la patrie... Ces banalités faisaient pour la première fois leur apparition dans l'Histoire qui, depuis, allaient connaître la fortune, répétées à chaque révolution. Yvon tâcha de se défendre : qu'avait-il à voir avec la tyrannie, lui qui la vomissait, avec la trahison, lui qui l'avait partout dénoncée ? Quant au peuple qu'il était accusé de malmener, il était fier d'en être issu ! Chaque fois qu'il l'avait pu, il en avait pris la défense. Personne ne l'écouta.

Le cambriolage du Garde-Meuble revint sur le tapis, car les Girondins étaient au pouvoir lorsqu'il avait eu lieu. Fabre d'Églantine fut appelé à déposer, occasion pour lui de charger le ministre de l'Intérieur : « J'appelle sur ce vol la responsabilité de Roland, et de toute la coalition dont il faisait partie. » L'ignoble Fouquier-Tinville, l'accusateur public, chargea la barque : « Tous les acteurs du vol arrêtés ont été reconnus pour avoir été relâchés des prisons dans les journées des 2 et 3 septembre. C'était donc des voleurs adroits, épargnés à dessein. Qui a pu les épargner sinon les Girondins ? »

Restout, qui conservait son poste de commissaire, fut donc arrêté de nouveau « comme ami et créature de Roland et dénoncé comme ayant connivé au vol du Garde-Meuble ». Mais très vite, il fut de nouveau relâché. Nul ne sut qui était intervenu. Quant à Roland, il demeurait introuvable. Selon les rumeurs, il se terrait dans une forêt, se nourrissant de racines et dormant à même la terre. Pétion, lui, se cachait en Gironde.

Les Girondins furent tous, Yvon Rébus compris, condamnés à mort. Le jour de leur exécution, Anne-Louise resta chez elle, confinée dans son chagrin. Un inconnu poussa la porte de *La Perle rare*, qui se présenta : il était gardien à la prison de la Conciergerie. Un condamné, avant de partir pour l'échafaud, lui avait glissé une lettre à remettre. « Et même qu'il m'a donné beaucoup d'argent pour cela, pas en assignats, citoyenne, en pièces d'or ! » C'était une lettre d'adieu d'Yvon Rébus : il avait aimé Anne-Louise depuis le moment où il l'avait vue et il l'aimait toujours, au moment de partir vers la mort. Il regrettait simplement de ne pas avoir été à la hauteur. Jamais il ne s'était senti digne d'elle. Il savait qu'il n'avait pas répondu à ce qu'elle attendait d'un compagnon. Il lui souhaitait de refaire sa vie, et lui pardonnait pour le passé, si elle l'avait trompé, pour l'avenir si elle devait l'oublier. Ce message d'outre-tombe perturba singulièrement Anne-Louise. Elle aurait tant donné pour pouvoir répondre à Yvon qu'elle l'avait aimé autant que lui ; qu'elle avait éprouvé un immense respect pour sa bonté, pour sa générosité et que rien n'amenuiserait la reconnaissance qu'elle lui gardait, ni le souvenir qu'il lui laissait. Il était le seul à l'avoir soutenue dans l'épreuve, le seul à avoir songé à donner un statut à Alexandre. L'idée qu'elle n'ait pas pu le revoir et qu'il l'ait surprise avec Miette, qu'il ne lui ait pas permis de l'héberger, et peut-être de le sauver, la rongeait.

Anne-Louise commençait à vomir cette révolution qui massacrait un homme de la qualité d'Yvon Rébus. Elle l'avait pourtant crue vaincue. La coalition cimentée par l'Angleterre avait gagné sur tous les fronts : les Autrichiens avaient pris des villes au nord de la France, les Espagnols avaient passé les Pyrénées, envahissant le sud. Lyon, Marseille, Toulon, aidés par les encouragements anglais, avaient chassé les révolutionnaires. La flotte britannique assiégeait Dunkerque, les rebelles corses avaient ouvert leur île aux Anglais. Puis, tout avait basculé en cet automne 1793. Une mobilisation générale des Français avait été décrétée, accompagnée d'un effort de guerre sans précédent. Dix armées françaises avaient surgi du néant pour repousser l'ennemi sur tous les fronts. La révolution triomphait, et Anne-Louise la haïssait d'autant plus.

12

Octobre 1793

Le commissaire Le Tellier attendit l'automne pour faire une visite à *La Perle rare*. Anne-Louise eut un sursaut en le reconnaissant. « Je suppose, citoyen commissaire, que vous n'êtes pas venu acheter quelque bijou. Montons chez moi, nous y serons plus tranquilles. » François Maugé resta dans la boutique.

À peine arrivés dans la soupente qui servait d'habitation à Anne-Louise, Le Tellier attaqua : « Je sais, sans l'ombre d'un doute, que vous et le citoyen Paul Miette êtes les principaux responsables du vol du Garde-Meuble. » Anne-Louise eut un geste las. « Nous avons été, Miette et moi, acquittés dans deux procès séparés. Je ne sais rien à son sujet, mais si vous avez des doutes en ce qui me concerne, vous n'avez qu'à relire les pièces de mon procès.

— Justement, citoyenne, toutes les pièces de votre procès ont mystérieusement disparu. »

Que Lyon Rouef soit béni, pensa Anne-Louise, car elle ne douta pas que ce fût lui qui eût escamoté toute preuve éventuelle de leur culpabilité. « Cependant, poursuivait Le Tellier, tout vous accuse : les dépositions des témoins, le testament de ce malheureux Louis Lyre, mais aussi une lettre anonyme que j'ai reçue peu avant votre arrestation.

— Une lettre anonyme ! demanda Anne-Louise intriguée.

— Écrite, ajouta le commissaire, par quelqu'un qui, visiblement, vous connaissait fort bien. » Cottet ? se demanda Anne-Louise. Mais la lettre anonyme n'était pas son genre. Yvon, par jalousie ? Elle repoussa avec horreur cette insinuation. Son esprit sauta de nom en nom et ne s'arrêta sur aucun. « Alors, commissaire, cherchez de nouvelles preuves et arrêtez-nous de nouveau.

— Pour qu'à nouveau vous soyez acquittés grâce à la corruption ?

— Autrement, laissez-moi tranquille.

— Justement, citoyenne, je peux vous ennuyer et cela, pour très longtemps. Il est dans mon pouvoir de vous convoquer, vous interroger, mettre l'embargo sur vos affaires, vous citer comme témoin dans nombre de procès, vous arrêter provisoirement jusqu'à ce que votre innocence soit établie. Bref, je peux faire de votre existence et de celle du citoyen Miette un enfer. »

Anne-Louise le fixa droit dans les yeux. Le Tellier faisait le méchant, son métier l'exigeait, mais il ne l'était pas vraiment, et ce qu'Anne-Louise lut dans son regard l'étonna : il y avait chez lui de l'admiration pour elle, et peut-être même un peu plus. Elle savait cependant qu'il était inutile de tenter de le séduire. Même s'il n'était pas insensible à ses charmes, cet homme de devoir, inflexible et tenace, ne trébucherait jamais sur le désir que suscitait une belle femme. Après un long silence, Le Tellier reprit d'une voix douce : « Je pourrais, d'autre part, vous laisser tranquilles, vous et Miette... Retrouvez pour moi le Régent et le Sancy. » Anne-Louise parut fort étonnée. « Nos gouvernants, poursuivit-il, ne semblent pas faire grand cas des diamants disparus qui représentent des millions de livres. En revanche, ils tiennent à ces deux pierres précieuses chargées d'histoire. La république veut à tout prix récupérer ces reliques de la monarchie, c'est une question de prestige. Or, le prestige, c'est ce dont elle a le plus besoin. » La réponse d'Anne-Louise fut prudente : « Croyez-moi ou non, je vous assure que je n'ai pas la moindre idée d'où se trouvent ces deux joyaux. Cependant, je peux tenter de savoir ce qu'ils sont devenus, sans rien vous promettre.

— Entre-temps, je préfère vous prévenir, vous serez sous surveillance constante. » Anne-Louise sourit : « Vous avez peur que je disparaisse ? Vous n'avez pas confiance en moi ?

— Et j'ai tort, je le reconnais, car des voleurs comme vous et Miette, finalement, sont beaucoup moins malhonnêtes que nombre de nos gouvernants... » Le Tellier et Anne-Louise s'étaient parfaitement compris.

À peine l'eut-il quittée qu'elle se rendit à Belleville, à la *Maison Rouge*, résidence de Paul Miette. Il n'était pas chez lui mais sa femme, Marie-Françoise, l'accueillit comme une vieille amie et lui fit les honneurs de sa demeure. C'était au milieu d'un vaste parc une spacieuse et belle villa, construite dans le style néoclassique juste avant la révolution. L'intérieur débordait de trésors : les tapis, les meubles, les tapisseries, les tableaux étaient tous choisis avec le goût le plus sûr et représentaient des fortunes. Mme Miette fit servir une collation dans une somptueuse argenterie et un service de Sèvres armorié. Anne-Louise n'eut pas à se demander comment Paul Miette avait acquis de si importantes collections : au moins, le vol du Garde-Meuble rapportait-il à certains...

Miette survint sur ces entrefaites, enchanté de trouver Anne-Louise chez lui. Il pria Marie-Françoise, le plus courtoisement du monde, de se retirer car il avait à parler affaires. Anne-Louise et lui se rendirent dans une bibliothèque aux murs couverts de volumes reliés en vieux veau. Tiens donc ! Et avec tout cela, Paul Miette lirait ? se demanda-t-elle, amusée. Elle lui raconta la visite de Le Tellier et lui répéta sa proposition. Il fit la moue : il n'avait pas assez confiance pour traiter avec aucun policier, et l'idée de donner quoi que ce soit aux forces de l'ordre, encore plus des pièces d'une valeur énorme, lui déplaisait souverainement. « Enfin, je ne sais absolument pas où se trouvent ces deux pierreries. » Anne-Louise plaida en faveur d'un accord avec Le Tellier. « C'est toi-même qui m'as dit que le Régent et le Sancy étaient invendables. Tels quels n'importe quel joaillier les aurait reconnus immédiatement et aurait refusé d'y toucher, vu leur célébrité ; et s'il avait fallu les retailler pour les maquiller, ils auraient perdu une grande partie de leur valeur. D'ailleurs, je suis certaine qu'ils n'ont pas réussi à être vendus jusqu'ici. » Puis elle détailla les ennuis que pouvait leur créer Le Tellier. « Je n'ai pas beaucoup à perdre, sauf ma tranquillité, mais toi, s'il te harcelait, s'il enquêtait sur les sources de ta fortune, tu ne pourrais plus en jouir, même si tu sais te défendre. La vie de rentier à laquelle tu m'as dit aspirer désormais, tu ne pourras pas la mener tant que Le Tellier sera accroché à tes basques. » Pas tout à fait convaincu, Paul Miette jugea néanmoins qu'Anne-Louise pourrait avoir raison.

Ils convinrent d'entreprendre séparément des recherches pour connaître le sort du Régent et du Sancy. Elle, dans les milieux internationaux du commerce des joyaux, lui parmi ses anciens complices. Ces démarches seraient longues, ce qui leur donnerait le loisir de penser à nouveau à la proposition de Le Tellier. « En attendant, amusons-nous ! » proposa Paul Miette. S'amuser par les temps qui couraient, c'était une gageure. Il fit le mystérieux. « Je viendrai te chercher dans quelques jours. Sois prête. »

S'amuser, avait dit Miette. En vérité, étrange proposition, alors que chaque jour des centaines de milliers de foyers n'avaient pas de quoi faire bouillir la marmite. La révolution en était venue à instituer des cartes d'alimentation, à prêcher le « carême civique », on plantait des légumes dans les parcs du Luxembourg et des Tuileries, on achetait très cher un vin frelaté, mélange de toutes les drogues possibles, ou une eau-de-vie capable de tuer n'importe qui. Les bouchers ne vendaient que des pieds et des têtes de bœufs. Le pain devenait noir, sa saveur plus amère, et sa digestion difficile. Comme le disait le peuple, le pain national « donnait la colique ». Le ravitaillement de la capitale se faisait chaque jour plus précaire. Avec tout cela, les prix ne cessaient de monter, la guerre appauvrissait un peu plus le pays chaque jour, sans compter la peur constante, car la guillotine, quotidiennement, réclamait son dû, sans cesse plus assoiffée de sang. Tous les jours passaient rue Saint-Honoré et rue Saint-Antoine les charrettes menant les condamnés qui allaient se faire guillotiner place de la Révolution ou place du Trône Renversé. Le spectacle offert par la révolution afin de réjouir les bons patriotes ne faisait qu'accentuer le sentiment d'insécurité, et n'engendrait plus qu'indifférence : on écoutait, on lisait dans la gazette le nom des victimes de la révolution, et cette litanie ne provoquait plus aucune réaction. Roland, épuisé de son existence de bête sauvage, avait fini, comme Pétion, par se suicider. Sa mort ne fit ni chaud ni froid à Anne-Louise. Elle pensait à Yvon, qui avait mis sa foi en ce ministre corrompu.

Un soir, Paul Miette vint la chercher. Sa tenue, élégante et sobre, lui seyait à la perfection. Il la fit monter dans une somptueuse voiture. « Au Palais Égalité[1] », lança-t-il au cocher. Anne-Louise y était toujours venue de jour, lorsque subsistait une certaine retenue. Elle ne reconnut pas les lieux de nuit : les arcades étaient illuminées, les boutiques resplendissaient, une foule innombrable allait et venait. Elle crut entrer dans un autre monde. La peur qui alourdissait le Paris révolutionnaire cessait à l'entrée du Palais Royal. Alors qu'ailleurs, les gens rasaient les murs et tâchaient de se faire le plus invisibles possible, ici, tout était étalé, sans vergogne, l'argent, la réussite, le vice, la corruption. Des nouveaux riches en costumes flambants se pavanaient avec à leur bras des cocottes à la dernière mode. Des militaires entraient et sortaient des bordels débordant de lumière et de bruit. Des sous-sols parvenait le bruit infernal d'orchestres improvisés sur lequel des foules dansaient.

Miette contempla avec commisération la jupe noire, le corsage noir, le fichu de linon blanc et le bonnet blanc d'Anne-Louise. « Mais tu es vêtue comme une souillon : tu ne peux pas rester comme

---

1. Nouveau nom du Palais Royal.

ça. » Il l'entraîna chez Mme Teillard, modiste. Celle-ci lui fit endosser une robe « à la circassienne » rayée de bleu, blanc, rouge, les couleurs nationales qu'exigeait la mode, assortie de souliers aux mêmes nuances, d'un bonnet piqué de la cocarde tricolore et d'un fichu où s'attachait un gros bouquet de pâquerettes mêlées à des bleuets et à des coquelicots.
« Ça te va à ravir, commenta-t-il.
— Mais je n'ai pas l'argent ! protesta Anne-Louise.
— Ici, on ne paye pas », répliqua Paul Miette. Il lui acheta aussi une robe « à la Camille française », une tenue « à la constitution », bonnet demi-casque de gaze noire, fichu en chemise de linon allant se perdre dans une ceinture nakara aux franges tricolores et robe d'indienne très fine semée de petits bouquets bleu, blanc, rouge. Pour finir, il exigea qu'elle prenne aussi un « négligé à la patriote », fredaine bleu roi, col rouge liseré de blanc, petit collet bordé de rouge, poignets blancs et jupe blanche.

Ainsi, chargée de paquets, Anne-Louise au bras de Paul Miette se promena dans les galeries. Les vitrines regorgeaient de marchandises. Ailleurs on n'avait pas de quoi boire ni manger, ici c'était sans compter des bouteilles de vins fins, des liqueurs de la Martinique exposées sur des gradins, des pâtés de perdrix, des cerises en petits paniers, des hures de sanglier. Anne-Louise regardait cette foule si bigarrée dont elle n'avait pas soupçonné l'existence, faite de nouveaux riches, reconnaissables au clinquant de leurs tenues, et de beaucoup d'agitateurs car le Palais Royal était devenu le temple de la finance louche. Alors que les caisses de l'État demeuraient vides, des sommes effarantes y circulaient chaque nuit. En les croisant, Paul Miette salua Bercy la mulâtresse, les Trois Thoniers, ainsi surnommées parce que trois richards d'Amsterdam les entretenaient, la Blonde, la Tierce, la Saint-Maurice à la taille svelte et aux pieds pointus, la Quante à l'œil de braise, au corps nerveux et à l'opulente chevelure, Vénus, brune, fraîche et délicate en négligé de fine mousseline. Ces dames de petite vertu hélaient Paul Miette avec des cris de joie, mais voyant Anne-Louise lui donner le bras, faisaient la moue. « Dommage... à bientôt tout de même ! » Paul Miette riait.

Le Palais Royal était un îlot de luxe et de bien vivre, où la révolution, avec sa misère et sa cruauté, n'avait pas droit de séjour. Presque chaque soir, ils le revisitèrent ensemble. Ils dansèrent dans les cercles les plus élégants aussi bien que dans les caves populaires qu'on atteignait par de sombres escaliers s'enfonçant sous les arcades. Des orchestres improvisés y jouaient sur des tonneaux, sur des bidons renversés, des musiques sauvages, barbares, sur lesquelles se déhanchaient les plus tarés de ce monde dégénéré.

Un soir, ils entrèrent au théâtre de la République, naguère théâtre du Palais Royal. On y jouait une pièce si mauvaise qu'Anne-Louise en reconnut instantanément l'auteur : cet affreux Sylvain Maréchal chez qui Yvon l'avait abritée, et qui l'avait trahie la livrant à Le Tellier ! Ce nouveau chef-d'œuvre s'appelait *La guillotine s'emballe*. La pièce touchait à sa fin et l'auteur parut en scène. Anne-Louise eut juste le temps de chuchoter son histoire à l'oreille de Paul Miette. Celui-ci porta deux doigts à sa bouche et siffla avec une force insoupçonnée. L'auteur parut démonté, et la foule horrifiée qu'on pût critiquer une œuvre aussi patriotique ! Les deux complices s'enfuirent en riant comme deux gamins après une bonne farce.

Ils allaient souvent aussi chez Mme de Saint-Romain qui, malgré les lois sévères de la république, tenait tripot. On ne misait pas en assignats mais en pièces sonnantes et trébuchantes. Une chance infernale accompagnait Paul Miette qui, chaque soir, gagnait au 31 ou au biribi des fortunes.

Ils étaient devenus des célébrités. Les hommes enviaient Paul Miette, une vieille connaissance, les femmes jalousaient Anne-Louise, une nouveauté dont on se demandait d'où elle venait. Ces grands yeux bruns toujours en mouvement, cette bouche généreuse, cette abondante et sombre chevelure, ces formes voluptueuses faisaient qu'on n'était pas près de l'oublier une fois qu'on avait vu cette femme pleine d'assurance au sourire conquérant. Elle faisait plus que dévorer la vie, elle était la vie, inextinguible, merveilleuse. Les malheurs l'avaient profondément entamée, et Paul lui rendait cette vie qui lui appartenait.

Parfois, il l'entraînait chez des libraires où on ne vendait pas que de la littérature classique, et où les titres des volumes renseignent moins que les gravures pornographiques offertes aux clients. Malgré elle, Anne-Louise se sentait émoustillée par ces images suggestives. Un soir, il l'emmena dîner chez *Trimalcion*, le restaurant le plus extravagant du Palais Royal. On y était assis, ou plutôt couché à la romaine, sur des divans bas recouverts de brocarts. Soudain, le plafond s'entrouvrait et du ciel descendaient des chars attelés à des colombes et guidés par des Vénus, des Dianes plutôt dévêtues. Les clients n'avaient qu'à choisir la déesse qui leur convenait le mieux. Paul Miette fit goûter à Anne-Louise le massage égyptien, la spécialité des lieux. Des mains féminines palpaient toutes les parties de son corps plongé dans une étuve de vin. « Ça favorise la transpiration, c'est très sain », commenta Paul Miette. Bien que vêtue d'une longue chemise blanche, l'étoffe mouillée collait à son corps et révélait ses formes. Gênée, Anne-Louise certes l'était mais aussi quelque peu excitée. Sortant de la main des masseuses pour se rhabiller, Miette l'en empêcha et l'entraîna, ainsi vêtue, dans un cabinet particulier. Sur les miroirs, des peintures représentaient de vigoureux satyres poursuivant de ravissantes nymphes. Toutes les liqueurs possibles s'alignaient sur un buffet et des cassolettes d'argent s'élevaient des volutes d'encens. Anne-Louise laissa Paul Miette lui enlever sa longue chemise blanche. Il se déshabilla à son tour et tous deux se jetèrent sur un sofa. Conclusion naturelle de cette soirée comme des liens qu'ils avaient développés, ils devinrent amants. C'était écrit depuis longtemps mais ils avaient attendu que le moment soit venu. Entre eux, point de passion, mais beaucoup de tendresse, d'affection, de respect mutuel, de complicité, et d'entente physique. Ils firent l'amour souvent, mais jamais chez elle. Anne-Louise ne le voulait pas : elle aurait eu l'impression qu'il trompait sa femme avec elle, alors que ces nuits passées à assouvir leurs désirs au Palais Royal, entourés par tous les vices de la capitale, ne lui semblaient pas une atteinte à la morale.

Cependant les deux amants poursuivaient leurs recherches pour trouver le Régent et le Sancy. Celles d'Anne-Louise se conclurent plus rapidement mais négativement. Ses correspondants d'Amsterdam, les Lefevre, ses cousins de Londres, les Wildman et Sharp, auxquels elle avait envoyé des messages par le réseau juif, répondirent que les deux célèbres diamants n'étaient jamais entrés ni en Hollande, ni en Angleterre, ni à ce qu'ils savaient en Allemagne. Ils se trouvaient donc toujours en France.

Paul Miette mit plusieurs semaines de plus pour en retrouver la trace. Il se rappelait auxquels de ses « amis » avaient échu les deux pierreries lors du partage, mais, depuis, ceux-ci les avaient cédées. Il lui avait donc fallu remonter les filières, réactiver les réseaux, ce qui avait coûté du temps et de l'argent. Effectivement, les diamants n'avaient pu être vendus à cause de leur célébrité, personne n'aurait pris le risque de les acheter. Leur sort restait enveloppé d'un épais mystère. « Moi-même, expliqua Miette, je n'ai pas réussi à tout savoir, mais du moment que la marchandise demeurait invendue, il y avait une chance. J'ai fait dire, dans le milieu, que j'étais prêt à acheter. Les intermédiaires ont pris contact avec moi. On m'offrait les deux pierreries pour une somme dérisoire comparé à leur véritable valeur. J'ai marchandé avec eux, j'ai même pu rabattre leur prix. » Car Miette, malgré ses réticences initiales, avait décidé de rendre les deux diamants à la Nation. « Tu l'as vu, j'aime la bonne vie, j'ai envie de la continuer, je ne veux pas que cette punaise de Le Tellier vienne m'embêter chaque jour. Le Régent et le Sancy sont à nous. Tu pourras les remettre à Le Tellier quand tu le souhaites.

— Surtout pas, il faut que Le Tellier croie les découvrir lui-même, afin que la gloire de ce haut fait retombe sur lui.

— Pourquoi veux-tu lui faire cette fleur ?

— Il aurait pu nous faire beaucoup plus de mal s'il avait voulu. » Miette esquissa une moue sceptique. « Comment vas-tu le mettre sur la piste ? lui demanda Anne-Louise.

— Ça, c'est le plus facile : un voleur repenti qui passe aux aveux, un malfaiteur qui se laisse arrêter pour une peccadille et qui donne des informations sur un tout autre sujet, un honnête artisan qui, par hasard, a découvert quelque chose qu'il ne comprend pas mais dont il préfère faire part aux autorités... J'ai l'embarras du choix... D'autant que ton Le Tellier ne sera pas trop regardant sur les circonstances. Seule compte pour lui la découverte des deux diamants. »

Le commissaire fut donc invité, par des voies détournées, à s'intéresser à la femme Lelièvre et à sa sœur la femme Moree. Il se rendit dans leur sordide repaire du faubourg Saint-Marcel. Il fouilla, il trouva le Régent et dépêcha ces dames à la prison de Sainte Pélagie. Comment possédaient-elles la plus célèbre pierre du Trésor Royal ? Tout simplement parce que la femme Lelièvre était la maîtresse de Bernard Salles, le second de Cadet Guillot de la bande des Rouennais qui avaient participé au cambriolage du Garde-Meuble. Tout s'expliquait ainsi... Sauf que les Rouennais avaient quitté Paris dès la première nuit du cambriolage alors que le Régent avait été volé pendant la seconde nuit. De plus, Bernard Salles avait été arrêté pour fabrication de faux assignats et avait été exécuté quelques mois plus tôt. Le mort n'avait donc pu cacher le Régent chez lui. Qu'à cela ne tienne, la pierre célèbre avait été retrouvée grâce au zèle du commissaire Le Tellier. Les femmes Lelièvre et Moree interrogées ne purent rien révéler, elles furent donc relâchées.

Quelques semaines passèrent, puis il fut discrètement conseillé au commissaire Le Tellier de prêter son attention au sieur Tavenel et à sa sœur la veuve Leblanc qui habitaient un garnis du faubourg Saint-Antoine. Il s'y rendit, il fouilla, il trouva le Sancy mais aussi plusieurs autres parmi les plus célèbres pierres du Trésor, le diamant Le Guise, le diamant Le miroir de Portugal et deux Mazarin, pas les plus grands mais tout de même... quelle réussite ! La veuve Leblanc fut arrêtée. Quant à son frère, le sieur Tavenel, il avait pu s'enfuir.

Ce succès ne suffit pas au commissaire Le Tellier. La veuve Leblanc ne savait rien, n'avait rien fait. Elle ne fut donc pas longtemps inquiétée. Alors, il se mit en chasse de Tavenel. Au bout de quelques jours, il mit la main sur lui et le fit incarcérer. Tavenel jugé fut condamné à dix ans de prison. Paul Miette gronda : « Et dire que j'avais dit à cet imbécile de prendre ses précautions ! Il va falloir que j'organise encore une évasion. Ton affaire commence à me coûter cher, citoyenne Roth, et ton ami Le Tellier n'est qu'un faux ami. Non seulement, nous lui avons laissé retrouver le Régent et le Sancy, mais pour lui faire plaisir et le satisfaire je lui ai offert aussi le Guise, le miroir du Portugal et deux Mazarin ! Tout ce butin aurait pu lui suffire, eh bien non, il n'était pas content, il lui fallait ce crétin de Tavenel en plus ! » Anne-Louise railla ! « Mon cher Paul, je te remercie de ta générosité envers Le Tellier. Mais ces diamants que tu as ajoutés à son butin sont tout aussi invendables que le Régent et le Sancy... La preuve, ils n'ont pas été écoulés jusqu'ici. Et, en comblant Le Tellier, tu t'assures d'autant qu'il ne te cherchera plus noise. » Miette fut à moitié amusé d'avoir été percé dans ses retranchements. « Le principal est atteint. Nous avons tenu notre marché avec lui. S'il honore sa parole, comme nous la nôtre, il nous laissera tranquilles. »

Sur cette assurance, le bal au Palais Royal reprit de plus belle.

Paul Miette et Anne-Louise s'amusaient. Cependant, la recherche des plaisirs devenait méritoire, alors que la terreur s'intensifiait : les Girondins ayant été éliminés, régnait sans partage la Montagne. C'était maintenant à l'intérieur même de celle-ci que les tendances se déchiraient. « Avant c'étaient des loups, maintenant ce sont des hyènes… », commenta Anne-Louise. À l'instigation de Robespierre son grand rival, Danton fut arrêté avec ses proches, Fabre d'Églantine inclus. Le tribun se défendit avec le courage et l'audace qui l'avaient toujours marqué. Il dénonça son secrétaire Fabre comme voleur. « Il a mis du temps à s'en apercevoir », murmura Anne-Louise. Tous furent condamnés à mort et guillotinés. Elle ne put s'empêcher de regretter Danton qu'elle admirait, presque malgré elle.

Dans la foulée, Restout, le conservateur du Garde-Meuble, fut arrêté pour la troisième fois. Il fut condamné à mort mais, par exception, sans qu'on sût pourquoi, ne fut pas exécuté immédiatement. Dans sa défense, il fit de nouveau porter les soupçons sur Lemoine Crécy. Celui-ci, depuis qu'il avait été évincé du Garde-Meuble, s'était réfugié avec sa femme dans une simple chambre au premier étage de la cour des Coches. Il s'y croyait à l'abri, espérant être oublié. Or, un loueur de carrosse qui habitait aussi la cour, le citoyen Langlois, surnommé « la liberté », le dénonça au commissariat du quartier comme possédant des objets du Garde-Meuble. Le commissaire Le Tellier, car c'est lui qui avait reçu la dénonciation, s'en vint fouiller la chambre des Lemoine Crécy. Il ne trouva qu'une couchette à fond sanglé, un sommier à petits carreaux, deux matelas, un traversin, une vieille couverture, une table de nuit, un miroir cassé et quatre vieilles chaises, cependant tous marqués de la couronne royale. De toute évidence, Lemoine Crécy, réduit à la misère en quittant le Garde-Meuble, avait emporté ces dépouilles sans valeur pour se meubler. Il ne s'agissait pas moins d'un vol, même s'il n'y avait pas de quoi fouetter un chat. Le Tellier fut néanmoins obligé d'arrêter Lemoine Crécy et sa femme. Traînés en jugement, ils furent accusés rien moins que d'une conspiration avec l'étranger. Anne-Louise, qui se tenait informée de tout ce qui touchait le vol du Garde-Meuble, imagina le faible Lemoine Crécy acculé par l'impitoyable Fouquier-Tinville, s'embrouillant dans sa défense, et sa femme, la belle Mme Lemoine Crécy qui, naguère, faisait tant d'agaceries aux hommes, hagarde de peur et bredouillant. Avec une telle accusation, le verdict était prononcé d'avance : Lemoine Crécy et sa femme furent condamnés à mort et aussitôt guillotinés.

Robespierre régnait donc sur la France par la terreur. La guillotine de la place de la Révolution faisait couler tant de sang que la terre en dessous de la plate-forme ne l'absorbait plus, et des flaques rouges s'agrandissaient chaque jour. Le public avait fini par en être dégoûté et on guillotinait désormais sans public.

On aurait pu croire que cette atmosphère aurait enfin atteint l'animation nocturne du Palais Royal. Tout au contraire : c'était plus que jamais une frénésie de jeux, de boissons, de banquets, de coucheries, d'argent, de putains, de luxe, de débauche. Il y avait de la danse macabre dans cette folie des sens, pensait Anne-Louise. Paul Miette, lui, s'y ébattait comme un poisson dans l'eau, et tous deux poursuivaient leur liaison brûlante.

Rien n'aurait pu être plus joyeux et plus somptueux que la fête donnée ce soir-là par la veuve Corbin pour la réouverture de son salon. Souvent, pendant toutes ces semaines, Paul Miette, en venant au Palais Royal, avait levé les yeux vers les volets fermés de la dame. On disait dans Paris qu'elle avait été entraînée dans la disgrâce de ses puissants amis. Par un de ces miracles dont elle avait le secret, elle avait échappé à la guillotine, mais on assurait qu'elle était retournée dans ses Caraïbes natales. Il n'en était rien puisqu'elle ressurgissait dans tout son éclat. En ses salons éclairés a giorno par des milliers de bougies fichées aux pendeloques de cristal, des femmes à la dernière mode et des hommes élégamment habillés à celle de l'ancien régime évoluaient avec grâce. Des valets en livrées comme autrefois servaient les alcools les plus rares et les mets les plus raffinés. Si l'on avait du vague à l'âme, les fenêtres ouvertes donnaient sur les jardins endormis du palais Égalité, et si l'on cherchait un peu plus, l'appartement regorgeait de ravissants cabinets, et le large degré menait aux buissons de ces mêmes jardins.

Dehors il faisait bon, mais dans l'appartement, la chaleur était excessive et invitait les convives à boire encore plus. Ce n'étaient que rires et farandoles tandis que sur les tables de jeu l'or tintait sans discontinuer. Lorsque Paul Miette présenta à la dame des lieux Anne-Louise, celle-ci la trouva encore plus

somptueuse qu'elle ne s'y était attendue. Ce port d'impératrice, ces yeux étirés, cette bouche sensuelle, ce corps magnifique mis en valeur par une robe noir et or, si Anne-Louise avait jamais pu envier une femme, ç'aurait été Marie-Thérèse Lucidor. Celle-ci l'accueillit le plus gracieusement du monde. Son regard la transperça. Ses yeux, à demi fermés sous la lourde paupière, semblèrent l'évaluer. Sans souci d'Anne-Louise, la veuve Corbin s'était jetée au cou de Paul Miette qui la félicitait de cette résurrection.
« Je m'étais fait beaucoup de souci pour toi.

— Et tu avais tort, car je n'ai jamais été inquiétée. J'ai voulu me retirer quelques temps pour réfléchir.

— Et te faire de nouveaux "amis". Personne ne t'a reproché de fréquenter des voleurs comme moi ?

— Au contraire, j'ai reçu six mille livres, écoute-moi bien, je cite, "pour avoir procuré au gouvernement la découverte des voleurs de l'affaire du Garde-Meuble". Mais je vous retiens, allez vous divertir tous les deux et consacrer cette soirée à l'amour. Il n'y a que cela qui compte... » Elle prononça cette dernière phrase d'un ton légèrement grinçant.

Un soir, Miette étant allé tenter sa chance au biribi, Anne-Louise se retrouva quelques instants seule. Elle s'était retirée dans un coin et observait la foule éméchée et bruyante à laquelle elle n'avait aucune envie de se mêler. « Bonsoir, lady Carrington. » La voix aux accents minaudiers la fit sursauter. Elle se retourna. Elle vit une femme très grande, à la forte carrure, habillée dans des couleurs beaucoup trop voyantes. Son maquillage était si épais qu'on devinait à peine ses traits. Anne-Louise devina cependant qu'elle devait être fort belle. Une abondante chevelure de jais piquée de plumes rouges complétait la tenue clinquante. Ce fut à ses yeux bleus, à vrai dire magnifiques, qu'Anne-Louise la reconnut. « Comment, Adam ! vous ? » Anne-Louise aimait s'habiller en homme, Adam Carrington aimait se travestir en femme. Du temps de leur liaison, ç'avait été un de leurs jeux préférés. Elle soupçonnait même son amant d'y prendre un plaisir fort ambigu. En attendant, elle ne pouvait détacher ses yeux de l'apparition. Adam, flatté de cette attention, dit d'un ton désinvolte : « Comme je le répète, la meilleure façon de se cacher c'est de se montrer au grand jour de la manière la plus voyante.

— C'est vous, n'est-ce pas, Milord, qui avez envoyé une lettre anonyme au commissaire Le Tellier me dénonçant ?

— Que voulez-vous, lady Carrington, vous refusiez de me remettre la liste des espions anglais du roi Louis XVI.

— Vous risquiez cependant d'anéantir ainsi le succès de notre plan car si les diamants de la Couronne avaient été retrouvés chez moi, la république eût récupéré son bien que nous avions eu tant de mal à lui soustraire.

— Vous vous trompez, Ann, j'ai fait confiance à votre extraordinaire habileté. Je savais, à n'en pas douter, que les diamants n'étaient plus chez vous.

— Mais que voulez-vous, maintenant, Milord ?

— La liste, toujours la liste ! » répondit Adam avec un large sourire qui découvrait ses dents trop longues, seul défaut de son visage. Pour toute réponse, Anne-Louise lui tourna le dos. Elle s'éloignait lorsqu'elle tomba presque dans les bras de Paul Miette qui, sa partie finie, s'en revenait les poches pleines d'or. « Qu'as-tu, tu me sembles troublée ? Quelqu'un t'a-t-il

ennuyée ? » Anne-Louise l'assura qu'il n'en était rien.
« Qui était cette dame avec laquelle je t'ai vue parler ?
— Une femme de très mauvaise vie. » Avant de quitter les lieux, Anne-Louise put voir la veuve Corbin s'approcher d'Adam et engager la conversation avec lui comme s'ils étaient des vieilles connaissances. Ils la regardaient et il lui glissa à l'oreille une réflexion qui la fit beaucoup rire : ils se moquaient d'elle.

« *1AM, library* », 1 heure du matin, bibliothèque. Anne-Louise relisait pensivement le billet qu'elle venait de trouver glissé sous sa porte. L'écriture était bien celle d'Adam Carrington. Il lui donnait rendez-vous pour la nuit suivante dans une bibliothèque qui ne pouvait être que celle de son hôtel faubourg Saint-Germain. Que lui voulait-il donc ? Elle se demanda s'il l'attirait dans un piège. La fameuse liste n'était plus d'utilité puisque Louis XVI était mort. Elle ne la gardait que pour avoir une arme contre Adam, et ne la lui donnerait jamais car elle ne voulait pas envoyer à la mort tous ceux dont les noms s'y trouvaient inscrits. Elle était prête à la détruire devant lui, pourvu qu'il ne l'ennuie plus jamais à ce propos. Ainsi réaliserait-elle son vœu le plus cher, et en finirait-elle pour toujours avec Adam Carrington.

L'heure venue, elle revêtit ce qu'elle appelait sa tenue de cambriolage, elle s'habilla en sans-culotte, veste courte, pantalon de coutil, bonnet rouge, mais, au lieu des sabots requis par les sans-culotte, des souples chaussures de marche. Sur le chemin, elle ne rencontra quasiment âme qui vive, elle évita même de tomber sur une de ces patrouilles qui sillonnaient nuitamment la ville et dont les pas rythmés faisaient trembler tous ceux qui les entendaient. Elle arriva au fond de l'impasse, à la petite porte du jardin de Lord Carrington, et elle frappa. Le concierge lui ouvrit : il semblait défaillant de peur. Au lieu des compliments habituels, il voulut lui dire quelque chose, puis il se retint et il baissa la tête. Trop préoccupée pour remarquer cette attitude bizarre, elle traversa le jardin éclairé par la luminosité de la nuit de printemps. La porte du grand salon du rez-de-chaussée était ouverte. Elle parcourut l'hôtel, monta à l'étage ; tout était comme la dernière fois désert et silencieux. Elle entra dans la bibliothèque : on y avait remis de l'ordre. Il ne faisait pas froid, loin de là, et pourtant elle frissonna. Comme la dernière fois, elle trouva que la pièce, incompréhensiblement, dégageait une atmosphère sinistre. Elle s'assit et attendit Adam. Il est vrai qu'elle était arrivée avec quelques minutes d'avance.

L'heure passa, personne, aucun bruit. Elle se leva, nerveuse, et se mit à marcher de long en large en veillant à ne faire aucun bruit. Heureusement, le grand tapis persan étouffait celui de ses pas. L'heure tournait, elle se rassit, elle se releva, incapable de maîtriser une angoisse qui lentement la gagnait. La grande horloge importée de Londres à grands frais lui indiqua que plus de trois quarts d'heure s'étaient écoulés. Elle décida de ne plus attendre. Elle se releva encore une fois pour se diriger vers la porte lorsqu'elle entendit un léger bruit venu du jardin. Adam arrivait-il enfin ? Elle alla à la fenêtre et, à moitié dissimulée par le rideau de brocart, observa. Elle entendit de nouveau des froissements de branches écartées. Tous ses sens en éveil, elle tâcha de percer l'obscurité sous les arbres. Elle distingua des mouvements précautionneux. Des hommes avançaient sous le couvert des buissons. Elle en compta au moins six ou sept. Elle les voyait à peine mais elle savait qu'ils progressaient en direction de l'hôtel. Il fallait partir tout de suite. Elle se dirigea vers la porte de la bibliothèque, l'ouvrit précautionneusement, se retrouva dans l'antichambre du premier étage. Elle courut presque vers l'escalier, mais des hommes montaient les degrés sans faire le moindre bruit. Celui qui les menait se retourna : « N'oubliez pas, je veux l'espion vivant. » Elle entendit parfaitement la phrase. Déjà ils étaient sur le palier. Elle courut vers la bibliothèque, referma la porte à clef, puis elle se précipita vers la pièce contiguë qui était la chambre à coucher d'Adam. Elle la verrouilla, se précipita vers l'alcôve. Il y faisait si sombre qu'elle ne trouva pas la porte dissimulée dans la boiserie. Ce n'était pas une sortie secrète comme dans les romans, c'était simplement la porte de service destinée à la femme de chambre. Elle tâtonnait la boiserie. Déjà les hommes derrière elle enfonçaient la porte. Celui qui les menait bondit dans la chambre et levant un fanal éclaira Anne-Louise. « C'est elle ! », hurla-t-il. Elle reconnut la voix de Le Tellier. À ce moment, elle avait trouvé la poignée de la porte, et, en une seconde, elle était de l'autre côté et l'avait fermée au loquet. Elle avait un avantage sur ses poursuivants : elle connaissait à fond l'hôtel de Lord Carrington, alors que ceux-ci tâtonnaient pour s'y retrouver. Elle descendit quatre à quatre l'escalier à vis qui aboutissait au sous-sol près des cuisines. Elle courut à travers l'office et la buanderie vers la porte de service qui donnait sur le côté de l'hôtel. Elle entendait les hommes qui criaient, qui juraient, qui défonçaient les cloisons, qui couraient dans les escaliers. D'autres avaient allumé des fanaux et parcouraient le jardin, fouillant les buissons. Elle vit que la petite porte du jardin vers laquelle elle se dirigeait était gardée. Deux hommes, pistolet au poing, l'y attendaient. Elle avait atteint le mur du jardin, elle grimpa sur les grosses branches du très vieux lierre qui le couvraient. Elle atteignît le faîte et se laissa retomber de l'autre côté, dans l'impasse. Personne ne la gardait, ils étaient tous à l'intérieur.

Elle courut jusqu'à la rue de Grenelle, puis elle emprunta les premières rues qui se présentaient, obliquant sans cesse de droite à gauche pour mettre le plus de distance possible entre elle et ses poursuivants. Elle crut qu'elle pouvait enfin ralentir sa course. Que faire ? Chez elle, pas question d'y retourner. Si la police la cherchait dans l'hôtel de Lord Carrington, c'est qu'ils occupaient déjà *La Perle rare*. Une seule solution, un seul nom : Paul Miette. Mais comment le trouver à cette heure ? Au Palais Royal, bien sûr. Elle marcha vite jusqu'au temple des plaisirs parisiens. Les habitués furent très étonnés de voir déambuler parmi eux un jeune sans-culotte : cette engeance, généralement, ne venait pas les déranger. Elle alla dans les restaurants, les maisons de jeux, les salons des cocottes qu'il fréquentait. Elle n'osa s'hasarder chez la veuve Corbin. Donc, pas de Paul Miette. Il avait dit vrai lorsqu'il l'avait assurée que sans elle il n'éprouvait aucun plaisir à aller au palais Égalité. Il était donc chez lui. À la sortie, les fiacres abondaient généralement. Cette nuit-là, tous étaient pris, sauf l'un dont personne n'avait voulu. Le cheval avait l'air centenaire, maigre, suant, fatigué, la tête courbée. La voiture mal entretenue était dégoûtante. Quant au cocher, au premier mot, Anne-Louise comprit qu'il était ivre, mais il n'y avait aucun autre moyen. Elle partit dans la voiture lente et bringuebalante jusqu'à Belleville. Encore fallut-il qu'elle montrât son or, car le cocher doutait de la solvabilité d'un jeune sans-culotte.

Le fiacre ne mit pas moins de deux heures pour atteindre Belleville. Tout dormait dans la villa des Miette. Anne-Louise escalada la grille et redescendit de l'autre côté dans le parc. Elle s'avançait dans l'obscurité lorsque, soudain, de furieux aboiements se firent entendre, tout proches. Dans l'allée, deux énormes tas de muscles et de poils, tout crocs dehors, galopaient vers elle : des leonberg, des chiens capables de tuer un mouton. Anne-Louise se mit à courir jusqu'à ce qu'elle trouve un arbre aux branches basses qu'elle escalada. Les deux monstres s'arrêtèrent en dessous de son refuge, et continuèrent à aboyer. « Assez Ilios ! assez Urfé ! tout va bien mes bons chiens. » Paul Miette s'approchait, les bêtes se turent. Il leva la tête : « Si tu veux bien descendre, citoyenne, ils ne te feront aucun mal. » Anne-Louise obtempéra, et fit la remarque : « Voilà des prénoms bien poétiques pour ces carnassiers. » Paul les caressa et déclara sans rire : « Il faut bien se protéger des voleurs. »

Plus tard, ils se trouvaient dans la bibliothèque. Miette lui avait fait boire un cordial plutôt corsé. La pièce était rassurante, chaleureuse, tout le contraire de la bibliothèque d'Adam Carrington. « Raconte, petite fille », lui dit Paul Miette pour l'encourager. « Je suis en danger...

— Encore !

— Le Tellier veut m'arrêter.

— Encore ! mais je croyais qu'on l'avait calmé avec le Régent et le Sancy. Cela m'a d'ailleurs coûté assez cher.

— Je suis une espionne. » À la surprise d'Anne-Louise, Paul Miette le prit très mal. Il trouvait ignoble qu'on puisse trahir son pays. Elle lui rappela délicatement que lui-même n'avait pas hésité à voler la Nation. « C'est tout à fait différent, répliqua-t-il, on a beau être voleur, on a ses principes. Jamais je ne ferais de mal à la France.

— Paul, je ne suis pas française mais anglaise. » Et elle raconta tout : sa naissance d'une mère française et d'un père anglais, son enfance et son adolescence à Londres, la perte prématurée de ses parents, son apprentissage dans la joaillerie, métier traditionnel des siens. Elle décrivit sa rencontre avec Adam Carrington, sa passion pour lui. Il en avait profité pour l'enrôler. Lorsqu'il l'avait abandonnée, elle avait continué à travailler pour lui afin de prolonger leurs rapports. Elle retraça la découverte fortuite de la fameuse liste, celle des espions anglais du roi Louis XVI, et avoua qu'elle avait participé au cambriolage du Garde-Meuble uniquement pour la récupérer. « Ainsi, tu as prétendu être une voleuse et ma complice pour satisfaire les exigences de ton Carrington ?

— Je te rappelle que c'est toi qui es venu me trouver pour me demander de participer à l'affaire ! Grâce à toi, j'ai vécu une aventure exaltante que je n'oublierai jamais.

— Et cette liaison que nous avons depuis des mois, cela aussi est une simulation de ta part ? Cela aussi correspond aux manigances de ton Carrington ? Cela aussi, c'est pour satisfaire ton ancien amant ?

— C'est justement pour l'oublier.
— Il y a tout de même d'autres moyens de servir l'Angleterre que de faire du mal à la France !
— Je suis juive, ne l'oublie pas.
— Et alors ? que vient faire ta religion dans tes activités occultes ?
— En Angleterre, non seulement on laisse les juifs tranquilles mais on les respecte, on leur permet d'avoir pignon sur rue. Ici, en France, nous avons tout attendu de la révolution qui allait abolir les injustices dont nous étions l'objet. Nous avons réclamé les droits à la citoyenneté française, nous avons demandé la liberté de domicile et le travail. L'Assemblée nous a promis qu'éventuellement nous pourrions jouir des droits de citoyens actifs. Du point de vue de la loi, nous sommes devenus des citoyens français. Mais tout cela n'est resté que sur le papier. En fait, les non-juifs nous font chaque jour, chaque instant, sentir la différence entre eux et nous, comme dans le bon vieux temps. On nous a fait miroiter la liberté du culte pour mieux fermer nos synagogues et nous interdire d'observer le sabbat... J'ai beaucoup de raisons d'en vouloir à la France.
— Pourquoi ne vas-tu pas demander l'aide d'amis juifs ? Ce Lyon Rouef m'a l'air rudement débrouillard.
— Je ne veux pas compromettre mes frères de race.
— Mais, moi, tu n'hésites pas à me compromettre !
— Rien au monde ne pourrait te compromettre.
— Je suis insensible à la flatterie, tu devrais le savoir, citoyenne. »
Il lui fit raconter en détails ce qui s'était passé avant qu'elle ne vienne le trouver. Tout avait com-

mencé par la veuve Corbin. Anne-Louise avait senti que, dès le premier instant, celle-ci l'avait détestée. « Elle était jalouse de toi et elle ne supportait pas que nous soyons amants. » Miette eut un sourire en coin de satisfaction masculine, qui irrita profondément Anne-Louise : « C'est à cause de sa jalousie que j'ai risqué le pire. » La veuve Corbin avait certainement prévenu Carrington qui avait été un de ses amants. Quel marché les liait ? Quelle complicité avaient-ils tissée ? Entre ces deux grands maîtres de l'intrigue, il était difficile de le savoir. Grâce à la veuve Corbin, Adam Carrington avait pu tendre le piège à Anne-Louise, car il ne faisait pas de doute que c'était lui qui avait attiré Le Tellier et ses policiers en leur faisant miroiter l'arrestation d'un espion anglais. « Je veux l'espion vivant », avait-elle entendu dire à Le Tellier. Était-elle sûre que Le Tellier l'ait reconnue ? « Absolument. Il a suffi d'une seconde mais la lumière de son fanal éclairait parfaitement mon visage et je l'ai bel et bien entendu dire "c'est elle" et non pas "c'est lui". » Paul Miette soupesa la situation et conclut : « Tu ne peux pas rester en France. Tu dois quitter le pays. Je pourrai m'en charger.

— Je ne serai pas seule. Un homme m'accompagnera.

— Encore un amant ?

— Non, Maugé.

— Ça ne sera pas gratuit.

— Que veux-tu ? des diamants ? j'en ai encore. » Miette s'esclaffa : « Des diamants, j'en ai tellement que je ne sais même plus quoi en faire ! Non, je veux la liste. C'est un article monnayable qui peut rapporter gros. » Pour toute réponse, Anne-Louise sortit de sa poche un morceau de papier qu'elle approcha d'une bougie, elle y mit le feu ; en quelques instants il avait entièrement brûlé. Ainsi disparut, en un rien de temps, un document qui avait joué un rôle si important dans l'Histoire, et dans leur histoire. « Je me débrouillerai toute seule », conclut Anne-Louise. Miette éclata de rire : « J'aime ton honnêteté ! Ce sera gratuit.

— Comment vas-tu nous extrader ?

— Ça, c'est mon secret. Tu resteras ici, un ou deux jours, le temps pour moi de m'organiser. Après-demain soir, nous nous mettons en route. »

13

1796-1816

1

Le château de Blankenburg se situe en Allemagne du Nord, dans le Hanovre. Moins grand que la norme des châteaux allemands, lesquels ont la taille de plusieurs casernes réunies et encore moins confortable. En 1796, il avait été mis à la disposition du chef de la première famille d'Europe alors réduit à l'état de proscrit. Seuls ses partisans s'entêtaient à l'appeler Sa Majesté le Roi de France Louis XVIII, alors que pour le reste du monde, il n'était que le comte de Lille. Personne ne voulait de lui, la révolution faisant peur à tous. Aussi avait-il erré de refuge en refuge jusqu'à ce qu'on lui offre du bout des lèvres une hospitalité provisoire à Blankenburg. La chute et l'exécution de Robespierre, la fin de la Terreur en juillet 1794, l'avènement du Directoire n'avaient rien changé à sa situation. Seuls quelques fidèles restaient auprès de lui. L'argent manquait. La nourriture n'était ni abondante ni appétissante à cette table « royale ». Cependant, le protocole le plus impitoyable était respecté comme si on se fût trouvé à Versailles du temps de l'ancien régime.

Ce matin-là, le « roi » Louis XVIII était enfermé dans son cabinet glacial et mal meublé, il composait, selon son habitude, des vers en latin. Une crise de goutte affectait ce gros homme et le rendait encore plus de mauvaise humeur. Son favori, le comte de Blacas, frappa à sa porte et entra. « Que Votre Majesté me pardonne de la déranger, mais le général Danican vient d'arriver. Votre Majesté connaît son dévouement à Sa cause. Il apporte un objet qui est à vendre. » Blacas déposa sur le bureau de Louis XVIII une pierrerie non montée, rouge sang, qui avait vaguement la forme d'un dragon. « Mon Dieu, s'écria Louis XVIII, je la reconnais parfaitement bien ! C'est le rubis Côte de Bretagne. Il ornait la toison d'or de mon grand-père, le roi Louis XV, que je lui ai vu souvent porter. Mais je croyais ce joyau disparu dans le vol du Garde-Meuble il y a quatre ans.

— Voici, Sire, ce que m'a raconté le général Danican. Le rubis a effectivement été volé au Garde-Meuble par un brigand originaire de Rouen nommé Cadet Guyot. Celui-ci a réussi à sortir de France avec la pierre. Il l'a remise à un émigré dont Votre Majesté a entendu parler, Lancry de la Loyelle. Celui-ci a commencé par faire mettre Cadet Guyot en prison pour dettes, et depuis il essaie de vendre le joyau. Il paraît que le duc de Württemberg s'y intéresse ainsi que les Cours de Russie et d'Autriche. Mais le pire, c'est que le gouvernement de la révolution voudrait l'acheter ! Lancry de la Loyelle qui en demandait cinquante mille livres en veut maintenant vingt mille de plus.

— Dont, vous le savez aussi bien que moi, mon cher Blacas, nous n'avons pas le premier sou...

— Je la rendrai au général Danican.

LE VOL DU RÉGENT

— Pas du tout, cette pierre m'appartient légitimement. Je la garde » et tranquillement le « roi » glissa le rubis dans son tiroir. Le général Danican ne sut trop que faire. Lancry de la Loyelle, détenteur de la pierre, poussa des hurlements. Les acheteurs éventuels, à commencer par la république française, s'émurent, et ce remue-ménage parvint aux oreilles du réseau international des joailliers. William Scharpe, le bien nommé, disaient ses collègues[1], directeur de Wildman et Sharp, les célèbres joailliers londoniens, fut l'un des premiers à l'apprendre. Il décida de consulter sa cousine préférée qui était du métier et qui, de plus, ayant longtemps vécu en France s'y connaissait en joyaux français. Comme tous les grands courtiers se trouvaient réunis dans le quartier de Hatton Garden au nord-ouest de la City, il n'eut pas à parcourir une longue distance pour arriver au magasin qui portait un nom français, *La Perle rare*. Il salua distraitement le commis qui le suivait de ses yeux bruns, curieusement étirés et, entra directement dans le bureau de la propriétaire, sa cousine Ann Roth.

Deux ans plus tôt, Paul Miette avait réussi à la faire sortir de France. Lui-même l'avait accompagnée pour éviter tout accroc. L'expédition n'avait pas été longue mais éprouvante. Ils avaient dû effectuer de longues marches nocturnes, ils avaient dormi dans des endroits impossibles, ils avaient reçu des averses diluviennes sans pouvoir s'en abriter et passé de longues heures dans des marais trempés jusqu'aux os pour éviter les patrouilles. Pendant plusieurs jours, ils avaient dû attendre, gagnés par l'anxiété,

---
[1]. Jeu de mots, car *sharp* veut dire tranchant en anglais.

dans le bouge infâme d'un port sans moyen de transport. Finalement, ils avaient traversé la Manche sur une coque de noix au milieu d'une tempête. À Londres, Anne-Louise avait été accueillie par sa nombreuse parentèle comme si, malgré ses nombreuses années d'absence, elle n'avait jamais cessé d'être membre à part entière de leur communauté. Son cousin Scharpe lui avait remis une grosse somme. C'était la commission qu'il avait retenue au passage sur la vente des diamants confiés par Paul Miette. Avec cet argent, elle avait ouvert boutique et avait rapidement prospéré. William Scharpe annonça à Anne-Louise la mise sur le marché du Côte de Bretagne. La pierre avait été proposée au triste et pauvre prétendant au trône de France qui, évidemment, n'avait pas les moyens de l'acquérir. Fallait-il se mettre sur les rangs ? demanda William. « Laisse-moi réfléchir, répliqua Anne-Louise, je m'occupe de cette affaire, je te tiendrai au courant. »

Du temps où Anne-Louise travaillait pour Adam Carrington, elle n'avait pas été sans connaître l'identité de certains de ses supérieurs, même sans les rencontrer. Il y avait en particulier Mr... qui centralisait tout ce qui concernait la France. Il savait parfaitement qui elle était. Aussi, se rendit-elle dans l'élégante petite maison qu'il habitait à Berkeley Square. Elle n'eut qu'à donner son nom pour être immédiatement reçue. Mr... ne manifesta aucun étonnement de cette visite. Elle lui raconta l'histoire du Côte de Bretagne, ajoutant : « Il est évident que le prétendant ne pourra pas garder la pierrerie indûment pour toujours, il devra la rendre.

— En quoi cela me concerne-t-il, chère Miss Roth ?

LE VOL DU RÉGENT

— Le gouvernement britannique doit avancer au prétendant l'argent pour acheter la pierre. » Mr... ne protesta pas, la réputation Anne-Louise n'était plus à faire et il était prêt à écouter son raisonnement. « Tout d'abord si le prétendant achète le Côte de Bretagne, cela fera enrager le gouvernement de la république française, mais il y a plus important. Des rumeurs continuent à courir sur le cambriolage du Garde-Meuble. Beaucoup sont persuadés qu'il ne s'agit pas d'un vol mais d'une intrigue politique. Régulièrement, on accuse tel groupe, telle puissance d'être derrière cette affaire. Si Louis XVIII rachète le Côte de Bretagne, tout le monde croira que c'est lui qui était derrière le cambriolage, et donc qu'il s'agit là d'un complot royaliste, comme l'avaient d'ailleurs dénoncé les révolutionnaires de l'époque. Ainsi l'Angleterre ne sera pas incriminée. Et puis, on ne sait jamais, surtout par les temps qui courent... Peut-être un jour Louis XVIII sera-t-il au pouvoir ? Il n'aura pas oublié le geste de l'Angleterre, qui se sera ainsi gagné un ami fidèle.

— Je vous félicite, Miss Roth, votre montage est parfait, mais il n'est pas question de dépenser soixante-dix, ni même cinquante mille livres, trente mille suffiront. »

Louis XVIII reçut le plus discrètement du monde la somme, et la remit au général Danican : « Donnez-les à Lancry de la Loyelle, général, et dites-lui qu'il peut s'estimer heureux d'avoir trente mille livres au lieu d'aller en prison comme il le mérite. » Et le « roi » garda le Côte de Bretagne dans son tiroir.

2

Un an plus tard, en 1797, Anne-Louise dut se rendre à Amsterdam pour affaires. Sa première visite fut pour les frères Lefevre, ses correspondants hollandais, ceux-là même qui avaient retaillé les pierres confiées par Paul Miette. Les Lefevre l'emmenèrent à la fête que donnait le banquier Vanlenberghem, un des hommes les plus riches de la ville qui recevait constamment et somptueusement. Un peu trop cossu, un peu trop clinquant, pensa Anne-Louise en visitant les salons resplendissants, remplis de tout ce qu'Amsterdam comptait de gens importants. Une vitrine occupait le centre du dernier salon. Anne-Louise s'en approcha et sursauta : elle ne contenait qu'un objet, un diamant, l'inimitable, qu'elle aurait reconnu entre tous. Le banquier expliqua la présence du joyau devant un cercle d'admirateurs. « Le Directoire de la république française m'a emprunté énormément d'argent pour acheter des chevaux dont il a besoin dans les guerres qu'il mène. Ne pouvant me rembourser tout de suite, il m'a laissé en gage le diamant le plus célèbre d'Europe. Admirez-le, mesdames, messieurs, car vous avez devant vous le véritable Régent. »

Un peu plus tard, se retrouvant seule avec Vanlenberghem, elle lui glissa à l'oreille : « Très jolie imita-

tion, car évidemment ce n'est pas le vrai Régent. »
Le banquier éclata d'un gros rire et se tapa les cuisses
joyeusement : « Avec vous, on ne la fait pas, hein ! »
Il appela sa femme qui se trouvait non loin de lui :
« Viens ici, Gretchen, viens ici, mon petit diamant... » Diamant peut-être, mais petit ! Ladite Gretchen était très grande, très large et très bien en chair.
« Un diamant sur un diamant », et sans façon Vanlenberghem plongea la main dans le décolleté de son
épouse dont il sortit le véritable Régent : « Je lui ai
dit, ajouta le banquier, de ne pas le quitter un instant. Pour vous, madame Roth, je fais une exception » et il déposa le Régent dans sa main. La pierre
sembla briller d'un éclat magique en l'honneur
d'Anne-Louise qui ressentit dans sa paume comme
une chaleur humaine. Aucun joyau ne l'avait jamais
autant attirée. Émue par tant de souvenirs, elle le
contempla comme elle l'avait fait dans la nuit du
13 septembre 1792, lorsque Paul Miette l'avait arraché de sa vitrine avant de le laisser à un de ses complices. Elle avait participé à ce cambriolage pour
empêcher le Régent d'être mis en gage. Or, le diamant était revenu à la république, et la république
le mettait en gage pour entretenir ses armées. Ainsi,
malgré Anne-Louise, la boucle était bouclée. Vanlenberghem reprit le diamant et, écartant les seins laiteux de son épouse, l'y replaça.

3

Ni le banquier ni Anne-Louise ne pouvaient deviner que les chevaux achetés grâce à la mise en gage du Régent permettraient à l'armée française d'Italie de remporter deux victoires importantissimes, celle de Rivoli puis celle de Marengo. Du coup, le général en chef Bonaparte considéra le Régent comme un porte-bonheur. Aussi voulut-il le récupérer. À peine eut-il pris le pouvoir en 1799 et fut-il devenu Consul qu'il trouva l'argent pour rembourser le banquier Vanlenberghem et faire rentrer en France son plus célèbre diamant. La présence de son porte-bonheur et les victoires qu'il accumulait lui donnèrent toutes les audaces.

Jusqu'alors, il avait maintenu des relations pacifiques avec l'Angleterre qu'il considérait un trop gros morceau pour l'attaquer. Désormais il se sentit assez sûr de lui-même pour rompre avec cette puissance. Les Anglais qui se trouvaient par hasard en France furent pris dans la souricière, arrêtés et envoyés en camps de prisonniers. À Londres, on lisait avidement des gazettes pour avoir de leurs nouvelles. C'est ainsi qu'un jour de 1802, Anne-Louise put lire dans le *Times* : « La police de Bonaparte a arrêté Lord Carrington qui avait eu la malchance de se trouver, au moment de la rupture entre les deux nations, à Paris. Ajoutant la férocité à l'iniquité, la justice française a condamné à mort ce même Lord Carrington, l'accusant sans preuves d'espionnage. Il a été fusillé dans les fossés du château de Vincennes. Cet Anglais de pure souche qui portait haut les vertus de notre nation, ce philanthrope ami de William Pitt, sera sans aucun doute regretté de tous. » Le même jour, dans la dernière page du *Moniteur*, un entrefilet retint l'attention d'Anne-Louise : « On apprend que le commissaire Le Tellier vient d'être nommé secrétaire général de la Préfecture. » Elle se demanda si les deux nouvelles étaient liées. Elle se félicita de ne plus rien éprouver pour Adam, ni la passion qui l'avait ravagée, ni la haine qui l'avait empoisonnée. Reverrait-elle un jour Le Tellier ?

4

En ce début décembre 1804, le super commissaire Le Tellier eut fort à faire. Le ministre de la Police, le célèbre et diabolique Fouché, l'avait chargé des mesures de sécurité pour le couronnement du tout nouvel empereur Napoléon Ier. Non seulement, il ne devait y avoir aucun dérapage dans l'ordonnance de la cérémonie, mais il fallait prévenir tout incident, les attentats en premier lieu. Tout ce qui, de près ou de loin, sentait l'opposition fut préventivement mis au cachot. Même la moindre manifestation désagréable, le moindre cri de réprobation, le moindre soupir de regret devaient être empêchés. Le Tellier fit travailler ses subordonnés vingt-quatre heures sur vingt-quatre. Il se réserva la part du lion, c'est-à-dire de l'empereur : il se trouvait sous le porche de la cathédrale Notre-Dame pour le recevoir. Il vit un carrosse de rêve tout d'or et de glace, traîné par six chevaux blancs, s'arrêter presque devant lui. En sortit le nouveau souverain dans sa tunique blanc et or, avec son long manteau de velours rouge brodé d'aigles d'or et bordé d'hermine. Il vit un éclair jaillir de la poignée de l'épée : Napoléon y avait fait enchâsser le Régent qui, à la lumière du soleil, étincelait encore plus que la gloire de celui qui le portait. Le Tellier reconnut la pierre qu'il avait été assez heureux pour rendre à la Nation française. Ce fut avec son porte-bonheur au côté que Napoléon se couronna lui-même.

5

La chance accompagna effectivement Napoléon, mais pendant huit ans seulement. La roue tourna lorsqu'il entreprit la désastreuse campagne de Russie. L'Angleterre qui, pendant des années, avait été la seule à lui résister au prix des pires difficultés, respira. Malgré l'interruption des communications avec le continent – le commerce avec la Hollande était devenu occulte – Anne-Louise avait cependant réussi à poursuivre ses affaires avec succès. Un jour de cette année 1812, elle se rendit chez un confrère, Daniel Eliason. Installé au 36 Hatton Garden, celui-ci tint à se faire valoir devant un connaisseur aussi renommé qu'Anne-Louise : « On m'a apporté une jolie pièce à vendre... » Et, avec mille précautions, il extrait d'une petite boîte une pierre couleur de nuit qui lançait de sombres éclairs. Anne-Louise la prit dans ses mains, la tourna, la retourna, l'observa en transparence puis la remit dans les mains du diamantaire : « Mon cher Daniel, nous sommes assez amis pour que je vous pose une question indiscrète. Avez-vous acheté cette pierre directement à Cadet Guyot, le voleur rouennais du Garde-Meuble, car il s'agit bien entendu du Diamant bleu de la Couronne de France ?

— Mais que dites-vous là, Anne-Louise ? Le Diamant bleu pesait 67 carats et avait une forme irrégulière. La pierre que voici, vous le constatez, est rectangulaire et ne pèse que 45 carats.

— C'est vrai, mais voyez-vous, j'ai eu naguère cette pierre entre les mains. Sa couleur est inimitable et unique au monde. Je suppose que c'est vous-même qui l'avez retaillée pour pouvoir la vendre. » Daniel Eliason eut soudain une expression apeurée, puis il sourit : « Au nom de notre amitié, Anne-Louise, saurez-vous être discrète ?

— Je serai d'autant plus discrète que vous me verrez ravie lorsque vous vous débarrasserez de ce diamant. Il porte malheur.

— Je ne sais pas si cela est vrai, mais je n'aime pas ce joyau. Chaque fois que je le regarde, je frissonne. »

6

Napoléon finit par être vaincu. Il abdiqua et fut exilé. Louis XVIII, de proscrit impécunieux, se retrouva véritablement roi de France. Ce fut alors une floraison de royalistes : à croire que pendant la révolution et l'empire tous les Français n'avaient fait qu'aimer et soutenir leur légitime souverain, attendant et espérant de tout leur cœur son retour. Des révolutionnaires parmi les plus efficaces et les plus expéditifs, des bonapartistes parmi les plus habiles et les plus zélés se retrouvèrent aux postes clés de la monarchie des Bourbon. Seuls payèrent les plus humbles serviteurs de la révolution et de Napoléon qui n'avaient pas su prendre des précautions. Parmi ces hommes qui avaient eu leur heure de notoriété et qui étaient retombés dans l'anonymat se trouvait le juge Charlot, celui qui avait présidé le tribunal et exempté de peine Alexandre, le fils d'Anne-Louise. Épinglé comme révolutionnaire à l'arrivée au pouvoir de Bonaparte, il avait perdu son travail, et s'était retiré dans son Abbeville natal. Sans moyens, il avait été recueilli par sa sœur, mais il s'était mis à boire au point qu'elle l'avait chassé. Il avait trouvé à se loger dans un grenier minuscule, et il serait mort de faim si un certain Delattre Dumontville, Louis

Charles Pascal de ses prénoms, qui l'avait naguère connu et qui avait été touché par sa détresse, ne lui avait assuré de quoi subsister. La misère et la boisson provoquèrent une longue et très douloureuse maladie. Delattre Dumontville, loin de l'abandonner, lui manifesta encore plus de sollicitude. Lorsqu'il sentit la mort venir, l'ancien juge Charlot dit au seul ami et bienfaiteur qui lui restait : « Ouvre le tiroir de cette petite table, il y a dedans une boîte, prends-la. Si je meurs, fais-en l'usage que tu voudras. J'exige seulement que tu ne regardes pas ce qu'il y a dedans avant ma mort. Jure-le-moi. » Delattre Dumontville jura, prit la boîte cachetée. Le lendemain, lorsqu'il revint chez Charlot, celui-ci était mort. Delattre Dumontville fit sauter les cachets de la boîte et l'ouvrit : elle contenait une quantité de diamants d'une qualité extraordinaire. Delattre Dumontville fut infiniment étonné. Pourquoi donc ce malheureux Charlot avait-il préféré vivre et mourir dans la plus abjecte misère plutôt que se défaire de quelques-uns de ces diamants et vivre dans l'abondance ? La réponse lui vint toute seule : Charlot ne pouvait pas vendre ces diamants parce que ceux-ci risquaient d'être reconnus. Mais d'où pouvaient-ils donc provenir ?

Delattre Dumontville avait été député d'Abbeville à Paris. Il avait suivi les péripéties de l'enquête sur le vol du Garde-Meuble. Il comprit que les diamants de Charlot provenaient du Trésor de la Couronne. Il cacha la boîte et se tut. Napoléon régnait alors qu'il servait fidèlement. L'empire tomba, les Bourbon revinrent au pouvoir. Delattre Dumontville considéré comme fieffé bonapartiste se vit rétrocédé, il n'occupa plus que des emplois subalternes. Il écrivit alors au favori du Roi Louis XVIII, le comte de

Blacas, que son souverain venait de faire duc. Il expliquait qu'il avait une communication de la plus haute importance à faire à Sa Majesté et demandait une audience. Le jour même, le duc de Blacas lui répondit de venir le trouver aux Tuileries. Delattre Dumontville se rendit à Paris, se présenta au Palais et fut aussitôt reçu par le duc. Il lui raconta tout ce qu'il savait du juge Charlot et de la façon dont les diamants étaient venus en sa possession. Il ne doutait pas que ces pierreries fissent partie du Trésor royal et voulait les remettre personnellement à Sa Majesté le roi, leur légitime propriétaire. Sous-entendu, il espérait bien recevoir une récompense à la hauteur du don qu'il s'apprêtait à faire. Blacas traita Delattre Dumontville avec la plus grande distinction, le couvrit de compliments, l'enroba de flatteries, vanta son intégrité, sa loyauté, sa fidélité, sa générosité et le pria de revenir le lendemain avec le dépôt dont il était question. Il l'assura qu'il le conduirait aussitôt chez le roi.

Le lendemain, à l'heure indiquée, Delattre Dumontville se présenta à nouveau aux Tuileries, et fut aussitôt introduit dans le bureau du duc de Blacas. Celui-ci demanda à voir les diamants. Delattre Dumontville les lui présenta, Blacas les examina longuement, puis il referma la boîte et la mit dans son tiroir. Il renouvela ses compliments, ses flatteries, les expressions de sa reconnaissance et celles du Roi. Malheureusement Sa Majesté se trouvait débordée ce jour-là par des affaires d'État, mais que Delattre Dumontville revienne demain, le Roi le recevrait, lui exprimerait par son auguste bouche sa gratitude, sous-entendu Louis XVIII en personne le récompenserait.

Le lendemain, Delattre Dumontville se présenta pour la troisième fois aux Tuileries. Le duc de Blacas lui fit dire qu'il regrettait de ne pouvoir le recevoir. « Mais Sa Majesté m'attend...

— Impossible, Sa Majesté reçoit en ce moment même des ambassadeurs, revenez demain. »

Delattre Dumontville revint le lendemain. Le duc de Blacas ne pouvait le recevoir ni le mener chez le Roi. Huit jours de suite, Delattre Dumontville insista, huit jours de suite il fut éconduit. Il écrivit, il ne reçut aucune réponse. Arriva le moment où il perdit tout espoir d'être reçu par le Roi. Il s'en retourna à Abbeville mais continua à écrire régulièrement à Blacas. Quatre mois de suite, il le fit sans avoir jamais aucune réponse. Finalement, un beau jour il se vit décerner, sans aucune explication, un brevet de chevalier de la légion d'honneur, signé par le Roi en personne. On fut tellement étonné à Abbeville de savoir Delattre Dumontville, réputé bonapartiste, décoré par les Bourbon que l'on crut qu'il portait la légion d'honneur sans autorisation. Ainsi finirent dans les coffres de la Couronne les diamants qu'Anne-Louise Roth avait offerts au juge Charlot pour qu'il fasse échapper son fils Alexandre des griffes de la justice révolutionnaire.

7

Il existe en Cornouailles britannique, non loin de la ville de Launcestone, un petit bourg qui porte le nom de Temple, tout simplement parce que sa ravissante église gothique fut bâtie par les Templiers. Endroit plus tranquille ne se pouvait trouver, avec ses pâturages, ses bosquets de très vieux arbres et ses vallons bordés de fleurs sauvages où murmuraient des ruisseaux. Du haut des collines, on découvrait, à quelques lieues, la mer.

En cet automne 1816, la curiosité du bourg fut réveillée par l'arrivée de la nouvelle propriétaire du manoir. Ce n'était pas une grande demeure, mais cette jolie maison de pierres et de briques, entourée d'un jardin touffu, avait énormément de charme. Les habitants de Temple furent très flattés qu'une dame de l'aristocratie ait choisi d'habiter parmi eux, car la nouvelle propriétaire s'appelait Lady Carrington. Elle devait bien avoir atteint la soixantaine. Ses cheveux grisonnaient, elle ne se maquillait pas et pourtant ses traits et son maintien gardaient toute leur jeunesse. C'était une grande marcheuse, ce qui plut aux habitants. Elle arpentait les landes et les collines. Elle n'était pas tout à fait anglaise, il y avait chez elle quelque chose d'indubitablement étranger. Personne n'arrivait à obtenir aucun renseignement sur elle. Elle était venue avec ses propres domestiques, et surtout elle était gardée par une sorte de secrétaire factotum qui empêchait les intrus de se glisser dans le manoir, et qui veillait à ce que le personnel ne fraternise pas avec les locaux.

Lady Carrington ne recevait à peu près personne, sauf parfois des personnages venus de Londres, mais ses voisins, contre les coutumes locales, elle les évitait et dédaignait même de faire connaissance. Elle disparaissait aussi pour de longues semaines dans des voyages dont elle ne révélait pas la destination. Elle se montrait aimable avec les habitants du bourg lorsqu'elle les rencontrait au cours de ses randonnées et se révélait fort généreuse envers les nécessiteux.

Un jour, les habitants virent descendre d'une voiture de louage un homme, un étranger d'après son accent lorsqu'il demanda où se trouvait le manoir. Lui aussi devait avoir atteint la soixantaine, probablement un contemporain de Lady Carrington. Il était petit, maigre, nerveux, ses cheveux grisonnaient à peine, ses lèvres étaient minces, réduites presque à un fil, le nez légèrement busqué, les yeux noirs étincelants. Il était vêtu tout de noir à la mode française. Les habitants le virent sonner à la porte du manoir. On le laissa entrer et, bientôt, il fut introduit dans le salon.

« Mes respects, citoyenne Roth.
— Comment ! c'est vous ! Le Tellier !
— Pardon... Lady Carrington.
— Pardon... super commissaire. » Elle parut au comble de la joie de le revoir, et lui-même eut un large sourire. Elle le pria de s'asseoir, fit amener du porto. Très vite, il attaqua : « Comment est-ce possi-

ble, madame, que vous ayez pris le nom d'un homme qui vous a fait tellement de mal ?
— Je ne l'ai pas pris, il m'a été donné. Le gouvernement britannique m'a accordé ce titre de courtoisie en récompense de mes services.
— Comme espionne contre la France », lâcha-t-il très vite, puis il se reprit : « Pardonnez-moi, c'est l'habitude. Que faites-vous dans ce trou perdu de Cornouailles ?
— Je me suis retirée des affaires, j'ai gagné assez d'argent pour vivre confortablement, je n'avais plus envie d'être astreinte à tenir boutique, mais je garde des contacts, je voyage beaucoup, je ne traite que les affaires importantes. Et vous-même, commissaire, pardon super commissaire, que me vaut l'honneur de votre visite ?
— Les Bourbon, à leur retour, m'ont mis à la retraite anticipée. Ils m'accusaient d'avoir trop bien servi l'Empereur, alors que de toute ma carrière je n'ai servi que la France, nonobstant ses régimes, j'étais prêt à continuer à la servir même sous les Bourbon, mais cela, ils ne l'ont pas compris. Aussi ai-je désormais des loisirs et puis-je voyager. » Ils étaient si heureux de bavarder qu'ils ne virent pas l'heure passer.

Anne-Louise retint Le Tellier à déjeuner. Celui-ci fut très étonné lorsque le secrétaire factotum de Lady Carrington qui l'avait reçu et introduit s'assit à table avec eux. Anne-Louise devina sa curiosité. « Regardez-le bien, commissaire, vous ne le reconnaissez pas ? » Les années avaient passé, l'homme devait avoir passé la quarantaine. Ce fut à ses yeux que le commissaire le reconnut, ses yeux bruns très étirés écartés l'un de l'autre. « Comment ! François Maugé !

— Il est resté près de moi depuis qu'il a été acquitté.

— Plutôt depuis que *vous* l'avez fait acquitter.

— J'avais promis de m'occuper de lui à la mort tragique de ses parents. » C'était Anne-Louise qui avait trouvé la mère égorgée, le père empoisonné. « On a voulu faire croire à un suicide, remarqua Le Tellier, mais je suis certain que c'était un crime. Le père en savait trop, mais qu'avait-il donc découvert pour faire peur à des puissants ? » Anne-Louise ne voulait pas poursuivre sur ce sujet pénible devant Maugé. Elle évoqua ce que celui-ci avait fait pour Alexandre : « Lui et moi, nous cultivons son souvenir.

— C'était votre fils, je le sais, j'ai fait des recherches dans les registres. Mais puis-je être très indiscret, qui était son père ?

— Adam Carrington.

— Le même Adam Carrington qui vous a dénoncée par deux fois. Même s'il a tenté de la déguiser, j'ai fort bien reconnu son écriture sur la seconde lettre de dénonciation. Il voulait me flatter en me disant que j'étais le seul à avoir enquêté sérieusement sur le vol du Garde-Meuble, et donc que j'étais le seul à qui il pouvait s'adresser pour dénoncer un dangereux espion anglais.

— C'est vous, n'est-ce pas, qui l'avez arrêté et indirectement envoyé au peloton d'exécution.

— Je n'aime pas qu'on me trompe. Or Carrington m'avait délibérément égaré sur votre piste alors que c'était lui le pire espion. Je m'étais juré de lui faire rendre gorge et de débarrasser la France d'un de ses plus dangereux ennemis. »

Ils en vinrent à parler du cambriolage du Garde-Meuble. Le Tellier était venu pour pouvoir enfin, après tant d'années, mettre les cartes sur table. Anne-Louise se déclara enchantée de le faire : elle en rêvait depuis longtemps. Tous deux commencèrent par s'avouer qu'ils ne connaissaient pas tout de cette affaire, laquelle demeurait mystérieuse sous bien des aspects. Elle lui révéla l'existence de la liste des espions anglais du Roi Louis XVI. Elle et Adam en avaient appris fortuitement l'existence en même temps qu'Anne-Louise était mise au courant du cambriolage qui se préparait. Puis était tombée la nouvelle fatale que Danton s'apprêtait à engager ou à vendre les diamants du Trésor de la Couronne pour pouvoir lever une armée française capable de tenir tête à l'ennemi. « À ce propos, l'interrompit Le Tellier, vous n'ignorez pas que beaucoup de rumeurs ont circulé sur les véritables raisons de la disparition des diamants. Parmi ces légendes, la plus tenace est que Danton les a fait voler lui-même pour corrompre le général en chef des armées ennemies, le duc de Brunswick, et lui faire perdre suffisamment de batailles pour donner l'avantage aux Français. » Anne-Louise haussa les épaules devant cette absurdité. Puis elle reprit son récit. Elle avait décidé de participer au cambriolage pour reprendre la liste qui se trouvait au Garde-Meuble, et avait donné des conseils à Paul Miette. C'était elle qui avait eu l'idée d'étoffer les bandes de voleurs afin de noyer le poisson. Elle le regrettait profondément, car les petits voleurs rajoutés en dernière minute avaient payé de leur vie l'acquittement des véritables coupables, comme elle ne se pardonnait pas d'avoir été involontairement responsable du massacre de Thierry de la Ville d'Avray par Adam Carrington.

« C'était Miette le cerveau du cambriolage, n'est-ce pas ? » Anne-Louise acquiesça. Miette avait eu l'idée du vol, avait conçu les plans détaillés de l'opération, avait réuni ses complices et surtout avait usé de corruption auprès des puissants de l'époque pour pouvoir opérer en toute tranquillité. Il était évident que Roland, ministre de l'Intérieur, Pétion, maire de Paris, et Fabre d'Églantine, secrétaire du tout-puissant Danton étaient mêlés jusqu'au cou à l'affaire.
« Ils n'étaient pas les seuls.
— Santerre, le chef des Gardes Nationaux, en était probablement.
— Et d'autres célébrités révolutionnaires dont nous ne connaîtrons jamais les noms. » Ils rirent à l'idée que Roland avait caché sa participation à sa redoutable femme. « Ce bas-bleu m'exaspérait par ses prétentions, mais elle a montré un bien beau courage devant la guillotine.
— Son malheureux mari n'a pas pu le supporter ! Après avoir erré des mois comme un sauvage dans les bois, sans oser se montrer à quiconque, il s'est suicidé.
— C'est lui, évidemment, qui tenait Restout, le commissaire du Garde-Meuble.
— Comme Fabre d'Églantine tenait Lemoine Crécy.
— Et ce Lamy Evette qui prétendait amener les voleurs coupables pour mieux détourner les recherches, c'était une invention de Roland ?
— Plutôt de la veuve Corbin dont il était l'amant, corrigea Le Tellier. J'ai abandonné les poursuites lorsque je me suis aperçu que cette collaboration de Lamy Evette et de Cottet, ces services qu'ils rendaient, ces arrestations qu'ils suscitaient, n'étaient qu'une farce montée pour m'égarer.

LE VOL DU RÉGENT

— À propos, qu'est devenu Lamy Evette ?
— Au début, j'avais tenté de me servir de lui comme lui s'était servi de moi. Je lui avait fait tenir un message dans sa captivité. S'il écrivait, noir sur blanc, toute la vérité, je le ferais libérer. Il n'a pas donné suite. En fait, il a été oublié en prison. Après la chute de Robespierre, il a rédigé un long mémoire rappelant les services qu'il avait rendus et demandant à être libéré. Je n'ai aucune information sur son sort, mais je pense qu'effectivement, il a dû être libéré avec les victimes de la Terreur, comme Restout, d'ailleurs. Je doute que sa maîtresse, la veuve Corbin, l'ait attendu si longtemps.

— Et cette mulâtresse, grâce à laquelle vous avez failli m'arrêter, j'imagine qu'elle a dû surnager à tout.

— Effectivement, elle a fait la pluie et le beau temps sous le Directoire, mais l'arrivée de l'Empire a marqué sa fin. Napoléon exigeait de tous la plus grande vertu, il voulait que sa Cour fût un modèle de bonnes mœurs. Aussi, toutes ces dames, qui avaient un peu trop donné dans la galanterie, ont-elles disparu dans la trappe. »

Le Tellier, comme Anne-Louise, revenait sans cesse à Paul Miette, car le personnage les avait fascinés. Quels avaient été les liens entre ce dernier et les révolutionnaires corrompus ? Comment les avait-il approchés ? Que leur avait-il promis ? Quelle part avaient-ils touchée ? Tout cela restait éminemment mystérieux. « Tous ces puissants qui se laissaient corrompre, tous ces fonctionnaires qui se laissaient acheter sont morts et les papiers les concernant ont disparu. » Miette, tout seul, avait-il pu monter de toute pièce une si énorme opération ? Peut-être. « En tout cas il en avait l'envergure », l'assura Anne-Louise.

345

« En fin de compte, citoyenne Roth, vous avez réussi. Vous avez récupéré la liste des espions de l'ancien roi, vous avez donné une gifle à la révolution, et vous avez gardé les diamants. » Il dit cela sans amertume, et Anne-Louise lut dans son regard bien autre chose qu'un reproche.

Elle se demandait toujours quelle était la véritable raison de sa visite. « Qu'avez-vous fait des diamants ? » Elle raconta comment, à l'aide de Lyon Rouef, elle les avait fait sortir de France, puis retaillés afin de les rendre méconnaissables, et vendre à Londres. « Nous aurions beaucoup mieux réussi si vous n'aviez pas été là, commissaire Le Tellier. Vous avez été le seul à montrer de l'efficacité, de la détermination et aussi de l'honnêteté. Vous nous avez donné bien des émotions. »

— Pourtant, je considère que j'ai échoué. La plupart des diamants n'ont pas été récupérés, la corruption des puissants n'a pas été dénoncée, des innocents ont été exécutés et les coupables sont toujours libres », termina-t-il en prenant la main d'Anne-Louise et la baisant. « Nous aussi, commissaire Le Tellier, nous avons quelque part échoué. Nous n'avons pas empêché la France de la révolution de gagner des victoires. » Le Tellier devint pensif, avant de dire : « Notre révolution a bouleversé et transformé le monde, puis Napoléon a conquis le monde et l'a fait trembler. Et quel est le résultat de cette prodigieuse aventure ? L'Angleterre domine les mers. Avec sa flotte, elle possède le plus grand empire colonial et elle est devenue la première puissance du monde.

— Feu Louis XVI votre roi était le seul à avoir compris que l'Angleterre était la plus mortelle ennemie de la France. Il avait commencé par en être vainqueur – un des seuls de toute l'Histoire – mais on ne l'a pas laissé poursuivre. La révolution à laquelle l'Angleterre a eu une part, si profonde et si occulte, l'a éliminé, et la France a perdu sa suprématie. »

Anne-Louise posa enfin la question qui lui brûlait les lèvres depuis le début : « Savez-vous ce qu'est devenu Paul Miette ?

— Avez-vous entendu parler de Liberote ? »

Qui n'avait entendu parler de Liberote ! Cet agiotateur, joueur invétéré, avait fait une fortune prodigieuse sur la pourriture du Directoire. Il avait continué sous le Consulat et l'Empire. Les gazettes citaient souvent son nom. Les rumeurs les plus fantastiques couraient à son sujet. Toutes s'accordaient à le soupçonner d'utiliser les moyens les moins honnêtes. Finalement, Napoléon qui tenait à ce que son empire soit sans tache, s'était fâché et avait mis Liberote en prison. Au retour des Bourbon, il avait été libéré. Considéré comme une victime de Bonaparte, il avait été couvert de fleurs, d'autant plus qu'il avait prêté des sommes considérables au gouvernement de Louis XVIII. Les doutes sur sa probité couraient de plus belle mais il s'était acheté une virginité en aidant les champions de la légitimité royale. « Eh bien, citoyenne Roth, Paul Miette et Liberote ne font qu'un. » Anne-Louise en resta ébahie. « Et pourtant, remarqua-t-elle, ça ne m'étonne pas de lui. Mais pourquoi avoir emprunté un nom tellement bizarre ? » Elle répéta plusieurs fois Liberote, Liberote et soudain elle eut un sourire mélancolique. « Liberote... Lieber Roth, chère Roth, c'est-à-dire... chère moi !

— Il pense donc toujours à vous, remarqua agacé Le Tellier, et pourtant il ne vous a jamais donné de ses nouvelles. Il ne vous est pas très fidèle.

— Paul Miette ne sera jamais fidèle... qu'à lui-même.

— Savez-vous que Louis XVIII, en récompense de ses services, c'est-à-dire de ses millions, vient de le faire baron ? »

Anne-Louise se perdit un long moment dans ses pensées, avant de murmurer, d'un air détaché : « J'aurais bien aimé être baronne de Liberote, mais que dis-je, il a toujours sa femme, j'imagine.

— Si vous visez si haut, citoyenne Roth, vous n'accepterez jamais de n'être que Madame Le Tellier ? »

Elle sourit : « Madame Le Tellier ?... Pourquoi pas ! »

ÉPILOGUE

La révolution avait donc récupéré le Régent, le Sancy, le Miroir du Portugal, le de Guise, le Diamant Rose à cinq pans, plusieurs Mazarin et autres diamants de grand prix mais surtout de haute valeur historique.

Le Directoire, en mettant en gage le Sancy, comme il en avait usé avec le Régent, le reperdit.

Napoléon Ier acheta de nombreuses pierres précieuses et reconstitua un Trésor de la Couronne.

Celui-ci fut augmenté par les monarchies suivantes, la Restauration, le règne bienheureux de Louis Philippe, celui enrichissant de Napoléon III. Les pierres précieuses furent montées et remontées plusieurs fois. Ainsi fut reconstitué un ensemble unique au monde de joyaux d'une beauté et d'une valeur sans égales.

À la chute du Second Empire, la Troisième République qui lui succéda voulut se débarrasser de ces hochets des monarchies abhorrées, et vendit aux enchères ce trésor qui fut perdu à jamais pour la France.

La Cinquième République qui n'avait pas hérité de ce sectarisme et qui comprenait l'importance nationale de ces joyaux tâcha de récupérer ce qu'elle put.

Elle racheta le Sancy ainsi que des parures qui n'avaient pas fait partie du trésor du Garde-Meuble mais qui avaient appartenu aux dynasties françaises. Ces joyaux sont aujourd'hui exposés dans la Galerie d'Apollon du Louvre. On y retrouve, rescapés du cambriolage, le Régent, le Sancy, le rubis Côte de Bretagne et trois Mazarin montés en broche reliquaire par l'impératrice Eugénie.

Les autres Mazarin courent toujours. Après la Seconde Guerre mondiale, l'un d'entre eux qui se promenait sur le marché international fut acheté par un milliardaire français. Il le monta en bague et l'offrit à sa belle-fille. Bien que celle-ci ne fût pas très attachée aux joyaux, elle le portait pour faire plaisir à son beau-père. Un soir, elle se rendit à une réception, le Mazarin au doigt. La voiture s'arrêta, le chauffeur ouvrit la portière. La belle dame retira son gant pour pouvoir saluer ses hôtes. La bague glissa avec le gant sans qu'elle s'en rende compte et le diamant tomba dans le caniveau, juste entre les barres de la grille d'égout. On alerta la police, on descella la grille, l'eau avait emporté le Mazarin qui disparut à tout jamais.

Quant au Diamant Bleu retaillé par Daniel Eliason, celui-ci le vendit à un Anglais nommé Hope qui lui donna son nouveau nom, « le diamant Hope ». La pierre poursuivit sa carrière tumultueuse changeant fréquemment de propriétaire et semant derrière elle une invraisemblable série de meurtres, de suicides, d'accidents, de banqueroutes, renforçant chaque fois sa néfaste réputation. Finalement, elle fut léguée au Smithsonian Institute où elle est aujourd'hui exposée. Le Diamant Bleu ayant été volé à l'État français

LE VOL DU RÉGENT

et l'instruction du cambriolage du Garde-Meuble n'ayant jamais été close, on peut en toute bonne foi considérer la vénérable institution washingtonienne coupable de recel, et le gouvernement des États-Unis complice de ce recel.

BIBLIOGRAPHIE

Archives

AN O² 488 et AN F⁷ 4334 : dossiers de police contenant le cambriolage de septembre 1792 et les suites de l'enquête à Paris, en province et à l'étranger.

AN W 250 : pièces relatives aux procès d'octobre et novembre 1792.

AN F⁷ 4774 (90) : pièces du procès Restout.

AN W 376 (851) : pièces du procès Duvivier.

Furent également consultés avec profits plusieurs numéros de septembre à octobre 1792 des journaux suivants : *le Moniteur universel*, *l'Ami du peuple* de Marat et *le Patriote français* de Brissot.

Ouvrages

Michel Aubouin, Arnaud Teyssier, Jean Tulard (dir.), *Histoire et dictionnaire de la police, du Moyen Âge à nos jours*, Robert Laffont, 2005.

Germain Bapst, *Histoire des Joyaux de la Couronne de France*, Hachette, 1889.

Aimée de Coigny, *La jeune captive, Journal*, Librairie Académique Perrin, 1957.

Henri Gleizes, *Faire fortune à la cour sous l'Ancien Régime : Thierry de la Ville d'Avray (1732-1792)*, Tallandier, 1988.

Hugues Marquis, *L'espionnage britannique en France pen-*

dant la Révoluton française (1789-1802), thèse dirigée par Jean de Vigeurie, Université Lille III, 1990.
Albert Matiez, *Danton et la Paix*, Renaissance du Livre, 1919.
Louis-Sébastien Mercier et Restif de la Bretonne, *Paris le jour, Paris la nuit*, Laffont, « Bouquins », 1990.
Jules Michelet, *Histoire de la Révolution française*, rééd. Gallimard, 2007.
Raymonde Monnier, *Un nouveau magistrat municipal, le Commissaire de police parisien de l'an II*, Bulletin de la société de l'histoire de Paris et d'Ile-de-France, Paris, 1985.
Bernard Morel, *Les Joyaux de la Couronne de France*, Albin Michel, 1988.
Jean Robiquet, *La vie quotidienne au temps de la Révolution*, Hachette, 1938.
Albert Soboul, *Dictionnaire historique de la Révolution française*, Puf, 1989.
Mortimer Ternaux, *Histoire de la Terreur, 1792-1794*, Paris, Calmann Lévy, 1881.
Jean Tulard, *Nouvelle histoire de Paris : la Révolution*, Hachette, 1971.

REMERCIEMENTS

Je remercie pour leur aide

Charles Giol,
Sébastien Lucas,
Le commissaire de marine David Saix,
Franck Ferrand,
Bertrand Deschamps,
François Curiel,
Frédéric Scharz,
Sébastien de Courtois,
Isabelle Laffont,
Charlotte Liébert-Hellman,
Odile de Crépy,
D'avance Anne-France Renaud,
Encore et toujours Marina,
Et Olga pour ses splendides projets de couverture.

Composition réalisée par PCA

*Impression réalisée sur CAMERON par
BRODARD ET TAUPIN
La Flèche
en octobre 2008*

Pour l'éditeur, le principe est d'utiliser des papiers composés de fibres naturelles, renouvelables, recyclables et fabriquées à partir de bois issus de forêts qui adoptent un système d'aménagement durable.
En outre, l'éditeur attend de ses fournisseurs de papier qu'ils s'inscrivent dans une démarche de certification environnementale reconnue.

N° d'édition : 01 – N° d'impression : 49680
Dépôt légal : novembre 2008

Imprimé en France